如玉如琢

周琰剧本选

周琰 著

古吴轩出版社

图书在版编目（CIP）数据

如玉如琢：周琰剧本选 / 周琰著. -- 苏州：古吴轩出版社, 2022.4
ISBN 978-7-5546-1936-0

Ⅰ. ①如… Ⅱ. ①周… Ⅲ. ①剧本－作品综合集－中国－当代 Ⅳ. ①I230

中国版本图书馆CIP数据核字（2022）第063608号

责任编辑： 李　倩
见习编辑： 沈　玥
装帧设计： 韩桂丽
责任校对： 黄菲菲
责任照排： 晴　天

书　　名： 如玉如琢——周琰剧本选
著　　者： 周琰
出版发行： 古吴轩出版社
地址：苏州市八达街118号苏州新闻大厦30F
电话：0512-65233679　　邮编：215123
印　　刷： 苏州市越洋印刷有限公司
开　　本： 787×1092　1/16
印　　张： 16.75
字　　数： 285千字
版　　次： 2022年4月第1版　第1次印刷
书　　号： ISBN 978-7-5546-1936-0
定　　价： 58.00元

儿童歌舞剧《恐龙的宝藏》剧照

儿童歌舞剧《木偶的森林》剧照

儿童歌舞剧《鼹鼠的月亮河》剧照

小剧场话剧《平行世界》剧照

小剧场话剧《平行世界》剧照

现代锡剧《爱在深秋》剧照

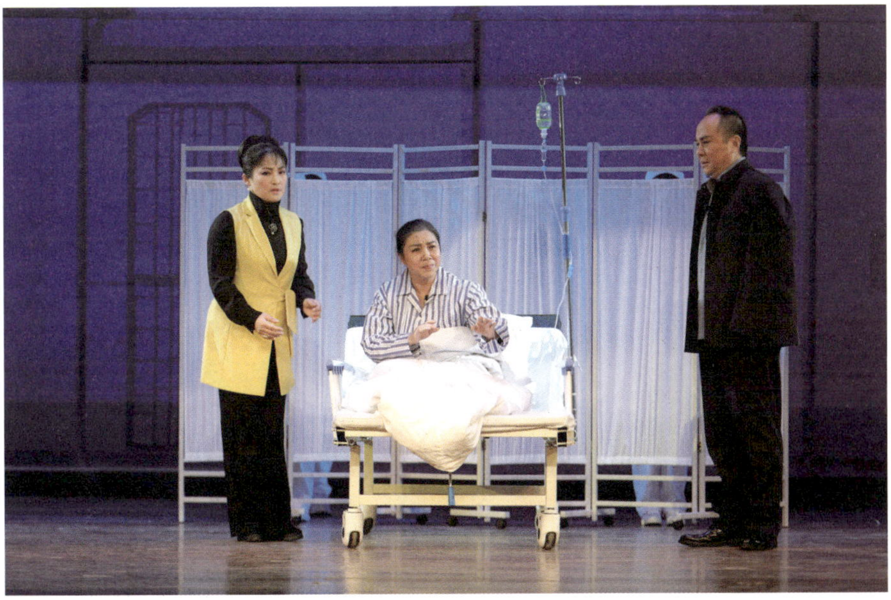

现代锡剧《爱在深秋》剧照

实景昆曲《耦园梦忆》剧照

实景昆曲《耦园梦忆》剧照

苏剧小戏《况钟兴学》剧照

其痴若烛泪乎　其暖如日辉也

——《如玉如琢——周琰剧本选》序

王不宁

周琰是近年来在江苏剧坛崛起的优秀青年剧作家。她自2008年入职，2010年开始创作剧本，至今已有十二个年头。在十余年的时间里，勤奋的她已经创作完成了大戏十五部，小戏、小品六十余个。这些作品以各种方式走进了人们的视野，引起了各方的关注和重视，也赢得了各方的掌声和赞誉。

仔细看周琰的这些剧作，会发现这么多年来，她一直坚持着一个理念，即为不同的观众写戏。比如针对少年儿童，她写了儿童剧《城里城外》《木偶的森林》《恐龙的宝藏》《鼹鼠的月亮河》；为了给年轻人写戏，并践行实验性话剧探索，她写了小剧场话剧《平行世界》《来来往往》；为了满足广大锡剧戏迷和老年观众，她又写了关注老龄化社会和养老问题的现代锡剧《爱在深秋》；在耦园上演的实景昆曲《耦园梦忆》、在文庙演出的苏剧《况钟兴学》则体现了她在文旅融合方面的尝试。用她自己的话说，她一直想做的就是探索多种可能、多个维度，让戏剧能发挥本有的特色和光彩，让更多的人，不管老老少少，新苏州、老苏州，都能走进剧场，品味舞台上的人生百态和喜怒哀乐。这种“广谱”的编剧思路，也为她赢得了上至老叟、下到幼童的全频喜爱。

周琰的戏剧纯粹而深情，打动我的首先是她的痴。

记得几年前的某一天，我对周琰说：“去尝试写个昆曲剧本吧！如果能写好，其他的剧本就都能写好。”大约是过了一年，突然收到周琰的邀请函，她兴冲冲地说："王老师来耦园看戏吧！实景小昆曲，我写的。"记得那次观剧，耦园水泄不通，戏曲平静、优雅，正如昆剧本身。

于是我想起了周琰曾经讲过的一个故事，那个曾经是她心结的故事。一百多年前的那个"痴子"，曾经按察河南、四川的沈秉成，同治十三年（1874）因病寓苏，和自己心爱的女人严永华在涉园旧址共筑耦园，偕隐八载。"一时间缙绅名宿，迭兴雅集，载酒问字，留连翰墨，好不欢畅也。"二人所爱，实即"枕波双隐、荷锄耦耕"，园子因名"耦园"。而一百多年后的今天，另外一个"痴子"被打动，为这份烛泪一般的痴情讴唱，此痴彼痴，隔代相映，较之湖心亭观雪的两个同代痴人，又别有了一份趣味。

戏剧家的确需要这份痴情。有时，它更应该是激情，就像诗人一样。周琰的《悲喜金圣叹》就是一部充满诗人激情的作品，充满激情也是我对她很深刻的另一个印象。诗人一般的激情使她的戏剧可以上天入地，汪洋恣肆。借着金圣叹的系列才子书，她让金圣叹和宋江、李逵对话，让张生站在金圣叹面前，这种精神的会面我深深懂得且喜欢。才子就应该有才子的样子，而且才子的一个标志可能就是某种程度、某些层面的不被俗人理解；金圣叹如此，周琰也如此。

君子常有三爱，美人常有三美，如果说痴情乃其一美，激情乃其二美，则温暖是周琰剧作的第三美。

最近我喜欢且常讲的是"温暖的戏剧"。人类其实是一个很孤独的存在，我们终生想摆脱的不过就是孤独。所以，戏剧和艺术应该是一种疗救，充满人情的温暖方能行远致深。所以，我最近一直想说的是，戏剧应该如烛、如日，大眼照视，洞悉人世悲欢，方能明晰温暖。我一直喜爱周琰剧中的"大眼照视"，像是观音，慈祥且温暖。也正是"大眼"给了她的戏剧温暖的理由，仿佛一块暖石，握在手里，就会有一股直通心底的温暖。

仔细想想，这么多年下来，我与其说喜欢她的戏剧，不如说是认同她的理念，赞赏她对戏剧的理解。人和人之间的最大区别正在于认知，从童年到老年，不同的人能走出不同的人生，除了一些偶然因素，认知起了决定性作用。编剧也是这样，对戏剧的不同认知和不同理解，决定了一个剧作家作品艺术品格的高下。而我和周边很多周琰这样的朋友，也恰恰是因为共同的爱、共通的情趣而愉快地在一起。

壬寅岁初，冬寒未消，春息尚远。再次面对这些温热的文字，仿佛婷婷的周琰就站立在面前，心里已经蓦地生起一丝春天的温暖。在这个世界上，能用一种优雅的方式开放我们花朵一般的思想，尽力散发美好情感的芬芳，岂非一件幸事！

我欲辞却功名事，一曲长歌到君前。在此意义上，周琰是幸运的。让我们一起致敬优雅的才女！期待她精彩的戏剧！

壬寅岁初叙于葑溪促脆斋

目 录

戏 曲

悲喜金圣叹

创作介绍:

这是一个惊才绝艳、标新立异的金圣叹，却又是一个至情至性、至真至诚的金圣叹；这是一个扶乩占仙、讲经布道的金圣叹，又是一个北拜庙堂、意欲青云的金圣叹；这是一个指陈时弊、为民请命的金圣叹，又是一个剃发换服、甘为遗民的金圣叹；这是一个精通《易经》、入得禅意的金圣叹，又是一个恣情享乐、一生醉酒的金圣叹。这是一个矛盾复杂的金圣叹；正是因为他的矛盾复杂，他才是一个有趣而另类的金圣叹。

金圣叹在中国文学史和文化史上，都是相当重要且有独特价值的人物。他一生行事怪异，游离于主流文化之外，而又鲜明地表现出时代特色，终因参与反暴政而惨死在屠刀之下，成为民间的传奇式人物。

千百年来，“人生如戏、戏如人生”的故事一再上演，而只有一个金圣叹，作为一个时代的先锋人物，在梦醒梦破间沉潜反复，为我们演绎了好一出人生大戏。“石头城畔草芊芊，多少愚人城下眠。惟有金生眠不得，雪霜堆里听啼鹃。”

剧本《悲喜金圣叹》获第三届“老舍青年戏剧文学奖”优秀剧本奖（榜首）。

人 物：

金圣叹、红叶、老狱卒、叶绍袁、钱谦益、宋江、李逵、张生、崔莺莺、任维初、朱国治、门童。（梦境中时空自由，不同角色可由同一演员扮演。）

序 幕

［幽暗肃寂中，几点残光。

［金圣叹身戴枷锁镣铐，囚服乱发，满面灰土之气，如梦游般穿堂而出。老年丑扮狱卒执棍追上。

金圣叹 （梦呓般四下探寻）路在哪里？路在哪里？

老狱卒 撞上南墙了，你还是糊里糊涂，让我来点醒你，也算是积点阴德。你睁大眼睛看看清楚，此处乃是死牢，你早已是走投无路了。

金圣叹 真格是走投无路了么？

老狱卒 真格。

金圣叹 果然是走投无路了么？

老狱卒 果然！这就叫上天不得，入地无门。金圣叹啊，金圣叹，你绕来绕去，终究走进了一个死胡同呀！

金圣叹 死路呀，死路！我果然是庙堂走不通，江湖行不远，举荐无望，隐逸无门，终究还是走进了一条死路呀。啊呀呀，我好冤屈也——（掩面流涕）

老狱卒 死就死吧，还要哭天抢地。我可是朝朝暮暮、年年岁岁守着这四四方方一座囚牢，别的知道得少，可这生不如死、死去活来、至死不悟、死不瞑目之事却是见得最多。（掏出腰间的酒葫芦）你看，这是何物？

金圣叹 （一扫悲戚，两眼放光）酒，必是好酒！

老狱卒 嘿嘿，果然是个酒鬼。天下万物生荣死衰，到头来，都不如一个“醉生梦死”。

金圣叹 噢，好一个醉生梦死。

老狱卒 来一口。

金圣叹 来一口。（接过酒葫芦，大灌一口）好酒啊，好酒。

（唱）相遇空山各自伤，
星星两鬓已成霜。
苦吟哪管身憔悴，
独立谁知意莽苍。
千古诗名终欲灭，
一生游戏不嫌狂。
何如自尽杯中物，
暂把形骸付渺茫。

老狱卒 怎么样，醒了？

金圣叹 醒了。天下人皆醉而我独醒，难逃那悠悠万口、众矢之的，还不如做一个千杯忘怀、生死一梦。

老狱卒 好一个生死一梦。一个人的闷酒最是无聊，来来来，你与我，再做一回肉朋酒友。［两人你来我往，相互劝酒，不时便有微醺之意。

金圣叹 肉朋酒友的好呀！我一生最在乎三桩事体：书、酒、友。既然是酒友，必要载酒问字，那我出个谜题，你猜。

老狱卒 哦，谜题我猜。

金圣叹 听好了。“四四方方一间房，有兵有马有君王，亲生父子不同姓，恩爱夫妻不同床”，猜一物名。

老狱卒 （比画）“四四方方一间房，有兵有马有君王，亲生父子不同姓，恩爱夫妻不同床。”物名，什么物？（凝眉苦索状）

金圣叹 哈哈，猜不着？

老狱卒 猜不着。

金圣叹 喏喏，“戏台”是也。

老狱卒 戏台？（恍然大悟）哦，“四四方方，有兵有马”，那是武戏；“亲生父子、恩爱夫妻”，那是假戏——果然是个戏台。（背白）到底是他醉了，还是我醉了。我看他醉着的时候倒是清醒许多。

金圣叹 你看这囚牢和戏台也并没有什么分别，四四方方都是墙。依我看，四框里一个人，不念“囚”。

老狱卒 那念什么？

金圣叹 念“戏”。人生如戏，戏如人生，庄周梦蝶，大梦一生。

老狱卒 嘿，金圣叹啊金圣叹，你这回倒是真醒了！

［二人下。

［幕后伴唱：

曾点行春春服好，

陶潜饮酒酒人亲。

狱中寻路路何在，

大梦一生醒古今。

第一场　迷梦仙坛

［明崇祯八年（1635）。叶府。

［丫鬟红叶手端香案上。

红　叶 小女红叶，乃是吴江世家叶绍袁府上的一名使唤丫头。可怜我家小姐，姑苏才女叶小鸾，竟在婚配前日一命呜呼，可悲可叹。世人都道我家小姐咏絮之才，红颜薄命，他们哪里知道，小姐与表兄青梅竹马，只可惜呀，婚配无凭，各自嫁娶。小姐这才一病相思，为情而亡。如今三年丧期已满，老爷深信小姐乃是羽化飞仙，今请扶乩大师占卜招魂，特此准备沙盘香案，烧纸祭奠。正是：

儿女情长衣带宽，

香魂一缕姻缘断。

何人知晓生前事，

祭奠由他亲修梵。

［青年金圣叹穿道袍上，内唱：“天赐仙缘不可负——

金圣叹 （接唱）华堂摆下迷魂阵。

叶公爱女思若狂，

钱公怜才亲探问。

八卦乾坤翻云手，

扶乩假来逞才真。

借千金小姐才名，

抒落魄才子意忿。
今朝攀附朝天梯，
一夕扬名在闺门。

说来也巧，这叶府小姐的贴身丫鬟，正是我姨妈的表姑的外甥的堂妹的女儿红叶。这正是天算不如人算，待我前往拜谒。

金圣叹 （朝内望）红叶姐——

红　叶 金秀才，你可来啦，府里上上下下，都已等候你多时啦。你说你放着好好的秀才不做，装什么道士，占什么仙呀？

金圣叹 姐姐有所不知，我如今连个秀才也不是了，只是可惜了那月供的六斗米，待我明年改了名字再考。扶乩占仙也不过是为了混口饭吃。

红　叶 哦，不是秀才啦。这秀才还能被免了不成？

金圣叹 红叶姐。这当秀才，月有月考，季有季考，岁有岁试，岁试末等者黜革为民。这黜黜考考，考考黜黜，无聊，真格是无聊透顶，空耗精力。

红　叶 这么说，你是没考过岁试呀！什么题这么难，居然把我们大名鼎鼎的金秀才给考倒了？

金圣叹 不是它考倒了我，而是我答败了它。

红　叶 哦，说来听听。

金圣叹 岁试考题“如此则动心否乎”，曰：空山穷谷之中，黄金万两；露白葭苍而外，有美一人。试问夫子动心否乎？

红　叶 哦，“黄金万两……有美一人……夫子动心否”，先生如何作答？

金圣叹 答曰，动动动动动动动……连书三十九“动”字。

红　叶 （不解）这是何意？

金圣叹 孟子曰：我四十而不动心。可见，未到四十，则是非常之动心！

红　叶 （噗嗤一笑）嗨，有这么作答的么？当然是不能动心啦。

金圣叹 为何不能动心？

红　叶 这题目考的是德行定性。自古名臣文士，黄金、美人在前，哪个敢说动心？

金圣叹 红叶姐倒是深知考题深意、官场做派，我看呀，你比我适合做秀才。殊不知，圣人曰：“食色，性也。”“吾未见好德如好色者也！”黄金、美人在侧，而心不动，假矣，谎矣，自欺欺人、欺世盗名而已。

红　叶　你如此咬文嚼字、恣情任性，只怕这科举之路，难也。

金圣叹　唉，岂不闻“吴中自祝允明、唐寅辈，才情轻艳，倾动流辈，放诞不羁，每出名教外”。我不愿做那八股牢笼里的秀才，我倒是要做个纵情声色的江南才子。

（唱）四书六经味嚼蜡，

江南才子任性情。

考场科场如囹圄，

江南才子傲沧溟。

蟾宫折桂骨已朽，

不若笙歌曲意兴。

自得其乐曾点志，

借“诗”还魂圣叹名。

红　叶　那，如何才能做个才子？

金圣叹　我早有方略。这做才子么，第一步，必求扬名，闻达于显贵。

红　叶　原来先生是有备而来。

金圣叹　（做手势）嘘！知我者，红叶姐也。

红　叶　今有牧斋公钱谦益大人亲来吊唁，老爷正在前厅招待客人，怕是不多时就要过来啦。

金圣叹　东林领袖钱大人已到么，嘿嘿，今日扶乩请神，就是要会他一会。（与红叶耳语）一会儿扶乩时，如此这般……

［红叶捂嘴偷笑。

［幕后伴唱：

佳人还魂正月中，

才子初会牧斋公。

神鬼文豪诗唱和，

半是筹谋半灵通。

［幕后内声：“大人到，迎紫姑，召请亡灵。”

［叶绍袁与钱谦益上。

叶绍袁　钱大人请。

钱谦益　叶大人请。久闻小姐才名，冠绝吴中，妙龄芳逝，不胜唏嘘。

叶绍袁 有劳钱大人挂怀，叶某不胜感念。

［红叶侍立在侧，用耙子梳理扶乩用的沙盘。

红　叶 （叩拜）烧香点烛，请神下凡！

［众人正襟肃立。金圣叹扮作道人上。

金圣叹 道由心生，心假香传。香燕玉炉，心存帝前。真灵下盼，仙旆临轩。令臣关告，径达九天。急急如律令。

［金圣叹振振有词，装模作样地用乩笔在沙盘里写写画画，猛然身躯一抖。

金圣叹 （作女声）无明缘行，行缘识，识缘名色，名色缘六入，六入缘触，触缘受，受缘爱，爱缘取，取缘有，有缘生，生缘老死忧悲苦恼。菩萨正妙，割爱第一。

叶绍袁 女儿呀，小鸾呀！（掩面涕下）我那薄命的女儿呀！

钱谦益 （恭敬）敢问，仙从哪里来？

金圣叹 （作女声）吾乃天台泐法师，慈月宫陈夫人也。慈月夫人乃天台宗祖师门下弟子智朗，下凡堕为吴门饮马里陈氏女，后又入神道，名号慈月。

叶绍袁 敢问泐大师，小女何在？

金圣叹 （作女声）已皈依受戒，收归无叶堂中，法号智朗。无叶堂乃凡尘之外的女仙乐土，有佛缘的才女之灵方得进入。

钱谦益 好一个无叶堂，真乃女子至德、仙界至境。

叶绍袁 （叩拜）敢请大师命小女前来题诗。

金圣叹 （作女声念）十载恩难报，重泉哭不闻。年年春草绿，肠断一孤坟。

叶绍袁 哎呀，是小女之诗风，是小女之诗风。

（唱）爱女芳逝整三年，
　　日日思之魂肠断。

金圣叹 （唱）脱去秀才酸腐衣，
　　乔装讲经在高坛。

钱谦益 （唱）自古名士慕佳人，
　　身未相逢终遗憾。

红　叶 （唱）这厢装神又弄鬼，
　　那厢叩拜亦恭虔。

四人合 阿弥陀佛，无量天尊！

叶绍袁 敢请泐大师为小女画像，留真容以纪念。

金圣叹 这……（背白）我与这位小姐从未谋面，如何画得出。

（唱）画像描容心惊颤，

功亏一篑须臾间。（望向红叶）

［红叶急中生智，赶紧指了指堂中摆放的一盆梅花。

［金圣叹了悟，挥毫画就一幅寒梅图。

红　叶 （唱）急中生智巧救场，

闺阁梅影今重现。

金圣叹 （作女声题诗）新月娟娟，夜寒江静山衔斗。起来搔首，梅影横窗瘦。

叶绍袁 （惊喜万分）梅花！小女自幼喜以梅花自比，这首《点绛唇》也是她心头所爱。果然是小鸾，果然是小鸾啊！

（唱）扶乩请神魂相见，

汝若飞仙父亦安。

钱谦益 妙呀，妙呀。好一幅素雅飘逸之雪落红梅，令嫒果然高才。惊才凌乎谢雪，逸藻媲于班风。

（唱）诗文画作添逸韵，

才女之名不虚传。

金圣叹 （作女声）牧斋公乃慧远大师后身，此次降乩，意在与先生诗文唱和探讨天台教义。

钱谦益 愧不敢当，愧不敢当。陈夫人之才，至其妙达三乘，博通外典。微词奥义，尽般若之笙簧；绮句名章，总伽陀之鼓吹。钱某自叹弗如。

金圣叹 （作女声，念）四大幻身终有灭，茫茫业海正深时。一灵若向三生石，无叶堂中愿永随。就此别过。

［金圣叹身躯一抖，好似抽空一般筋疲力尽，由红叶搀扶而下。

叶绍袁 今日得见爱女仙踪，有劳大师了。

钱谦益 不知大师如何相称?

金圣叹 小民姓金，字若采，号圣叹。牧斋公乃是文章巨公、诗坛耆宿，久仰，久仰！

钱谦益 自古才子多得仙缘，下笔如有神助。金先生，才子也。

金圣叹 才子?

钱谦益 才子!

金圣叹 哈哈哈。

钱谦益 哈哈哈。

［幕后伴唱：

科场游戏意阑珊，
设坛批乱神怪言。
醉里熏风身不知，
恍然一梦已经年。

第二场 断梦《水浒》

［明崇祯十四年（1641）。

［金圣叹乡间居所“唱经堂”。

［红叶村妇打扮，进进出出，忙着晾晒五谷。金圣叹在树下闲坐饮酒。

金圣叹 （唱）门临大河唱经堂，
嘉树有荫蔽庭芳，

红　叶 （唱）叶府仙坛结姻眷，
从此女侍换村妆，

金圣叹 （唱）山野夫妇林下坐，
怡然自得雁两行，

红　叶 （唱）柴米油盐从今顾，
酸甜苦辛自品尝。

金圣叹 有劳夫人了。这家里大大小小、内内外外的事务，全仰仗夫人操持。

红　叶 夫君看书去吧，做个秀才么，也是辛苦了。

金圣叹 如今我又考中了秀才，月供六斗米，温饱可顾，吾愿足矣。只要曲苑擅场、诗酒流连，哪管青云宏图、科场高低。

红　叶 夫君之志不在雁塔题刻，而在名动天下。

金圣叹 知我者，夫人也。世人皆说写八股文章的才是“文人”，写诗词歌赋的乃是“雅士”，写小说的只是“文痞”，嘿嘿，我偏不信此道。依我看，“六经”乃圣人之糟粕，可堪品读者唯有才子书。庄周有庄周之才，屈平有屈平之才，史迁有史迁之才，杜甫有杜甫之才，降而至于施耐庵有施耐庵之才，董解元有董解元之才。

红　叶　秀才又发高论了。

金圣叹　这做才子么，第二步，必求立言，才能彪炳千古。吾平生所愿，编定《六才子书》。自诩才子者，须读我书；想成才子者，必读我书。读我之书，只须沉潜精舍，三年不出户庭，便已极尽天下之无穷。

红　叶　天下才子必读书？

金圣叹　天下才子必读书！且唯我一家正版。

红　叶　嘿嘿嘿。

金圣叹　哈哈哈。

（唱）诗书酒友，以谈为乐，
　　　升斗小民，睥睨群峰。

红　叶　（唱）醉中醒里，明灭烛灯，
　　　文中游戏，逍遥鲲鹏。

金圣叹　（唱）兴至评书，奋笔如风，
　　　风晨月夕，朱墨纵横。

二人合　（唱）桃源逸趣，不羡枢要，
　　　稗史词翰，名山功成。

［光渐暗，红叶隐下。

［孤灯深夜，金圣叹时而墨笔横画，时而独酌浅吟。

金圣叹　古人著书，每每若干年布想，若干年储材，又复若干年经营点窜，而后得脱于稿，裒然成为一书也。今人不会看书，往往容易将书混账过去。于是古人书中所有得意处、不得意处，转笔处、难转笔处，趁水生波处、翻空出奇处，不得不补处、不得不省处，顺添在后处、倒插在前处，无数方法，无数筋节，悉付之于茫然不知，而仅仅粗记前后事迹，是否成败，以助其酒前茶后，雄谭快笑之旗鼓。呜呼！吾特悲读者之精神不生，将作者之意思尽没，不知心苦，实负良工，故不辞不敏，而有此批也——《贯华堂第五才子书水浒传》。

［忽又奋笔疾书、高声诵之，一人读之，宛若千万人之回声。

［头戴面具的白衣人上，似梁山好汉般杯酒立誓，歃血结盟。

白衣人 今聚一堂，准星辰为兄弟，指天地作父母，一百八人，人无同面，面面峥嵘；一百八人，人合一心，心心皎洁；乐必同乐，忧必同忧，生不同生，死必同死。既列名于天上，无贻笑于人间；一日之声气既孚，终身之肝胆无二。（白衣人隐下）

金圣叹 嘿嘿，真正吉祥文字！

红　叶 （端茶饭悄上）这还不是你自己写的么，哪里是施耐庵所为？好好的一百二十回删成了七十回，还说什么贯华堂古本。

金圣叹 嘘，我乃是托古喻今，借施兄杯酒，浇我胸中块垒。金圣叹评《水浒传》，乃是金圣叹文字，不复施耐庵文字也。此本一出，他本皆废。夫人啊，名山事业全在此，日后生计全凭它。说起生计来，我这肚子，又是空空如也。

红　叶 喏，茶饭早已备下啦，一壶老酒伴君点评。

金圣叹 （嬉笑）知我者，夫人也。

［红叶下。

金圣叹 连年大旱饥馑，又逢虫灾，横吏索钱，比盗贼更剧。吴县比之梁山，只怕也好不到哪里去呀，（端起酒杯）酒兄呀，酒兄，再过几日，我怕是连你也喝不起喽。哎哟，蚊子。（打蚊子状）啪，还来喝我的血，我哪里还有多余的血可给你喝。

（念）蚊子秋来大如蜂，

衣裳郎亢冠蓬松。

咬人人不计较汝，

岂得数日还相逢。（复拿起书本）

金圣叹 《水浒传》所叙，叙一百八人，人有其性情，人有其气质，人有其形状，人有其声口。夫以一手而画数面，则将有兄弟之形；一口而吹数声，斯不免再映也。施耐庵以一心所运，而一百八人各自入妙者，无他，十年格物而一朝物格，所以一笔而写百千万人，固不以为难也。呜呼，天下之文章无有出《水浒传》右者，天下之格物君子无有出施耐庵右者！

（唱）暴政横行民涂炭，
豪杰起义入梁山。
奸臣弄主权，
墨吏酿民怨，
谁知百姓苦？
糠菜勉为餐。
豺狼当道贪无厌，
书生意气凌霄汉。
论英雄龙蛇机变，
肯守着刀笔如椽，
待扫清海甸，
盼归宁国泰民安。

［继续埋头疾书，终至困倦，昏睡于案。

［缥缈梦境中，画着一半红脸一半白脸的宋江与李逵上。

宋　江　秀才，醒来！

金圣叹　（惊醒）汝乃何人？为何如此不人不鬼，一半红脸，一半白脸。

宋　江　嘿，还不是拜你所赐。

金圣叹　拜我所赐？

宋　江　吾乃梁山呼保义宋公明是也。

金圣叹　（大惊）梁山宋公明！

宋　江　还不是你骂我奸雄伪诈，使我今日面目半面忠义、半面权奸。

李　逵　（帮腔）快快给爷招来，你一介酸腐秀才，为何要腰斩《水浒》，独恶俺宋江哥哥？看招，吃爷一记斧头！（作打状）

金圣叹　啊呀呀，好汉饶命。黑旋风李逵大侠呀，我待你不薄也。

李　逵　哦，你如何个待我不薄？

金圣叹　吾批本写道："李逵是上上人物，写得真是一片天真烂漫到底。看他意思，便是山泊中一百七人，无一个入得他眼。《孟子》'富贵不能淫，贫贱不能移，威武不能屈'，正是他好批语。"

李　逵　哦，说的都是好话？

金圣叹　说的都是好话。

李　逵　俺乃上上人物？

金圣叹　（竖起大拇指）上上人物！

李　逵　啊咋咋，哈哈哈。公明哥哥，如此这般，我就不好劈他的脑壳了。

宋公明　啊呀，呆子，几句诳语就笼络了你，你且一边去，待我问他。

（唱）盖世忠肝，包身义胆，

解忧排难，诺似丘山。

酬死士万金立散，

答君恩忠义尽传，

人人赞我及时雨，

偏偏你评我诈且奸。

好恼呀，好恼！

这评本千载流传，

玷污我一生谦善！

金圣叹　嘿嘿，宋江，你本就是个矛盾人物，既要做个绿林大王，又要勇悍狂侠、忠孝两全，难矣，难矣。“作乱”与“忠孝”可两全乎？哪里是我污蔑了你？是你自己也不了解自己。

宋　江　嘿，你如此了解我，只怕你才是我的千秋知己。你我不过同病相怜，惺惺相惜而已。

金圣叹　你可知《水浒传》为何民间盛传？

宋　江　为何民间盛传？

金圣叹　因为四个字——

宋　江　哪四个字？

金圣叹　大快人心！

宋　江　好一个“大快人心”！秀才你，也想揭竿而起、劫富济贫么？

金圣叹　唉，我亦想劫富济贫、替天行道。可惜啊，文弱秀才，手无缚鸡之力，何况书香之家，如何落草为寇？我且问你，为何偏要招安？

宋　江　不招安何以进庙堂，自古英雄豪杰，志在功成画麟阁。

金圣叹　可叹呀，“朝廷贵官”四字，驱却无数英雄入水泊。

宋　江　换我来问你，先生隐居避世、逍遥林泉，真真避得了这天地人伦么？

金圣叹　天地人伦？

宋　江　敢问先生，“仁”字“礼”字如何两全？

金圣叹　这“仁”字么，苛政当反，小民当恤；这“礼”字么，伦常不可犯，名分不可违。

宋　江　“仁”“礼”可两全乎？

金圣叹　难矣，难矣。“仁”“礼”难以两全。

宋　江　这“仁”“礼”确难两全，被困其中，自是生死不得。先生要用张叔夜捉尽梁山众人，那先生呢，可找到逃脱之法了么？

金圣叹　逃脱之法？

宋　江　先生，你且听——

［幕后钟声：当当当——

金圣叹　何处喧哗？

［幕后内声：李闯贼攻破京城啦！

金圣叹　闯贼可恼！

［幕后钟声：当当当——

金圣叹　何处鼓噪？

［幕后内声：崇祯帝煤山自缢了！

金圣叹　啊呀呀，先帝！（朝北跪拜）金瓯缺，瓦难全。普天之下，黎民百姓，战火硝烟，浩劫难逃。梁山聚义肝胆相照，群雄好汉高眄四海，又怎比得过四个字——

宋公明　哦，又是哪四个字？

金圣叹　黎民众生所愿，“天下太平”而已矣！

宋公明　天下太平！

金圣叹　放观海内，英雄哪里？忠义何在？

［幕后内声：清兵南下，福王被擒。

金圣叹　（步履踉跄）大明怕是保不住了。

［幕后内声：钱谦益牧斋公开城降清。

金圣叹　（颓然坐下）一代鸿儒，晚节不保，可惜了，可惜了。（再度陷入昏睡）

［宋江、李逵下。

［天微明，红叶端茶盘上。

红　叶　秀才快快醒来，秀才快快醒来。

金圣叹　（梦醒）啊呀呀，宋公明哪里？李山儿哪里？梁山哪里？大明哪里？而我又在哪里？

［幕后伴唱：

妙笔朱批墨纵横，
千秋功罪任诙谈。
梁山聚义惊噩梦，
天下太平待何年？

第三场　惊梦《西厢》

［清顺治十三年（1656）。

［金圣叹内声：“老妻哪里，老妻哪里？”

［金圣叹剃发清装上，已是颓然老矣，须发斑白。

金圣叹　（念）不曾误受秦封号，且喜终为晋逸民。

红　叶　（抱米罐上）家里又没有米啦。

金圣叹　杜甫诗云“老妻画纸为棋局，稚子敲针作钓钩”，与我之境遇，一般无二。

（唱）今冬无米又无菜，
何不作官食肉糜。
邻舍纷纷受甲去，
独自饿死欲底为？

殉身报国，是为死节；国破鼎覆，小民堪哀。夫秦不失德，则今日犹秦；汉不失德，则今日犹汉。乃今秦汉何在？日月不停，兴亡交臂，一朝瓦散，万古灰灭。世上头等英雄，到头终有消散。

红　叶　这正是：巧妇难为无米之炊，秀才难渡鼎革之变。

金圣叹　饭没得吃，那读书去了，读书去了。

红　叶　哎，这茅草屋顶也漏雨了。

金圣叹　屋漏偏逢连夜雨，管它不得，还是读书的妙呀！书中自有千钟粟，书中自有黄金屋，书中还有那颜如玉、女多娇……

红　叶　这个老书呆子。（抱米罐下）

［金圣叹庭院驻足，仰望明月。

金圣叹　好一轮明月也。人生自是有情痴，此恨不关风与月。

（唱）风驰电掣，水逝云卷，

月圆月缺，万万年年，

大千世界，方生方死，

春露秋霜，草枯人散。

念之思之魂肠断，

恸哭古人衣泪沾，

批之耀之才子书，

留赠后人知音伴。

逞胸中一副别才，

觑眉下一双别眼，

手眼心法，笔墨纸砚，

穷极这文法精妙，

抒尽我胸中洞天。

［书榻前坐定，拿起《西厢记》。

金圣叹　这做才子么，第三步，必求佳配，占尽天下风流。我那老妻，嘿嘿，年轻时节也是佳人一枚，如今么，水桶腰、枯树皮，不能看了，不能看了，还是读书的妙。今日评点之，王实甫《第六才子书西厢记》。你说它是淫书，嘿嘿，我偏推崇它为天地妙文，令千古才人心死。正所谓，文者见之谓之文，淫者见之谓之淫耳。

［金圣叹起身拂尘拭案，恭整衣衿，向月三拜。

［头戴面具的白衣人上，似一群陶俑，又似一群蒙童，舞之蹈之。

金圣叹　《西厢记》，必须扫地读之。

白衣人　扫地读之者，不得存一点尘于胸中也。

金圣叹　《西厢记》，必须焚香读之。

白衣人　焚香读之者，致其恭敬，以期鬼神之通之也。

金圣叹　《西厢记》，必须对雪读之。

白衣人 对雪读之者，资其洁清也。

金圣叹 《西厢记》，必须对花读之。

白衣人 对花读之者，助其娟丽也。

金圣叹 《西厢记》，必须与美人并坐读之。

白衣人 与美人并坐读之者，验其缠绵多情也。

金圣叹 《西厢记》，必须与道人对坐读之。

白衣人 与道人对坐读之者，叹其解脱无方也。

［白衣人隐下。张生上。

金圣叹 《西厢记》全书尽写莺莺，但却先见张生，此正是烘云托月之法也。

张　生 小生姓张，名珙，字君瑞，本贯西洛人也。功名未遂，游于四方。暗想小生满腹文章，尚在湖海飘零，未知何年得遂大志也呵！正是：万金宝剑藏秋水，满马春愁压绣鞍。今日前往普救寺瞻礼佛像，求一闲散心处。

（唱）雪窗萤火十余年，

时乖不遂男儿愿。

金圣叹 你看，那齐齐整整、袅袅婷婷的姐姐莺莺来啦。

［崔莺莺上，庭院赏花。

张　生 （瞥见莺莺，接唱）

数毕罗汉拜圣贤，

蓦然见百年业冤！

我眼花缭乱口难言，

魂灵儿飞去半天。

她默然不语花笑拈，

宜喜宜嗔春风面。

崔莺莺 （朝内声）红娘，我看母亲去。（扭身下）

张　生 （唱）未语人前先腼腆，

呖呖莺声花外啭。

解舞腰肢娇又软，

旖旎垂柳晚风前。

呀，谁想在这里遇到神仙！梵王宫化作了武陵源。（呆立）

金圣叹 瞧瞧，瞧瞧，看呆了一个张生。

［幕后伴唱：

恰寻归路，伫立空庭，

竹梢风摆，斗柄云横。

张　生 （唱）今夜凄凉有四星，

他不偢人待怎生。

金圣叹 啊呀呀，好一个“他不偢人待怎生”，此真活人于此可死，死人于此可活，悟人于此又迷，迷人于此又悟者也。悄然一卧三四日，不茶不饭、不言不语，如石沉海，如火灭尽者，皆七字勾魂摄魄之气力也。

［红叶端菜汤上。

红　叶 秀才，没有米粥可食，喝点野菜汤充充饥罢。

金圣叹 我哪里吃得下，哎呀呀，他不偢人待怎生？

红　叶 哪里的他？

金圣叹 书中的他。

红　叶 （试探）他？是男是女？

金圣叹 是张生喟叹莺莺也，哎呀呀，“他不偢人待怎生”。

红　叶 哦，是张生喟叹莺莺。秀才真乃世间读书种子，如此痴情一片。

金圣叹 不知圣叹今日是死是活，是迷是悟也。

［幕后内声：顺治帝言金圣叹文字，“此是古文高手，莫以时文眼看他”。

金圣叹 （惊喜）啊呀呀。

张　生 傻秀才还不谢恩。

金圣叹 （感而涕下，向北叩首谢恩）得帝王一赞，圣叹此生死而无憾矣！

（唱）绛县涂泥不记春，

江南梅柳漫惊新。

忽承帝里来知己，

传道臣名达圣人。

张　生 恭喜秀才，贺喜秀才。你这可是苦尽甘来，再不用愁明日无米下锅啦！

金圣叹 这真是久旱逢雨、天恩浩荡，怎知我耳顺之年才遇知音。

张　生 唉，不知我何年才得遂大志。

红　叶　秀才，你向来自比陶潜，岂不闻陶公有言“富贵非吾愿，帝乡不可期”？

金圣叹　哦，“富贵非吾愿，帝乡不可期”。

红　叶　你我隐逸多年，岂不闻“不贪，远害”乃是隐居真诀？

金圣叹　好一个“不贪，远害”！就算是皇帝老儿御赐我做个文学侍从，米是不愁了，可这“自由身”就难讲了。老妻说得有理，宦海沉浮难预料，我还是做个才子的好。且度流年，且看莺莺。平头百姓无牵挂，不亦快哉！

红　叶　你评书来我煮茶，不亦快哉！

张　生　哎呀，你这个不成器的东西，看什么莺莺。男子汉大丈夫，蟾宫折桂、金章紫绶才是人间富贵。

金圣叹　那你不看莺莺？

张　生　不看。小生志在平步青云、衣锦荣归！

金圣叹　（试探）真格不看？

张　生　不看。（背过身）

金圣叹　那我自己看去了。（诳语）哦，莺莺小姐来了！

张　生　（猛回头）在哪，在哪？哎哟，我的莺莺姐姐，你可想煞小生了。

金圣叹　（敲张生脑袋）还想什么莺莺，你忘了《惊艳》《酬简》之后，又有《拷艳》《哭宴》诸多波折？如今老夫人命你前往京城考取功名，你还是赶紧上路去吧。

张　生　啊呀，苦呀，我哪里舍得莺莺。

金圣叹　快去，快去。金榜题名之日，莫负莺莺才好。

［张生哭介。

金圣叹　哭什么哭？（唱《打枣竿歌》）

送情人直送到丹阳路，

你也哭，我也哭，赶脚的也来哭。

张　生　赶脚的哭什么？

金圣叹　（接唱）去的不肯去，哭的只管哭。

你两下里调情也，我的驴儿受了苦。

张　生　咳。

金圣叹 快快走了。（递马鞭给张生）

［张生执鞭赶路。

张　生 啊呀，苦呀。别了莺莺，离了蒲东，早三十里也。兀的前面是草桥店，宿一宵，明日早行。

（唱）旅馆欹单枕，

乱蛩鸣四野，

助人愁纸窗风裂，

乍孤眠衾寒被怯。（入梦）

［莺莺上，敲门。

崔莺莺 开门！开门！

张　生 谁敲门哩？是一个女子声音，作怪也，我不要开门呵！

崔莺莺 是我，快开门。

张　生 原来是小姐。姐姐，你怎生到此。

崔莺莺 （唱）别离后西日初斜，

废寝餐忧思伤嗟。

怨功名使人离缺，

行路难荒郊旷野。

应怜我千里关山，

人生最苦是离别。

张　生 姐姐，小生也一般愁恨重叠、挂肚牵肠，恨不与你生则同衾，死则同穴。姐姐，连累你受此辛劳。（做抱科，莺莺已飘然若去）

金圣叹 （猛踹张生一脚）呆子，还不醒来，哪里有莺莺，哪里有西厢？正是：（念）无端燕雀高枝上，一枕鸳鸯梦不成。

张　生 呀，原来是一场大梦。且将门儿推开看，只见一天露气，满地霜华，晓星初上，残月犹明。

（唱）颤巍巍竹影走龙蛇，

虚飘飘庄生梦蝴蝶。

急煎煎好梦应难舍，

娇滴滴玉人何处也！

金圣叹 《西厢记》，《惊艳》而生，《惊梦》而灭，缘起缘灭，聚散离别，终归一个“无”字。

张　生　啊呀，先生你，真的了悟了生死，勘破了红尘么？

金圣叹　由生到灭，由灭到无，世事循环不朽，文法亦如世事。岂不闻：一切有为法，如梦幻泡影，如露亦如电，应作如是观。

张　生　先生，你且听——

［幕内声：顺治帝驾崩！

金圣叹　啊呀呀，先帝。（面北捶胸恸哭）知遇之恩尚未报，宦海升平已成空。

［幕后伴唱：

才子佳人意踟蹰，
西厢姻缘枉沉浮。
惊艳而起惊梦灭，
大槐叶落梦归无。

第四场　破梦哭庙

［清顺治十八年（1661）。

［吴县县衙。县衙后堂，鞭打声、号叫声、喊冤声、求饶声不绝于耳。

任维初　吾乃吴县县令任维初，“功令森严，钱粮最急”。不缴钱粮，嘿嘿，那我就当堂杖毙一人，看看还有谁敢公然抗税？

（快板）小小七品县，
油水一箩筐，
国库收五十，
县衙进百担。
明目涨赋税，
暗中倒粮仓，
傍定大靠山，
不怕民告官。

区区知县俸禄能有几个钱，我将平仓米转手倒卖，嘿嘿，翻三番。粮仓亏空怎么办？这好办，让百姓的赋税补窟窿。这就叫乾坤大挪移，公款

进腰包。（朝内）小子们，给我继续打。（大摇大摆地下）

［红叶一手提菜篮一手搀扶着扮成瞎眼算命先生的金圣叹，从县衙门口经过。

红　叶　我听说，县衙里每天都有被鞭刑打死的，造孽哎！这连年天灾，收成又不好，乡亲们拿什么来缴钱粮？

金圣叹　江南赋税本就重，暴政酷吏，这人祸怕是比天灾还要吃人嘞！嘿嘿，让我来贴它几个字。

红　叶　什么字？

金圣叹　喏喏，“此之谓，恶在其”。（将对联贴在县衙门外）

红　叶　（劝阻）秀才你不要惹事，趁没人看见，还是快快走了罢。弄不好，是要蹲牢房吃鞭子的。

金圣叹　知县恶行，即三尺童子亦怀不平，何况我等读书之辈。

红　叶　顺治帝驾崩，听闻今日苏州大大小小的官员都要亲临文庙“哭庙祭祀”。我怎么看到一大批乡邻秀才也跑过去了？

金圣叹　秀才们不是去哭先帝的，他们是要去鸣钟击鼓、拦路喊冤的。

红　叶　呀，如此莽撞行事，福祸难料，秀才你可千万不要去。

金圣叹　哎，我这个秀才虽然是混口饭吃的，可是民生疾苦，不可不管，不可不问。循吏美政自当赞颂之，墨吏苛政自当抨击之。我已向巡抚大人投帖，要求彻查任维初私吞钱粮一事。

红　叶　这可是官府家事，插手不得。

金圣叹　老妻呀，我虽已须发斑白，可这书生意气还在，我就去这一回，就去这一回。（趁红叶不注意溜下）

红　叶　（急追）秀才呀，秀才！你快回来，这可去不得呀！（下）

［县衙内堂，任维初正哼着小曲，品着香茗。

［门童发现了对联，撕下，呈给任维初。

门　童　县老爷，小的在县衙门前发现了一副对联。

任维初　（看对联，不解）“此之谓，恶在其”，这是何意？

门　童　这……小的……小的不敢讲。

任维初　（凶神恶煞）不讲，后堂鞭刑伺候！

门　童　（吓得跪地）小的讲，小的讲。这六个字是联语，上联是“此之谓民之父母矣”，下联是“恶在其为民父母耶”。

任维初 （拍案怒起）好大的胆子！谁写的，谁敢辱骂本官？

门　童 （战战兢兢）看这个字迹么，像是那个时常在庙门口摆摊算命的金圣叹，他还点评过很多才子书，什么《水浒传》呀，《西厢记》呀……

任维初 这些可都是朝廷禁书，怎么，你都看过他的点评本？

门　童 （急忙撇清）没看过，没看过，只是听说，听说。老爷，您没什么事，小的就先下去了。（逃下）

任维初 好你个金圣叹，你以为闭门著书、游戏文字，本官就奈何你不得吗？还想投帖巡抚告我私吞钱粮，嘿嘿，他和我可是一条绳上的蚂蚱，我贪的那点钱，一半就给了他，若事发败露，逃不了我，也跑不了他。尔等这些不知天高地厚的秀才，我要让你们永远闭嘴！

［景暗转。

［幕后内声：巡抚大人升堂。威——武——

朱国治 带金圣叹。

［五花大绑的金圣叹被押了上来。

朱国治 大胆刁民金圣叹，汝可知罪？

金圣叹 小民不知何罪。

朱国治 嗯哼。震惊先帝之灵，一罪也；声言扛打县令，目无朝廷，二罪也；散发帖贴，纠集民众，三罪也。

金圣叹 县令监守自盗，民怨沸腾，我等弹劾酷吏、为民请愿，何罪之有？

朱国治 死到临头了还不知悔改，尔等“抗纳兵饷，鸣钟击鼓，聚众扰乱，震惊先帝之灵”，斩立决！（扔下死签）（对任维初）让他速速画押。

任维初 大人请放心，有下官在此，还怕他不招？巡抚大人请后堂休息，我已经给您备好了上上等的明前碧螺春。（谄媚护送朱国治步入后堂）

金圣叹 呸，官官相护，一丘之貉！

任维初 金圣叹啊金圣叹，你不认识本官了吧？我可还记得你。你我是同一届秀才，岁末试题“夫子动心否乎”，你那三十九个“动”字，可谓天下闻名。

金圣叹 哦，不知大人考场如何应对？

任维初 （抖抖衣衫，假装肃正）答曰：“君子固穷，独善其身，先忧天下，同乐百姓。老当益壮，宁移白首之心？穷且益坚，不坠青云之志。”

金圣叹 呸，假矣，谎矣，自欺欺人，愚弄天下而已。说动心者，未必贪图富贵，搜刮民膏；说不动者，则是人面兽心，歹毒千倍。所谓君子，光明磊落；所谓小人，表里不一。

任维初 我是小人？呸，如今我可是位嘀嘀呱呱的“大人”。你这个阶下囚还想犯上作乱，找死！

金圣叹 我死也死得清白磊落，绝不画押！

任维初 嘿嘿，好一个硬骨头金圣叹。（心生一计）你可知《水浒传》倡乱诲盗，《西厢记》诲淫惑世，都在朝廷禁书之列？你私自点评刊印，知是何罪？

［圣叹惊疑不语。

任维初 （扬声）大清律例：凡坊肆偷卖禁令小说，俱严查禁绝，将版与书一并尽行销毁，不许隐匿！

金圣叹 （苦苦挣扎）我死不足惜，可我那才子书呀，辛苦评刻三十载。书版得留下，不能烧，我……我……愿以命换书。

任维初 画押？（扔下文书）

金圣叹 画押！（在文书上签字画押）

任维初 嘿嘿，还怕我治不了你这把硬骨头。（拿文书下）

［景暗转。

［阴森森的牢狱。红叶前来探监。

红　叶 秀才，秀才——

金圣叹 （恍然醒来）老妻呀，老妻，我悔不听你言。我总说做才子有三步：第一步，必求扬名，闻达于显贵；第二步，必求立言，才能彪炳千古；第三步，必求佳配，占尽天下风流。谁知我今日恰恰走到了第四步——

红　叶 第四步如何？

金圣叹 这第四步么，沉冤枉死，方得后人立传。

红　叶 （潸然泪下）秀才呀，秀才。

金圣叹 老妻呀老妻，你嫁我之时青春年少、花容月貌，如今你我都已是垂垂老朽、风烛残年。金圣叹我这一辈子呀，不愧天地，不愧诗文，唯愧老妻你呀！你为了我们这个小家，为了我这个老书呆子，操劳奔波，无一日得享清福。金圣叹在此拜谢了（跪拜于地），有了你，才成全了我。

红　叶　秀才，老爷呀。我不指望你宝马轻裘、食禄千钟，我唯愿“永老无别离，万古常圆聚”。（抹泪）

金圣叹　夫人真乃我的知心青衣者，霜晨雨夜侍立在侧，大难临头也不离不弃。

［两人抱头痛哭。

金圣叹　红叶吾妻，我不曾存下房屋田产、黄金银票，留给妻儿依傍，可我那“贯华堂才子书”呀，唯有几张破旧书版留存。万望吾妻好生保管，我之心血，尽皆于此。

红　叶　秀才放心。妻在，书在，香火在，书版传。只要金家不绝，三百年后，偏要这“才子书”街巷尽知。

金圣叹　如此，我死也瞑目，死也瞑目了！今夫天地，梦境也；众生，梦魂也。无始以来，我不知何年齐入梦也；无终以后，我不知何年同出梦也。大地梦国、古今梦影、荣辱梦事、众生梦魂，沉潜反复，终究大彻大悟，破梦而出。

（唱）世情百态，魑魅魍魉，
酸甜苦辣，喜忧半参。
一生所好只爱书，
金针随度情怡然。
读《水浒》，英雄起义聚草莽，
品《西厢》，儿女情长画鸳鸯。
书中有独占鳌头题金榜，
书中有相思成病夜未央，
书中有硝烟散尽帝王梦，
书中有豪杰志士平四方。
我也曾扶乩仙坛为名扬，
我也曾听闻帝赞喜欲狂，
我也曾剃发换服将身避，
我也曾北拜朝堂望帝乡。
寻寻觅觅一路闯，
浮浮沉沉梦成殇。

红尘万千看不透，

怎效陶潜爱菊黄?

哎呀，宋江，我还是逃不出这天地人伦。

哎呀，张生，我还是未勘破这滚滚红尘。

繁华衰颓顷刻间，

起起落落人惊惶。

总以为日子悠悠岁月长，

却不知一朝梦醒天地荒。

笑我呀，登科入仕存幻想，

悲我呀，沉冤含屈赴法场，

喜我呀，知心青衣常在侧，

叹我呀，梦醒梦破尽痴狂。

人生一笔糊涂账，

后人评说由他忙。

且行且感且思量，

悲喜百味已入肠!

只是我舍不得这名山大河、奇树妙花、美文佳篇、红叶我妻。罢罢罢，若哭哭啼啼而终，我便是个悲的金圣叹，不若从容生动而去，也好做个喜的金圣叹。后世千秋万代，书种天地同在!（仰天长笑，向舞台纵深处走去）

［幕后伴唱：

东西南北海天疏，

万里来寻圣叹书。

圣叹只留书种在，

累君青眼看何如?

尾　声

［幽暗肃寂的牢狱，几点残光斑驳空灵。

老狱卒　金圣叹呀金圣叹，你可知三百年后，有人赞你江南才子、文坛圣贤，有人骂你倡乱诲淫、狂诞邪放。

金圣叹 扬之者九霄，抑之者粪壤，非我也，非我也。所谓“风流才子”，“超世而绝群，遗俗而独往，登乎太始之前，览乎忽莫之初，虑周流于无外，志浩荡而遂舒，飘摇于四运，翻翱翔乎八隅”。哈哈哈，我哪里管得了他人评说。

老狱卒 如今你大限已到，还有什么话要留下？

金圣叹 唉，（长叹一声）可惜我还有一个妙法未及传与子孙。

老狱卒 哦，什么妙法，不如先传给了我。

金圣叹 不可不可，此乃金家绝密，外人不可授，不可授。

老狱卒 这里可是死牢，连只麻雀也插翅难逃。难道你要带着这妙法同入黄泉？（上前讨好）不如先教给了我，我再传给你的后代子孙。

金圣叹 如此，我教你妙法。

老狱卒 （贴耳上前）什么妙法？

金圣叹 （耳语）咸菜与黄豆同吃，大有胡桃滋味。此法一传，吾无遗恨矣。

老狱卒 哦，大有胡桃滋味，这个妙，这个妙！省了不少下酒菜。

金圣叹 哈哈哈。

老狱卒 哈哈哈。

［遗世独立的金圣叹向着高台走去。灯光聚射，人像剪影。

［幕后伴唱：

纵酒著书金圣叹，
才名千古不沉沦。
梦醒梦断奈若何，
红尘历尽月入樽。

——剧终——

戏曲

情主冯梦龙

创作介绍：

冯梦龙青年时期有一段“逍遥艳冶场，游戏烟花里”的岁月，他与众多青楼名妓的交往，不止于逍遥、游戏，也不止于同情、悲悯。冯梦龙敬重、怜惜这些女子，视其为朋友、知己。他们有着共同的语言与艺术追求。冯梦龙不仅收获了一段段不同寻常的人生体验，也收集了吴地众多的民歌与散曲。他在《情史》中为这些痴情女子立传，“怜之吊之，志之铭之”，一片真情。“三言”中那些美丽坚贞却时运坎坷的女子，杜十娘、莘瑶琴、赵春儿、玉堂春……正是现实观照下这些青楼女子的文学化身，她们身上洋溢着或刚烈、或善良、或聪明、或执着的品质，情感炙热而光彩照人。

冯梦龙的可贵，在于他以最强烈的热情，不以前程为怀，不以利禄为用，不以诽谤为戒，不以攻讦为训，孜孜不倦地进行通俗文学的搜集、整理、研究、刊行工作。不仅如此，他还搜集整理了民歌集《挂枝儿》和《山歌》，使明中叶以后的八百余首民间歌谣免于湮没，为当时浮华的文坛吹来了刚健清新的田野之风。他用自己的笔墨和才华忠实记录了底层民众的人情世态和悲欢离合。这正是“魂惊梦语不自知，倩文章压倒相思。想遍文章无一字，写出来依然是情词”。

剧本《情主冯梦龙》获“戏剧中国”2020年度作品征集活动戏曲类潜力剧本。

人　物:

冯梦龙（生）——字子犹，江南文人。

冯喜生、白小樊、侯慧卿（旦）——青楼名妓。

冯　苞（丑）——冯家小厮。

孙　富（净）——扬州盐商。

袁无涯（末）——书商，梦龙友人。

冯妈妈、侯妈妈（老旦）——青楼老鸨。

玉　兰（贴旦）——侯慧卿贴身丫鬟。

李郎，刘生，刘父，仆役甲乙，小姑娘，宾客等。

时　间：晚明时期

地　点：苏州、南京

序　幕　舟中逢美

［中秋夜，七里山塘。

冯　苞　古人云“万般皆下品，唯有读书高”。话说明末苏州府长洲县，有一户冯姓人家，乃是书香门第，育有三子。老大冯梦桂长于作画，师从吴派，游历四方，闻名遐迩；老二冯梦龙多才多艺，琴棋书画无不精通，尤喜民间歌谣小调，戏曲话本更是信手拈来；老三冯梦熊长于作诗，一举成名，进京赴任。人称“吴下三冯”，一门风流。可偏偏就是这位二公子，自十三岁中了秀才后，屡试不第。其兄其弟都已中了举人，他还在秀才的位置上熬年岁。可话又说回来，要是他年轻时便中了举，哪有后来的《挂枝儿》、《山歌》、“三言”、《情史》之书供诸君夜读消遣？如此看来，中与不中，天命也。瞧，他来了。

［冯梦龙内唱：“轻风袭人杨柳岸……”乘船上。

冯梦龙　（接唱）夜莺娇啼白沙边，

碧波粼粼光如练，

虎丘山麓遥望间。

这边厢，画舫竞渡灯火璨，

那边厢，玉人端坐笙箫传，
中秋夜，一轮明月水天映，
山塘街，游人如织船似弦。
亦真似幻梦中景，
飘然欲仙神思翩。

冯苞，速与我划船。今夜恰逢中秋夜虎丘曲会，你我也好前去一饱耳福。

冯　苞　来哉，来哉。（跳入船上，撑桨划动）

［另一小舟划来，船上端坐着侯慧卿，手抚琵琶，吟唱民歌《挂枝儿》。

侯慧卿　（唱）青天上月儿恰似将奴笑。
高不高，低不低，正挂在柳梢。
明不明，暗不暗，故把奴来照。
清光你休笑我，且把自己瞧，
缺的日子多来也，团圆的日子少。（轻叹一声）

［两舟交错而过。冯梦龙魂魄皆惊，蓦然呆立。

［幕后伴唱：
一双眼明秋水润，
两弯眉山翠含颦。
涟漪清音惊魂魄，
舟过人往何处寻？

冯　苞　（眼前摇手）公子，公子，魂兮归来，魂兮归来。

冯梦龙　（惊醒）哎呀，好一位佳人，好一首妙曲！我若得此美人相伴，红袖添香，不枉此生矣。只是不知那女子是何方眷属，又为何叹息？（遥望）哎呀呀，舟已远去，追之不及，叫我去哪里寻她？（捶胸顿足）

冯　苞　公子呀，莫急莫急，依小人看来，只怕那位美人不是一位仕女班头，而是一位风流领袖。

冯梦龙　尔是何意？

冯　苞　要找她就得到舞榭歌台。

冯梦龙　舞榭歌台？

冯　苞　你们文人的——秦楼楚馆。

冯梦龙　（沉思状）哦哦，原来是秦楼楚馆。

第一场　捐金救妓

［幕后伴唱：

隔河看见野花开，

寄声情哥郎替我采朵来。

姐道我郎呀，

你采子花来，

小阿奴奴原捉花谢子你，

决弗教郎白采来。

［一月后，满芳院。

冯梦龙　（唱）埋首举业数十年，

羁旅愁思步维艰。

寒窗苦吟孤灯伴，

如今仍是秀才衫。

袁无涯　子犹贤弟，你有所不知呀？

（唱）莫牢骚经纶腹满，

且看这秦楼楚馆。

解语花明丽温婉，

可解你心中忧烦。

自古文人士子，有两个考场，喏喏，一个在会试殿试，一个在梦馆楚馆；一个是功名利禄，一个是朱颜青睐。想当年，杜牧十年一觉扬州梦，众名姬春风吊柳七……世所钟情，正在吾辈。来来来，（两人圆场）此处便是花满山塘第一家，满芳楼是也。

冯梦龙　哎呀呀，袁兄差矣，我只是对那舟中女子挂怀，不是要梦馆寻欢赏花柳。

袁无涯　我懂，我懂，不踏百花丛中，如何觅得佳人？要寻佳人，必赏满芳。（朝内喊）喜生姑娘，出来见客啦！

［冯喜生携琵琶上。

袁无涯　子犹贤弟，看仔细了，可是她？

冯梦龙　（仔细察看，惋惜摇头）非也，非也，美则美矣，形似三分。（施礼）

姑娘，多有得罪。袁兄，你我还是回去的好。（一走）

袁无涯 （拉住）唉，来都来了，无功而返岂非扫兴?

冯梦龙 得见佳人一面，已属三生有幸。还是回去的好。（二走）

袁无涯 （拉住）见都见了，不如坐下谈诗论画、欢歌宴饮一番。

冯梦龙 如此冒昧，打扰姑娘清静，还是回去的好。（三走）

袁无涯 （拉住）不如就听一曲，就听一曲，一曲《挂枝儿》如何?

冯梦龙 （回转）哎呀，如此这般，烦劳姑娘弹唱一曲《挂枝儿》，吾等洗耳恭听。

冯喜生 俗调恶曲，青楼之音，恐污相公尊耳。

冯梦龙 姑娘此言差矣，人无贵贱，休要妄自菲薄，况且里巷《挂枝儿》诸曲，清妙婉丽，情真意笃，大有《诗经·国风》之遗韵。

冯喜生 相公如此抬爱，是吾姐妹万千之幸。请。（轻抚琵琶入座）

（唱）泥人儿，好一似咱两个，

捻一个你，塑一个我，

看两下里如何?

将他来揉和了重新做，

重捻一个你，重塑一个我，

我身上有你也，你身上有了我。

袁无涯 （击节赞叹）妙曲，妙曲！听这一曲此行足矣。

冯梦龙 曲词皆妙，只是歌声背后为何有凄凄悲苦之音?敢问姑娘，有何隐衷?

冯喜生 （掩袖啼哭）噫，奴家也是个苦命的人儿，可怜那李郎……

冯梦龙 姑娘有何隐情，直言道来，在下愿为姑娘做主。

冯喜生 相公啊，奴家也曾是好人家儿女……

（唱）幼失双亲舅父养，

长大卖至平康巷。

倚门卖笑不由己，

身似飘萍悬浊浪。

少小也曾姻缘订，

青梅竹马是李郎。

一朝坠身烟花帐，

无颜再见旧时郎。
一河之隔人咫尺，
天涯永别情梦荒。
思之望之肝肠断，
不由泪下湿衣裳。

冯梦龙 哎呀，好一个“咫尺天涯情梦荒”，姑娘，你那李郎在哪里？在下愿为你寻之。

冯喜生 李郎就在河东岸坐馆西宾，已六年有余，迟迟不肯离去，奴家思之望之，更是痛断肝肠。

冯梦龙 哎呀呀，好一对有情人。袁兄，你我二人何不助她一臂之力，使她与李郎团聚？

冯喜生 （跪下相求）若得先生相助，喜生来世愿做牛做马报答先生恩德。

袁无涯 子犹贤弟，你真是痴人说梦！我好意带你来寻访佳人，你怎么就管起闲事来了？（察看四周）那老鸨见钱眼开，没有几千两银子，岂能赎身？

冯梦龙 小弟生平最爱多管闲事，有情如此，闻之潸然，非铁石心肠不能无动于衷。有情人，万里难寻；有情心，千金难换。

袁无涯 有情心，千金难换？

冯梦龙 千金难换。

袁无涯 喏喏喏，我只是一介书商，刻版印书，价低利薄。难得子犹如此雅兴，愚兄愿捐纹银二十两相助，只是你搜集整理的《挂枝儿》一书，若要刊发，我必须是头一家。

冯梦龙 五十两。允你独家梓行。

袁无涯 五十两就五十两，成交！（击掌）

冯喜生 多谢两位相公相助，我平日里也积攒了一些钗环首饰，一并托付先生典卖。只是李郎一介书生，哪里能筹得许多银两？

冯梦龙 明天一早我就去探望李秀才，不过此事还需如此，如此这般……（与冯喜生、袁无涯低头耳语）

［幕后伴唱:

姑娘称病躲妆楼，
哪管妈妈急似猴。

梦龙捐金显筹谋，

月老重偕鸾凤俦。

冯妈妈 我的儿，你只说身子不爽，是左不下楼，右不见客，眼见得白花花的银子，哪有推出去的道理？

冯喜生 妈妈，女儿这几年也为您赚下不少家业，现如今女儿执意从良，欲嫁河东李秀才，望妈妈成全。（施礼恳求）

冯妈妈 嫁给那个穷鬼，吃没好吃，穿没好穿，还不是在地狱受苦。

冯喜生 不劳妈妈多虑，女儿情愿嫁与李郎，布衣蔬食，粗茶淡饭，死而无怨。妈妈若不允，女儿就一头撞死在南墙上！（作势撞墙）

冯妈妈 （连忙拉住）姑奶奶，何必与命过不去。好好好，我便允了你又何妨？

冯喜生 妈妈，此话当真？

冯妈妈 当真。只怕那个穷书生没有这等的福气。

冯喜生 不知妈妈索价几何？

冯妈妈 若是别人，千把两银子也讨得了，可怜那穷书生出不起，只要他三百两，我自去买一个丫头替你。只一件，须是三日内交付与我，左手交银，右手放人。

冯喜生 想那李郎一介穷儒，莫说是三天，只怕三十日也凑不够银子。恳求妈妈看在我从小伺候的分上多多宽限几日。

冯妈妈 （背白）就算宽限他一百日，他哪里借得银子？没有银子，我看他有何面目登门。（对喜生）看你面，就宽限到十日，第十日没有银子，“从良”二字再休提起！

冯喜生 妈妈不会翻悔？

冯妈妈 与你拍掌为定。若翻悔时，做猪做狗！

［光转暗。

［迎亲喜乐吹打之声响起。

［冯梦龙携小厮冯苞与袁无涯一同前来。

冯妈妈 二位相公怎么一早驾临寒舍？

冯梦龙 今日乃喜生姑娘从良大喜之日，不可不来。

袁无涯 喏喏喏，来讨杯喜酒吃吃。

［河东李秀才上，依旧是一身褴褛布衣。

冯　苞　（故意喊）河东李秀才来哉！

冯妈妈　想这个穷鬼，好衣服也无一件，哪里有钱来给女儿赎身。

冯　苞　（抬上箱笼）哎呦，箱笼来哉，李秀才的赎金到了。

冯妈妈　（推开冯苞）什么？还真的有箱笼！（打开箱子查验）

冯梦龙　这是妈妈索要的纹银三百两，足色足数，分毫无爽。

冯妈妈　（心中懊悔）哎哟哟，哪知这个穷鬼还凑得出三百之数。我的心肝宝贝女儿呀……（佯哭状）

冯梦龙　听闻妈妈已与喜生姑娘拍掌为定，三百之数，十日之期。

冯　苞　若翻悔时，做猪做狗！

袁无涯　我等宾客俱是见证。

冯妈妈　（有苦难言）你们……你们……我……我……哎哟，可怜我那心肝宝贝！

冯梦龙　请新人，上花轿！

［冯喜生头披红盖头，款款而出。众人为李秀才更换吉服。

袁无涯　哈哈，妙呀。君子成人之美。

冯梦龙　情字重乎千金。

（唱）且看这新人喜服鸳鸯绣，
吾朋侪捐金助银美谈留。
这边厢拜天跪地情深厚，
那边厢哭爹喊娘财神丢。
曾经是咫尺天涯恨悠悠，
如今是夫唱妇随恩爱酬。
莫说道山河万里难寻就，
梦龙我情之所钟不思休。

冯喜生　（与李郎一同上前施礼）拜谢两位恩公大恩大德。

冯梦龙　快快请起。非我等之恩也，乃是你们两情之守。枉我读破万卷书，竟不知红尘之地，也有姑娘这般重情重义的女子。梦龙这厢有礼了。（回礼）

袁无涯　吉时已到，速上花轿！

冯　苞　哎哟公子，好端端一个漂亮姐姐倒嫁给旁人了。

冯梦龙　唉，你哪里知道，我要找的人还在等我呢。

第二场　妙笔重圆

［幕后伴唱：

为冤家造一本相思账。

旧相思、新相思，早晚登记得忙。

一行行、一字字，都是明白账。

旧相思销未了，新相思又上了一大桩。

把相思账出来和你算一算，

还了你多少也，不知还欠你多少想。

袁无涯　前几日带你去见山塘名妓冯喜生，不想却成就了她与李郎之姻缘。今日愚兄再带你来上翠云楼，会一会姑苏名妓白小樊。

冯梦龙　多谢袁兄提携。

［刘生上。

袁无涯　（作揖）啊，刘兄，许久未见。

刘　生　（作揖）啊，袁兄，小弟常年在外经商，久别姑苏城矣。

袁无涯　如此，不妨一同到翠云楼听曲，权且为刘兄接风洗尘。

刘　生　恭敬不如从命，请。

袁无涯　请。

［三人圆场落座。

［白小樊步态袅袅，眉锁离愁而上。

袁无涯　子犹贤弟，再看仔细了，可是她？

冯梦龙　（惋惜摇头）非也，非也，美则美矣，神似七分。

袁无涯　前一个，形三分，这一个，神七分，大差不差，将就一下。那晚月夜朦胧，你看走眼了也不一定。

冯梦龙　情字岂能将就？我眼里看得真切，耳中听得清晰，心中记得分明。

袁无涯　好好好，我辩不过你。今日我们兄弟三人畅饮，烦请小樊姑娘一曲《挂枝儿》助兴。

白小樊　（唱）镜子儿，自梳笼，与你时常相见，

想当初同欢面也共愁颜，

到如今埋灭我又不明不暗。

热气儿不敢来呵你，

缘何问你再不回言。

想必又有个人儿也，因此上变了脸。

袁无涯 （击节赞叹）妙曲，妙曲！

冯梦龙 曲词皆妙，只是歌声背后为何有铮铮怨怒之音？敢问姑娘，有何隐衷？

［白小樊不答却紧紧盯着刘生，步步近前。

白小樊 （辨认）原来是你。好一个东山刘生。

刘　生 我，我……你，你又是谁？

白小樊 我是谁？（颇受打击）你竟然忘了我——六年前与你私订终身的白小樊。可怜我为你守节六年，苦熬岁月，约定之期已过，却等来个音讯全无，又被妈妈打得皮开肉绽，不得不重操旧业。（怒目而骂）刘生呀，刘生，你负我矣。山盟海誓全不顾，负心薄幸是儿男！

刘　生 这这……（不知如何应对，捂头逃下）

袁无涯 哎哎，刘兄，刘兄。好端端听曲，怎又无辜受此牵连？

白小樊 （掩袖啼哭）一别六年无消息，原来早已将我抛之脑后……

冯梦龙 好恨呐！恨刘生薄情，又敬姑娘多情。万语千言竟不知从何说起……

袁无涯 （相拦）别说了，打住，他人之事，多说无益，多说无益。

冯梦龙 多说无益？确是个多说无益。在下不才，会写几篇酸腐词曲，说而无用，不如写出，在下愿用手中纸笔救姑娘脱离苦海。

袁无涯 怎么救？前日是喜生有情，李郎有意；今朝是小樊有情，刘生负心。凭你这支笔还能扭转了人心去向不成？

冯梦龙 成与不成，试试方知。小生先走一步，告辞。

袁无涯 哎，哎，我这位贤弟啊，真是个说风就是雨的性子。

白小樊 不知那位公子尊姓大名。

袁无涯 他呀，姑苏冯梦龙。

白小樊 原来是冯梦龙冯公子。（向远方施礼）

［光暗景转。

［幕后伴唱：

闭门半月烛影昏，

斟字酌句巧铺陈。
大笔如椽诉怨曲，
奇文共赏警世人。

袁无涯 （上）今朝乃是刘生之父六十大寿，亲朋受邀前往东山贺寿。（背白）子犹贤弟非要自请戏班与我一同献寿庆演，不知这葫芦里卖的又是什么药？

［袁无涯、冯梦龙与刘生、刘父见面施礼，众人落座。

冯梦龙 不才刚刚写就一出《双雄记》，特率戏班庆演献寿，祝伯父福如东海长流水，寿比南山不老松。恭请诸位亲友品鉴！

刘　生 （施礼）有劳冯兄费心。

［刘家堂会。白小樊扮《双雄记》中黄素娘出场。

白小樊 天哪，好苦呵！奴家黄素，与刘双有终身之约，一别六年，杳无音信，好教我茶饭无心，晨思梦想。况且妈妈十分厉害，度日如年，怎么得见刘郎之面。

（唱）我是真思真慕，挨朝挨暮。
随他冷口讥嘲，兀自热心回护。
到如今可疑，到如今可疑，
眼见六年辜负。
有甚弱水炎山，故把行人阻。
影也无，风也无，待向梦中寻梦还无。

冯梦龙 哎呀，想那黄素娘一片痴心赠与刘双，刘双一去六年杳无音信，真格是泥牛入海鱼雁断，刘郎一去不回还。

袁无涯 这刘双是负心还是另有隐衷，莫不是刘双之父执意不允，唯恐青楼女子有辱门楣。伯父，您看呢？

刘　父 （沉迷戏文）不会，不会。如此痴心一片，其父断不会横加拦阻。

冯梦龙 如此，便是那刘双背盟负心了。

白小樊 （接唱）自那日叮咛送别羞回步，
眉皱了未曾舒。
枉杀我朝来佞佛频搓土，
枉杀我暮夜逢人倩寄书。

愁无措，

论相思滋味，肝断肠枯。（啼泪而下）

冯梦龙　（起身）可恨啊，可恨！

（唱）骂刘双，天涯薄幸无消息，

忘却前言负婵娟，

不思量，丝弦寂寂知音伴，

灯前盟誓月下缘。

忘却了，春锁珠帘玉人面，

空留悲切度流年。

可怜她，日日思之千百遍，

夜夜难眠珠泪涟。

不承想，心坚百炼从良愿，

雨打花落时境迁，

真是个，万恨千愁不尽言，

相逢惟有魂梦边。

众宾客　（随声附和）这黄素娘可怜，这刘双可恨！

袁无涯　这个刘双，如此负心薄幸，不该呀不该。

［刘生如坐针毡，羞愧难当。

［光暗景转。

袁无涯　哈哈哈，子犹贤弟，喜事。子犹贤弟，大大的喜事！

冯梦龙　何来喜事？

袁无涯　那东山刘生来信了，两月后上门迎娶小樊姑娘。

冯梦龙　哦，果然？

袁无涯　果然！

冯梦龙　当真？

袁无涯　当真！

冯梦龙　哈哈哈！不枉我半月苦劳神，终盼来浪子回头、迷途知返。

白小樊　（上，拜谢）奴家白小樊特来拜谢冯公子大恩大德。

冯梦龙　快快请起。若不是姑娘的痴情守候，怎会有冯某的《双雄记》？枉我翻遍二十四史，竟不知烟花之中，也有姑娘这般一诺千金、忠贞守节的女子。冯某该谢姑娘，是姑娘的痴心不改才换来刘郎的前缘再续。

袁无涯　（笑道）子犹前番助喜生脱离苦海，今朝又助小樊喜结良缘。子犹古道热肠，天下无双，我看来世必会修成正果，做个西天如来普渡众生。

冯梦龙　小弟若做如来，必当做个“多情欢喜如来”，助天下有情人终成眷属。

白小樊　（施礼）拜谢多情欢喜如来，青楼姐妹莫敢忘先生救助之恩。祝先生早得佳人，琴瑟和鸣！

第三场　三拒梦龙

［幕后伴唱：

　　篡下的《挂枝儿》委的奇妙，
　　或新兴或改旧，费尽推敲。
　　娇滴滴好喉咙唱出多波俏。
　　那个唱得完这一本，赏你个大元宝。
　　啧啧，好一本新词也，可惜知音的人儿少。

冯　苞　（挑担前行）这三年，我家公子寻访遍姑苏花街柳巷，踏破了吴地秦楼楚馆，好一段游戏烟花里、逍遥艳冶场的放浪时光。可惜，还是未能找到那位中秋夜惊鸿一瞥的小娘子。你们说怪也不怪，难道她还能化成了天上仙、水中月不成？得，美人没找到，曲子倒听了不少，将田间里巷搜集到的民歌集成了《挂枝儿》一书，也算是不负痴心一片。（朝内喊）公子，快些走，前面就是南京城啦！

冯梦龙　（唱）六朝古都金陵地，
　　四方士子彤云集。
　　一边是拜访宗师学经史，
　　一边是锦绣留都勘游历。
　　水陆行，走走停停，停停走走，
　　一路上，遇山则登，遇水则嬉。
　　真是个，虎踞龙蟠，山河表里，
　　我这里，文思泉涌，心旷神怡。

［一个十二岁的小姑娘衣衫褴褛，头插草标，举一木牌，上书“卖身救母”。

冯　苞　哎哟，可怜这么小年纪，就要卖身为奴。想我也是这等大小被卖至冯家为奴，自幼陪少爷一起读书，如今长大成人，也在莺燕群中混个脸熟。

［孙富带两个仆役上。

两仆役　闪开，闪开，莫挡我家大爷的路！

孙　富　（念）富甲一方是盐商，

南来北往江上航。

新近丧偶失佳配，

有心来寻绝色芳。

［仆役横行，冲撞了冯苞，行李掉落。

冯　苞　真是欺人太甚，这南京城的路是你家的？

仆役甲　我家大爷，扬州首富。

仆役乙　我家大爷，富甲江南。

仆役甲　莫说是一条路，一座城也买得起。

仆役乙　这就叫有钱能使鬼推磨！

冯　苞　啊呸！

冯梦龙　冯苞，莫与他们计较，我们赶路要紧。

［侯慧卿头戴面纱携玉兰上，圆场。两边人马皆惊。

孙　富　呀，好一个娇滴滴、轻软软的美娇娘！

冯梦龙　呀，恰好似中秋夜山塘街舟中吟唱的那位佳人。

侯慧卿　（看见路旁卖身的小姑娘）玉兰，拿些银子与这位姑娘。

小姑娘　多谢小姐大恩大德，奴婢愿跟随小姐做牛做马。

侯慧卿　可怜你为母治病，一片孝心，快快去请郎中诊治吧！无须你为奴为婢，只需你爱惜自己。家道艰辛亦不可轻易卖身与他人，须知千金难换自由身。

小姑娘　（磕头）多谢小姐，奴家铭记在心。（下）

侯慧卿　玉兰，回阁。（两人下）

孙　富　这位姑娘是？

仆役甲　大爷初到南京，有所不知。这位便是名满金陵的名妓侯慧卿，南京城每年一变的青楼花榜上，她都艳压群芳，名列魁首，人称“花魁娘子”。

孙　富　哦，好一个花魁娘子，果然名不虚传！如此美人，我势在必得，势在必得！（率众下）

冯梦龙　难怪我踏破铁鞋未逢佳人，原来她早已到了南京城。

冯　苞　那夜唯有月光朦胧，公子如何认定就是她？

冯梦龙　你听那声音，如夜莺婉转；你看那身姿，似弱柳扶风；你看那神情，远山含愁；你看那气度，正是巾帼英姿、倜傥不群！冯苞，速速追来！

冯　苞　晓得哉。（二人下）

［光暗景转。

［绮香阁。侯慧卿端坐楼上对镜理妆。

［冯梦龙及冯苞挑担上。玉兰迎门相拦。

冯梦龙　在下姑苏冯子犹，求见侯慧卿姑娘一面。

玉　兰　我家姑娘艳绝金陵，岂是尔等无名之辈想见就见的？也不知有多少公子王孙排队候，巨富商贾殷勤献，哪里轮得上你们？

冯梦龙　这……小生确是风尘满面，非彼名流。

（唱）秣陵路终相遇舟中美人，

怎奈这绮香阁紧闭闩门。

有道是佳人笑千金散尽，

又何惜身上资箱中残银。

冯苞，快快奉上白银五十两。

冯　苞　公子，我们可只有这五十两路费了，都给了，吃什么，喝什么？

冯梦龙　奉上，奉上。得见美人一面，千金散尽眉亦舒。

［冯苞不情愿地将五十两白银递给玉兰。

玉　兰　（上楼）禀姑娘，那公子奉银五十两，求见姑娘一面。

侯慧卿　烟花之地最不缺挥金如土之人，只怕五十两黄金也上不得我的楼来。纵金山银山，百年之后一抔土。不见！

玉　兰　（下楼，将银两还给冯苞）听见了没？不见！

冯梦龙　（接唱）隔楼墙只听得玉人娇嗔，

误会我漫估价轻看红尘。

急煞了楼下人自醒愚钝，

慌乱中复献上繁花锦云。

冯苞，我们不是还携带了两匹姑苏锦缎吗？速速献上。

冯　苞　公子，这两匹锦缎是拜会名师的贺礼，献去了，你拿什么去求学问道？

冯梦龙　献上，献上。得闻美人一曲，胜读十年圣贤书。

［冯苞又不情愿地将姑苏锦缎拿给玉兰。

玉　兰　（再上楼）禀姑娘，那冯公子又献上姑苏锦缎两匹，真个是流光溢彩。裁制成衣，方配得上姑娘的花容月貌。

侯慧卿　古人云：色令智昏。若只爱美人一身皮囊，天下绝色女子多矣，公子还是别处求访去吧！

玉　兰　（下楼，将锦缎还给冯苞）拿去，还是不见！

冯梦龙　（接唱）不承想送缎锦红颜怒愠，

两下里无头绪冷汗津津。

扣香阁难过那登科赴试，

好叫我苦冥思暗自销魂。

可惜我这浑身上下，里里外外，再没有什么可送之物了。冯苞，箱笼内还有何物？

冯　苞　公子，什么也没有了，就剩下几本旧书和一部《挂枝儿》。

冯梦龙　这《挂枝儿》……

（唱）想那夜轻舟一曲月华临，

自难忘琵琶幽咽翠眉颦。

梦龙我蓦然呆立魂魄惊，

从此后萍踪浪迹佳人寻。

走遍了姑苏台上玉楼春，

访遍了舞榭歌台醉花阴。

问遍了太湖船娘夕阳尽，

踏遍了陌路街巷草木深。

小生踏破铁鞋，花街寻访，一不为偎红，二不为倚翠。只为得逢佳人，诉诸心曲，再听一遍那首《挂枝儿》。哎呀呀，这《挂枝儿》便是我的初心所在，一路寻来，费尽心血，又集成了一部山歌。如此看来，唯有将《挂枝儿》送上，聊表寸心。

［梦龙从冯苞处接过《挂枝儿》，双手奉给玉兰。

玉　兰　（复上楼）姑娘，你说怪也不怪？那公子撤回锦缎，放下银两，倒是送上了一本书。

侯慧卿　哦，什么书？

玉　兰　山歌《挂枝儿》。

侯慧卿　《挂枝儿》？此曲流布海内，不论南北，不分老幼良贱，人人习之，亦人人喜听之。这山歌民曲么，最浅、最俚，亦最真。（略沉思）请那公子上楼。

玉　兰　（下楼引路）请公子上楼。

冯　苞　哦呦，怪哉！不要银来不要锦，一本《挂枝儿》动芳心。（二人上楼）

冯梦龙　（施礼）在下姑苏冯子犹，冒昧打扰小姐雅兴，还望恕罪。

侯慧卿　慧卿想问公子，为何偏偏要送上一本《挂枝儿》？

冯梦龙　这山歌民曲虽出自里巷妇女之口，然情词婉约，俚俗而不鄙陋，质朴而浑然天成，大有《诗经·国风》之遗韵，非诗人墨客操觚染翰、刻骨流血所能及者，以其真也。这真么，足可代表小生痴心一片、情真意切。

冯　苞　好姐姐，三年前在山塘，我家公子听到姐姐一曲《挂枝儿》，就惊得魂飞魄散，得下了相思病哉，是东寻西访、废寝忘餐，望姐姐救他一救。

侯慧卿　三年前，山塘街，中秋夜么？

冯梦龙　正是，小姐一曲《挂枝儿》闻者销魂、余音绕耳。小生这才铁鞋踏破、四处寻访，三年来，未能寻访到小姐，倒是搜集整理成了这部山歌集。

侯慧卿　有劳公子费心。（翻看《挂枝儿》）姑苏冯梦龙？（惊）难道公子就是那位捐金助妓、妙笔重圆的姑苏才子冯梦龙？

冯梦龙　小生不才，正是在下。

玉　兰　原来是鼎鼎大名的冯梦龙公子，刚才多有得罪，还望公子海涵。（赔礼）

侯慧卿　想我青楼中人，谁人不知公子大名，谁人不赞公子善举，谁人不叹公子侠义，谁人不敬公子有情？（施礼）侯慧卿拜见冯公子。

［幕后伴唱：

这一拜四目相对情思颤，
这一拜香阁始订三生缘。
莫不是秦楼箫合凤翩翩，
莫不是蜀馆琴谐意悬悬。

这一个脸如莲萼娇香遍，
这一个琼林玉树性柔谦。
金风玉露终相会，
铜壶漏断人未眠。

第四场　端午诀别

［幕后伴唱：
年少争夸风月，场中波浪偏多。
有钱无貌意难和，有貌无钱不可。
就是有钱有貌，还须着意揣摩。
知情识趣俏哥哥，此道谁人赛我。
［孙富率众家丁上。

孙　富　给我围住了，唤侯妈妈出来！
（念）耳闻笙歌似嘲讽，
朝求夕候闭门羹。
此恨不消心难静，
莫怪老子手无情。

侯妈妈　（急上）哎呦喂，孙大官人，您这是干什么呀？

孙　富　我干什么？我是热脸蛋贴上了人家冷屁股！你说说，我在这南京城都等了两个月了，为的什么？不就为了迎娶这位艳绝金陵的侯姑娘嘛！可她倒好，摆什么臭架子，是左不见右不见，前推委后称病。你倒给我说说，现在阁里的那个穷书生是哪里来的？

侯妈妈　哎哟，孙大官人，谁不知道您是一掷千金、心诚志坚。我也是有心要将女儿嫁给您，谁看得上那个穷鬼？怎奈这姑娘的心思，我是弄也弄不明白。您再宽限我一个月，我定会好好劝说于她，让她乖乖地嫁了您。

孙　富　怎么，还要一个月？我是一天也等不及了。小的们，给我拆！

侯妈妈　（大惊）拆什么？

孙　富　（拿出地契）送了你们三千两银赎身你们不要，就不要怪我翻脸无情。

如今地契在手，这绮香阁，我是想拆便拆，看尔等何处容身？给我拆！

侯妈妈 （以身相拦）慢！慢着！还请孙大官人高抬贵手！这绮香阁可是老身一辈子的心血啊！拆了它，让我和姑娘们去哪儿找生路？

孙　富 那就给你一天时间，速速让慧卿应承了我。

侯妈妈 一天哪里劝得了她？还请大官人多多通融几天！

孙　富 拆！

侯妈妈 （拦）三天！就三天！

孙　富 好，就三天。我的迎亲船就停在渡口，三天后，恭请慧卿娘子上船。（下）

［侯妈妈一屁股坐在地上大声哭闹起来。

侯妈妈 （哭天抹泪）哎哟，哎哟，我的绮香阁。这是要挖了我的眼，割了我的肉哇！（痛骂）你这个不识抬举的东西！天天吃老娘的穿老娘的，白白占着老娘的地方，若惹得老娘性起，一顿棍子将你撵出门去！

［侯慧卿带玉兰上。

侯慧卿 妈妈，无缘无故在门口嚷骂何人？

侯妈妈 我骂小红那个吃里爬外不成器的东西，吴员外拿银子赎她，她倒不肯。

侯慧卿 妈妈，这从良一事，也要两人情投意合，郎君知情识趣，不可勉强。

侯妈妈 我的姑娘哎，

（唱）俗话说姐爱俏，鸨爱钞，
到嘴的肉还能让他白飞掉？
屋子里上上下下等开销，
缺了银子就只能西风凛凛望雪飘。

我们行户人家，吃客穿客，前门送旧，后门迎新；门庭闹如火，钱帛堆成垛。这也不见，那也不接，让我们这一屋子人统统饿死不成？

侯慧卿 妈妈，女儿经年所赚远远超过万两金银之数，便是妈妈的养育深恩，也抵得了。钱财本身外之物，女儿不看重。

侯妈妈 姑娘哎，我是为你考虑，

（唱）孙官人明媒正娶为续弦，
过了门摇身一变鸾凤骄。
强似跟着穷秀才作个小，
书香门第才更是横眉冷目斜眼瞧！

姑娘啊，这烟花出身，可是洗不掉、抹不白。越是那读书人家，家法越严，堂上双亲容得下你？就是作了个小，也是给大奶奶铺床叠被的命。不如嫁个商人，一身富贵无愁忧。

侯慧卿 只要冯郎对我有情，便铺床叠被也心甘。

侯妈妈 姑娘哦，不是我逼你，你若是不答应嫁给那孙大官人……

（唱）这无赖恼羞成怒威咆哮，
誓言要拆掉楼阁化冰销。
就算你不顾养育恩情薄，
也要念阁中姐妹似同胞。
倘若是阁折楼毁霜菊凋，
从今往后哪里找遮风避雨一穴巢。

这绮香阁再不堪，好歹也是个容身之所，管个温饱。若是绮香阁被拆了，你要阁里这些姐姐妹妹去做何营生？还要流落街头再被人贱买不成！

侯慧卿 这……这……这可如何是好？

冯　苞 （急上）公子，公子哪里去了？

侯慧卿 冯苞，何事如此慌张？

冯　苞 我家老爷派人快马加鞭送来了三封急件，催公子返苏。前两封，公子都置若罔闻，我怕这第三封，公子再不回信，是要出大事哦！

侯慧卿 （沉吟）三封急件。这第一封所言何事？

冯　苞 第一封，今科乡试之期已到，寒窗十载，博取功名为首务。（慧卿一惊）

侯慧卿 这第二封呢？

冯　苞 第二封，公子已过弱冠之年，婚配已订，速回家缔结良缘。（慧卿二惊）

侯慧卿 这第三封呢？

冯　苞 第三封，（吞吞吐吐）若不即日返苏，便将公子逐出家门，永诀父子之念。（慧卿三惊）

侯妈妈 我说什么来着？就算是郎有情，妾有意，翁姑不容，都是白搭！书香门第岂看得上我们烟花出身？

［阁中数姐妹同上苦苦哀求。

众姐妹 （跪拜求救）求姐姐救救我们！求姐姐救救这绮香阁！

侯慧卿 （恍惚欲坠）我今日进退失据，不料却也陷公子左右为难。

众姐妹　（跪拜再求）求姐姐救救我们！求姐姐救救这绮香阁！

侯慧卿　（挣扎不已）罢罢罢！妈妈，你去应承了那孙富，三日后，我花船出嫁。

侯妈妈　（欢天喜地）我的儿啊，这就对了。妈妈这就去安排，让你风风光光地嫁出去。（下）

侯慧卿　冯苞，今日之事莫向公子言明，明日一早我替你们安排舟船，速劝公子返苏。为了阁中数十位姐妹生计，为了公子孝义、父子和睦，我不得不这么做，你可明白？

冯　苞　小的明白，可就是苦了姑娘。

侯慧卿　只要能保全公子，我便不苦。返苏之后什么也不要言讲，只说那侯慧卿贪慕荣华，自愿嫁与扬州首富！

［光暗景转。

［幕后伴唱：

要分离，除非是天做了地；

要分离，除非是东做了西；

要分离，除非是官做了吏。

你要分时分不得我，我要离时离不得你。

就死在黄泉也，做不得分离鬼。

［喜乐吹打之声响起。孙富率众家丁迎亲。

［侯慧卿丽服艳妆乘舟而上。

孙　富　好一位娇滴滴、红艳艳、香喷喷、轻软软的美嫁娘。

众仆役　恭喜大爷，贺喜大爷！抱得美人归，圆了天仙梦！

孙　富　哈哈哈哈哈，有赏，统统有赏！

侯慧卿　“月子弯弯照九州，几家欢乐几家愁。几家夫妻同罗帐，几家飘零在他州。”如今读之，字字断肠。今日又恰逢端午，处处凭吊屈原，天不可问，我偏要问天。

（唱）天呀天，

我问你女子为何多命蹇？

难由己百年苦乐任人拈，

德言容工从父从夫从子，

编一个三从四德把人拴，

累家事栉风沐雨不得闲，
何时日恣情欢笑共春颜？
天呀天，
我问你红粉为何被轻贱？
世道艰流离贩卖如猪犬，
都只道舞榭歌台风流地，
又谁知人前娇笑背后潸，
青春时高歌一曲千金掷，
迟暮时众人唾弃烛泪残。
天呀天，
我问你有情为何难团圆？
红线错无情偏要共枕眠，
君不见自古红颜多薄命，
有多少棒打鸳鸯两离散。
巧妻村汉，多少苦埋怨，
才子佳人，偏是不两全！

可怜他，旷世难遇有情人，知情识趣俏郎君，
可叹我，秦淮烟柳多薄命，全情只得赴幽冥。
（唱）我本是清白出身官家眷，
遭家变四散漂泊落笼樊，
锁香阁倚栏卖笑生涯黯，
却相逢知心识意三生缘。
再不愿鸿雁流离失汀畔，
再不想父子罅隙为红颜，
为郎君舍身赴死亦我愿，
谁人将女子痴情千载传？（跳水自尽）

［冯梦龙乘舟追上，却是烟波浩渺，芳魂已逝。

冯梦龙　慧卿，慧卿，终是梦龙我负了你——秦淮之畔，竟有此节烈刚毅、坚忍决绝的女子，让我等读书之人枉称须眉，枉为儿男。

［幕后伴唱：

诗狂酒癖总休论，
病里时时昼掩门。
最是一生凄绝处，
鸳鸯冢上欲招魂。

尾　声　天地情史

冯　苞　自从去年端午慧卿姑娘诀别，如今一年有余，我家公子将自己的书斋改名为情斋，将自己唤作情主人，日日闭门不出，夜夜愁思难眠。茶饭不思、神情萎靡，真个是愁煞人哉，长此以往，莫不是要跟着慧卿姑娘去了？袁大相公，您可要多多劝解劝解才是。

袁无涯　好好好，我来劝，我来劝。（进屋）

袁无涯　子犹贤弟，佳人已逝兮，生者长痛兮，就是我等旁观之人，看你们这一路走来，亦是心下惨然。端午诀别，经年有余，不如放下，再谋生机。

冯梦龙　袁兄不必劝我，慧卿待我如此情深意重，小弟自此永绝青楼之念，埋首翰墨、潜心著述，只盼能早一日完成《情史》。

袁无涯　子犹贤弟要写一本《情史》？

冯梦龙　小弟少负情痴，欲写一部《情史》，将古今情事美妙动人者各列一小传，使人知情可长久，使天下人乐情而不淫，助天下有情人由情生爱，各个美满。小弟此书，不但为古往今来那些至情至真的闺阁女子立传，也要为那些流落娼门的烟花女子及世俗所谓的花妖鬼狐大书一笔，写尽天下至死不渝之真情，为天下女子讨个痴情公道！我要将冯喜生、白小樊、侯慧卿——她们有两人仍在世——丰姿倩影、痴爱真心写在书中，传在青史。

［冯喜生、白小樊、侯慧卿，三人身影在纱幕后飘然隐现。

袁无涯　唉，钟情我辈自伤吟，最是情痴奈尔何。劝不得，劝不得。（摇头下）

冯　苞　这痴心么便是真心，不真不痴，不痴不真。敢问公子，这“情”字如何解?

冯梦龙　这“情”字么，一曰“求”，二曰“缘”，三曰“舍”，最终乃是个……

冯　苞　是个什么?

冯梦龙 是个——“不得”啊。

冯　苞 （似懂非懂）哦，我懂了，是一个舍不得。

冯梦龙 （了悟）好一个“舍不得”啊！财可舍，色可舍，命可舍，唯情——舍不得。天地悠悠，今古沧桑，唯有一个“情”字，屹立人间，殁而不朽。

（唱）天地若无情，不生一切物。

一切物无情，不能环相生。

生生而不灭，由情不灭故。

四大皆虚设，惟情不虚无。

有情疏者亲，无情亲者疏。

我欲立情教，教诲诸众生。

无奈我情多，无奈我情少。

愿得有情人，天涯成眷属。

［《情史》诸文字一行行、一字字在纱幕显现。

冯　苞 这正是：夜游山塘巧逢美，

梦馆寻芳终不悔，

端午诀别长思忆，

一部《情史》天地悲。

［大屏字幕：冯梦龙（1574—1646），字犹龙，又字子犹，号龙子犹、墨憨斋主人、顾曲散人等，长洲（今苏州）人。出身于书香门第，才情跌宕，诗文丽藻，尤明经学。代表作《喻世明言》《警世通言》《醒世恒言》，合称“三言”。“三言”与明代凌濛初的《初刻拍案惊奇》《二刻拍案惊奇》合称“三言二拍”，是中国白话短篇小说的经典代表。冯梦龙以其对小说、戏曲、民歌、笑话等通俗文学的创作、搜集、整理、编辑，为我国文学做出了独异的贡献，作品除“三言”外还有《新列国志》《增补三遂平妖传》《古今烈女演义》《广笑府》《智囊》《古今谭概》《情史》《太平广记钞》《墨憨斋定本传奇》《挂枝儿》《山歌》等。

——剧终——

戏曲

落尽梨花月又西

创作介绍:

纳兰容若在好友顾贞观居处遇到前来赏花的江南琴师沈宛儿，一曲相知，两心相投。宛儿不顾母亲“一不嫁满人，二不嫁贵戚，三不做偏房”的遗命，倾心于容若。在天地星月的见证之下，二人以天为盖，以地为庐，拜了花堂。

成亲后，容若带宛儿归京，纳兰明珠以宛儿出身低贱、来路不明为由，将其拒之门外，并不许二人往来。宛儿为保全容若孤身返回江南，此后的两地相思，让容若一病不起。宛儿与容若在自己的居处栽植梨树，冬夜相望，一轮明月、两棵梨树之下便是被迫分离的思念牵挂。容若留下了“愿与韩凭共一枝”的词句后病逝，宛儿得知消息后出家。

舞台上南北两棵梨树终于越长越高，越离越近，枝干交缠，合二为一，新生绿叶，花开似雪。

“一花晓春，春情萌，缘定三生；

一日入夏，夏满园，燕婉天成；

一叶知秋，秋飘零，南北两分；

一雪落冬，冬落寞，生死一梦。”

剧本《落尽梨花月又西》获2014年第十二届江苏省戏剧文学奖提名奖。

人　物：

容　若——纳兰容若，康熙侍卫，一代词家。

沈宛儿——江南琴师，轻灵脱俗。

顾贞观——号梁汾，容若至交。

德　子——容若贴身小厮。

兰　叶——沈宛儿贴身丫鬟。

纳兰父——纳兰容若之父，纳兰明珠，首辅之臣。

第一场　初见 春

［顾贞观居处江南碧桃观。桃花盛开，绯红若霞。

［纳兰容若骑马携德子上。

容　若　（唱）闲暇日，独骑匆匆，

江南好，柳绿桃红。

访故人，桃源深处，

寻诗侣，云林画中。

德　子　公子，你瞧这江南风光，就是与北地不同，风吹到脸上也觉得格外轻柔呢！

容　若　江南风物，自然是一派纤柔雅致。我早有心南游，怎奈公务缠身。

德　子　公子啊，忙些好，公务多说明皇帝器重您。您可是堂堂的御前一品侍卫，入值宫禁、随驾出行，京城里那些老爷们啊，个个都怕落得个闲差呢！

容　若　你哪里知我闲云野鹤之志？

德　子　小的是不懂，我呀，只要有吃有睡，再有个可人的姑娘娶回家就心满意足了。公子，前面就是顾先生的居处碧桃观了。

容　若　好一片千林映日、花开烂漫。

顾贞观　（内声）容若贤弟哪里，容若贤弟哪里？（上）

容　若　梁汾兄，别来无恙。（作揖）

顾贞观　京城一别，白云苍狗。愚兄略备薄酒，你我二人赏花品酒，真乃人生快事也。

容　若　有劳梁汾兄。

［桃花树下，一桌二椅，二人对饮。德子侍立在侧。

容　若　弟早有心南下访兄，怎奈顶戴所束，不得片刻闲暇。今皇上预备南巡，特派我前来探路，才有今日之聚。

顾贞观　愚兄在此闲居三载，种桃植柳，就盼着今日之聚。

容　若　弟比来从事鞍马间，益觉疲顿。从前壮志，都已隳尽。昔人言，身后名不如生前一杯酒。此言大是。（一饮而尽）

顾贞观　家中可安好？

容　若　（无奈）已按父命续弦官氏，虽不似亡妻卢氏温婉，倒也相敬如宾。只是高堂妻妾皆盼我钟鸣鼎食、平步宦海。贤兄知我，最不喜官场做派、蝇营狗苟，何况人生百年，福祸难料。更叹众友离京返乡，只剩我孤身一人。弟胸中块垒，非酒可浇，唯盼一慧心之人常伴左右。

顾贞观　贤弟不必怅然，今日我就要为你引见一位天海风涛之人。

容　若　天海风涛之人？何人可堪此名？

德　子　阿是一位美艳绝伦的姑娘？

容　若　德子，不得无理。

顾贞观　绝伦当之，美艳可在其次。琴、棋、书、画样样精通，古琴更是江南一绝。虽身在乐籍，却无一丝风尘之气。碧玉之年已有《选梦词》刊行于世。

容　若　这《选梦词》弟有所耳闻，沈宛儿姑娘么？

顾贞观　正是。今日桃花开得好，她必来此地赏花。

［琴声响。

顾贞观　你听，她来了。

［一曲琴音传来，空灵清越、桃雨翻飞。

容　若　（唱）一曲清音绽，

远山起烟岚，

似流水涓涓、莺燕呢喃，

似风击石磬、玉落珠盘，

似白莲，出淤泥不染，

似海鸥，翱天际翩翩，

浮名如水去，

心向白云闲。

［兰叶手捧古琴上，沈宛儿一袭淡青纱裙随后。

德　子　（盯着兰叶猛瞧）丫鬟都如此标致，小姐自然是不会差的。

容　若　（唱）淡花瘦玉神仙样，

盈盈秋水翠黛长。

碧玉钗斜插凤鬟，

绿云袖起落翩翩。

别样幽芬，更无胭脂添浓艳，

凌波欲去，且为东风相阻拦。

不食人间烟火，氤氲山水浸染，

林下闺房罕俦，偕隐弄影凤鸾。

好一位出尘于世、飘然若仙的姑娘。

沈宛儿　好一位温润如玉、气若萧竹的公子。

（唱）十八年来堕世间，

吹花嚼蕊弄冰弦。

多情情寄阿谁边？

相看好处却无言。

（向顾贞观施礼）顾先生安好。

顾贞观　我来引见一下。这位便是名满天下的纳兰公子。这位便是琴艺绝伦的沈姑娘。

沈宛儿　（行礼）久仰公子大名，《饮水词》真可谓街巷传唱。奴家拜读再三，恨不能字字记心。

容　若　（回礼）姑娘有《选梦词》刊行，更是江南一代才女。

沈宛儿　公子说笑了，奴家劣作岂能入公子法眼。

顾贞观　不知沈姑娘最喜欢容若的哪一首词作？

沈宛儿　人人都道公子的悼亡词最好，字字血泪，哀婉欲绝，勾栏曲院亦毫无禁忌、交口传唱。可在宛儿看来，字字血泪有甚好，不如清风明月共饮、花影竹韵共舞。如此身受罹难、熬心沥血之作，不要也罢。不如“且随缘、去住无心，冷眼华亭鹤唳”。

顾贞观　（愣住了）姑娘竟如此评判？

容　若　（惊喜）懂我者，姑娘也。街巷传唱有何用，如人饮水，冷暖自知，在下愿用一生富贵、一世才情换取竹影风轻、平淡流年。

顾贞观　哎——今日赏花，不论诗词。沈姑娘乃是誉满江南的琴师，一曲抵千金。今日相逢，得之不易，何不请她高弹一曲《桃花流水》。

［兰叶正欲架琴。

容　若　（自语）琴师自有琴师的好。可叹我出身高门大户，却不如贩夫走卒般自由随性。

沈宛儿　公子何出此言？

容　若　姑娘身怀瑶琴，遍走江湖，天地悠悠，驰骋翱翔。胜过多少居深宅大院足不出户的豪门公子、名门闺秀？琴师者，自在也。

沈宛儿　（欣喜）知我者，公子也。

［两人互望对视，春情萌动，情珊意阑。

容　若　（唱）我也曾情窦初萌惹相思，
　　　　我也曾续弦二度洞房时。

沈宛儿　（唱）我也曾园中莲步梦柳梅，
　　　　我也曾月下祈祷牵红丝。

容　若　（唱）我也曾金榜题名扬少年志，
　　　　我也曾击楫中流望麟阁题。

沈宛儿　（唱）我也曾山珍海错赴玳瑁宴，
　　　　我也曾一曲高歌换千金掷。

容　若　（唱）哪知道，知道今生得见卿，
　　　　何须花烛相盟誓，
　　　　何须西窗读经史，
　　　　何须金榜题虚名，
　　　　何须红尘马长嘶？

沈宛儿　（唱）哪知道，知道今生得见卿，
　　　　何须蹙眉叹春迟，
　　　　何须拜月求佛祠，
　　　　何须落花伤流水，
　　　　何须俗世鸣琴儿？

容　若　（唱）三十载功名累缠身，

叹一人知己终难觅。

沈宛儿　（唱）十八载清风无留意，

恨梦中郎君相逢迟。

容　若　（唱）缁尘京国恋东篱，

富贵权宠视沙泥。

天下文士相交结，

寂寞寒衾心独栖。

沈宛儿　（唱）明末动荡身孑遗，

再无山峦相遮蔽。

琴瑟云集心皈依，

碧波湖镜起涟漪。

二人合　（唱）三十载（十八载）沧桑寻觅，

绯红翻飞花下遇。

容　若　她呀，

（唱）怜我惜我坎坷情伤，

懂我知我林泉之志。

沈宛儿　他呀，

（唱）惜我怜我弱质荆钗，

知我懂我世外之趣。

二人合　（唱）三生缘早定，

可是梁鸿意？

容　若　宛儿——

沈宛儿　公子——

容　若　前世缘定早……

沈婉儿　今生相逢迟。

容　若　我终于明白了何为金屋藏娇，若得宛儿，愿用金屋藏之。

兰　叶　公子说笑了，我家姑娘最见不得金银之物，天生只喜玉。

德　子　喜玉？那也好办，那就筑玉屋藏之。

兰　叶　你又说笑了？老夫人去世之时，立下严令。我家姑娘一不嫁满人，二不嫁贵戚，三不做偏房。公子用玉屋藏之有何用？

沈宛儿 兰叶，不许多言。

德　子 满人、贵戚、偏房，这件件桩桩指的都是我家公子喽。

容　若 德子，不许乱言。在下一心相求——

沈宛儿 奴家不要金屋、玉屋，但求一心相知、一意相许，梨树一株、竹林一片，偕隐山间，共度余年。

顾贞观 妙啊，实在是妙。这般天赐良缘，愚兄愿为月老。

沈宛儿 只是这母亲遗命，宛儿不能不考虑一二，斟酌再三，还望公子谅解。

容　若 宛儿，我愿等你。只是三日后我须返京复命，皇命在身耽误不得。三日之内，我可等得到你的回音？

沈宛儿 这……宛儿不知……公子请容奴家思量。顾先生，告辞了。

［宛儿带兰叶下。

德　子 兰叶姐，你等等我，等等我，小可尚未娶妻，我不是满族，只是汉族包衣，你看，咱们俩……

兰　叶 （用手帕遮脸）啐，谁问你来着？

德　子 兰叶姐、兰叶姐——

［德子追兰叶下。

顾贞观 这个德子……事已至此，贤弟有何打算？

容　若 愿在姑娘居处外守候，一日无回音，我等一日，两日无回音，我等两日。即便是三日无回音，容若启程返京，可这心已然有所属。

［幕后伴唱：

桃花掩映碧观横，
梨花淡然响琮琤。
春情萌动缘定早，
相逢恨晚叹今生。

第二场　嫁适 夏

［丛竹掩映中，一树梨花赛雪。

［沈宛儿居处，鸳鸯阁。

［兰叶手持香炉上。

兰　叶　我家姑娘自从碧桃观赏花归来之后，便像得了相思病一般，琴也不弹了，书也不读了，终日病病恹恹、茶饭不思。这鸳鸯阁本是喜庆之意，现在倒好，房里的眉头紧锁，房外的翘首企盼，三天过得恍如三年。我也看出来了，这纳兰公子是痴心一片，可老夫人严令，曾让姑娘发下毒誓，一不嫁满人，二不嫁贵戚，三不做偏房，若有违背，姑娘死后不能葬祖宗坟茔，阴间也不能见父母至亲。这可如何是好？

［沈宛儿内声：兰叶，香案可放好了？（上）

兰　叶　姑娘，都备齐了。

沈宛儿　你下去吧。

［兰叶下。

［沈宛儿焚起香烛，跪拜祝祷。

沈宛儿　母亲大人在上，请受不孝女三拜。

第一拜，请恕女儿忤逆之罪，

第二拜，请谅女儿痴情之心，

第三拜，请容女儿仓促之嫁。

母亲呀，闻其名，不为所动；观其人，春萌意阑；知其心，更是情难自禁。母亲呀，我爱的不是公子容若，不是词家容若，而是容若之人哪！母亲呀，即便他身为满人、家为豪门、早有妻小，可这爱怎能阻拦，可这爱怎可割舍……女儿割不断，女儿舍不得……若您对女儿还有几分疼爱、几分怜惜，就请成全了女儿吧！即便是魂飞魄散，六亲皆拒，这一爱亦无怨无悔，无恨无求。

（唱）非是女儿忤逆性，

非是女儿权贵攀，

花开枝头怕春残，

十八年来心相盼。

这一见，梨花落心，

这一见，柳丝长挽，

这一见，情深意浓，

这一见，身许凤鸾。
恨不是两小无猜呼篱落，
恨不是青梅竹马戏鸣蝉，
恨不是情窦初开梦春阑，
恨不是彩轿花烛迎红幡。

母亲呀，

儿从不将富贵恋，
儿亦知侯门一入深似海，
儿不贪权贵不爱财，
儿只求真心一颗诚相待。

母亲呀，求您成全了女儿吧！

我知您严令是假爱是真，
我知您疼我护我常忧叹。
桃花雨里情弥漫，
碧海如镜起波澜。
知音人在花下遇，
错过此缘再会难。
风欲静兮心难止，
情丝牢系不可断。
愿舍一身相追随，
魂飞魄散心也甘。

（长拜叩首，起身整妆）兰叶，请公子。

［兰叶内声：哎，来啦！（上）

兰　叶　小姐，您想好了？

沈宛儿　嗯。

兰　叶　好嘞，我这就去，天色也晚了，公子和德子怕是早也站乏了，我呀，去给他们准备点饭菜去。（下）

［容若迎面喜色上。

容　若　宛儿，你答应了？

［沈宛儿点头默认。

容　若　（踌躇）宛儿，你可恨我？

沈婉儿　我好恨哪！恨你来得这样迟。

容　若　是我，是我来迟了。你女儿家玉足难行，我男儿身定当追寻。我辜负了你十八载相思、十八载守望、十八载期盼与十八载惆怅。我着实地来晚了呀！我若知你在这里，我还考什么秀才，中什么进士，做什么侍卫，娶什么夫人？我该早早地接你来呀！

沈宛儿　公子——

容　若　宛儿——

［两人相拥而泣。

容　若　（拉起宛儿之手）宛儿，你来，你来。

［两人穿长廊过庭院。

［一轮明月，清辉遍洒。

容　若　宛儿，你听这松涛阵阵，你看这皓月星辰。愿以天为盖，以地为庐，以星月为鉴证，以松涛为宾客，云作枕，风为邻。宛儿，你可愿嫁我？

沈宛儿　你说什么？

容　若　你可愿嫁我？

沈宛儿　天地为证？

容　若　天地为证。

沈宛儿　星月为鉴？

容　若　星月为鉴。

沈宛儿　松涛为客？

容　若　松涛为客。（从怀中取出玉镯一只）还有这玉镯为聘。

沈宛儿　玉镯为聘？

容　若　此翡翠玉镯乃你我婚嫁之聘。镯在，我在，誓与卿相守，不分须臾。宛儿，你可愿意？

沈宛儿　（以袖遮面）我……我……我愿……

［纳兰容若为宛儿戴上玉镯。

容　若　宛儿，你真美。

沈宛儿　公子——

容　若　唉，你答应了，便要唤我容若。

沈宛儿 容若——

容　若 （拉宛儿同跪于阶，向天地作揖）天地为证，星月为鉴，松涛为客，玉镯为聘。我纳兰容若今夜娶沈宛儿为妻，一心相知、一意相许，三生三世，誓不分离。

［空中洒下洁白的梨花瓣，飘飘扬扬、如梦似幻。

［幕后伴唱：

一拜天地，天地苍穹；
二拜星月，星月交融；
三拜松涛，松涛声涌；
玉镯相守，共度枯荣。

容　若 宛儿，我的妻呀——

（唱）为你戴上梨花一朵，
不叫脂粉污颜色，
从此后，
晨起为你画眉忙，
闲来赌书泼茶香，
与你同赏春花艳，
与你同望秋月圆，
与你同拨琴瑟弦，
与你同卧碧窗前。
这玉镯，
将我的情丝绕你手，
生生世世配成双。

沈宛儿 容若，我的夫君呀——

（唱）为你亲植梨一棵，
不叫俗尘烦虑折，
从此后，
晨起为你做羹汤，
闲来诗文两酬唱，
与你同聆夏蝉鸣，

与你同眺冬雪茫，

与你同饮碧玉觞，

与你同奏凤求凰。

这玉镯，

将你的心儿映我心，

世世生生永不忘。

容　若　（唱）再不觉寒衾薄被人难睡，

沈宛儿　（唱）再不觉晓风凄雨花残垂，

容　若　（唱）再不觉秋霜冷阶人独立，

沈宛儿　（唱）再不觉好花迟暮青春悲，

容　若　（唱）自此后花开并蒂燕双飞，

沈宛儿　（唱）自此后枝结连理两相随，

容　若　（唱）自此后五湖泛舟竖船桅，

沈宛儿　（唱）自此后山野渔樵不思归。

二人合　（唱）田园景湖光山色皆沉醉，

枯荣共风雨同舟两依偎。

容　若　自此后，知你，护你，爱你，惜你。

沈宛儿　自此后，懂你，敬你，爱你，怜你。

容　若　吾有磐石之情，

沈宛儿　妾有蒲草之意，

容　若　一生一代一双人，

沈宛儿　相思相望倍相亲。

［幕后伴唱：

天地星月证婚配，

玉镯素手频染绯。

良辰欢晌容易过，

莲花清漏莫相催。

楔子　父拒

［一束冷光打在高耸威严的相府大门上。

［大门耸峙，朱漆夺目，门槛孤傲，门户张扬。

［一把太师椅摆在象征相府权势的大门之下。纳兰明珠高坐之。

容　若　（跪求父亲）阿玛，孩儿此次南下回京，带回沈宛儿姑娘。儿要依礼迎娶，还望阿玛应允。

纳兰父　（冷嘲）一个小小的汉族艺妓，依礼迎娶，如何个依礼迎娶？

容　若　我愿娶她为妻。

纳兰父　你早有正妻官氏。

容　若　那我迎娶她做侧室。

纳兰父　你早有侧室颜氏。

容　若　（面有不甘）难道我唯有纳她为妾？

纳兰父　（严厉，一字一顿）妾亦不可！

容　若　（恳求）阿玛，我和宛儿知心相许、已订终身，天地为证、誓不分离。求您成全孩儿，万万不要逼迫孩儿。

纳兰父　哼，你阿玛我官居高位，世人以能称我一声“明相”为荣；你额娘为英亲王阿济格的嫡女，爱新觉罗氏的格格；你十八岁中举，二十二岁成进士，官居一等御侍，文武双全，仕途坦阔；两任夫人都出身高阁大户，权宦之家……你还有什么不满意的？

容　若　这些都不是我想要的。

纳兰父　那你想要什么？

容　若　我想要宛儿。

纳兰父　你想要什么我都可以答应。唯有这沈宛儿，万万不可。

容　若　阿玛，这又是为何？

纳兰父　（起身而立）你听好了。一则，大清禁令满汉不通婚；二则，艺妓出身焉配得上相府门第，她连进相府做个丫头的资格都没有；三则其祖上乃明末遗老，其父参加过反清复明，其母带其隐居深山，才躲过一劫。你该知晓，这可是株连九族的大罪。

容　若　孩儿知道，但这些都不能阻挡孩儿娶她之心。

纳兰父　你身为皇帝的贴身侍卫，倘纳一个来路不明的女子为妾，被人知晓，定生疑窦。你之仕途不保，纳兰家族的地位堪忧，于己，于家，于族，万不可行。只要老夫在一天，她就别想踏进此门一步。速速将她遣回，再不许尔等书信往来!

容　若　阿玛——您这是要逼死孩儿啊!

纳兰父　你若执意不从，别怪老夫我无情无义。

容　若　阿玛，你要做什么?

纳兰父　你心里清楚，你是要她死，还是要她活?

［纳兰容若一个惊颤，跌坐于地。

容　若　阿玛，在你眼中，我不过一颗任凭摆布的棋子罢了。

纳兰父　你是我最疼爱的嫡长子，我不允许你的人生出半厘差错。（背身而立）

［光灭。

第三场　离行 秋

［京城纳兰容若居处，渌水亭。

德　子　（往来搬抬箱子）老爷逼公子将沈姑娘遣回江南，这才刚回到京城没两天啊，腿脚都没歇过来呢。沈姑娘这一走，我家公子怕是只剩下半条命喽!更何况还有我那兰叶姐。

兰　叶　德子哥，把箱子抬这儿来。

德　子　兰叶姐，你们这一走，不知何时才能相见，我真舍不得你呢!

兰　叶　我也舍不得你呀!

德　子　这样好了，到了江南，你写信给我，免得我牵肠挂肚，吃不好饭也睡不好觉。

兰　叶　可老爷有令，再不许公子姑娘书信往来呀!

德　子　是你写信给我，又不是姑娘写信给公子。

兰　叶　哦，我写信给你?

德　子　对呀，你写信给我。我不过纳兰府上一个包衣家仆，没人管我爱谁、娶谁、写信给谁。

兰　叶　这么说来，你倒是比相府公子还自由惬意呢?

德　子　那是，这就叫富贵有富贵的愁，贫贱有贫贱的好。

［沈宛儿内唱：京城朱门遣父拒，

恍一夜秋风百叶枯。

［沈宛儿面带愁容，一步一缓上。

沈宛儿　（唱）鸳鸯好梦一朝惊，

恐燕侣莺俦分两途。

行行步步神恍惚，

走走停停心沉浮。

凤阁岂能容野凫，

茅舍无人护遗孤。

这般情来，这般爱，

抵不过高阁门户。

这段缘来，这段债，

比不过官途爵禄。

自知身卑难应许，

不忍见他夹缝苦。

收拾行装江南返，

暗自独吞泪凄楚。

母亲呀，

件件桩桩您早料，

可女儿还是不悔情爱笃，

连理千花，相思一叶，

人间自有春归处。

兰叶，行李可准备妥当了？

兰　叶　姑娘，这江南带来的行李都还没拆封呢！

沈宛儿　（幽幽地）那也好，免得再收拾了。

［兰叶将行李箱子搬运上车。

［德子扶着一身病服愁容的容若上。

容　若　宛儿——

沈宛儿　容若，（改口）公子——

容　若　宛儿，我拼却残生，挂冠归去，我也要和你一起走。

沈宛儿　公子怎走得了？

容　若　我怎么走不了？

沈宛儿　公子，皇亲贵胄可舍得下？

容　若　你知我从不爱权贵。

沈宛儿　公子，名动天下可舍得下？

容　若　浮名总如水，我不在乎这空衔虚名。

沈宛儿　公子，高堂妻儿可都舍得下么？

容　若　这……

沈宛儿　血浓至亲、骨肉连心，如何舍得下？宛儿岂可陷公子于不忠不孝、不仁不义之地。即便公子舍得下，宛儿也放不下。怎忍见斑鬓高堂失儿郎，怎忍见待哺稚子失慈父？

容　若　宛儿，你就如此舍得下我？你做得到不顾家慈严令，我为何做不到不顾阿玛严令？

沈宛儿　公子，宛儿孤身一人，无牵无挂。公子上有高堂下有家小，如何说走便走？

容　若　宛儿，你我之间，唯有相离了么？

沈宛儿　事已至此，唯有相离。

容　若　宛儿，你可恨我？

沈宛儿　我不恨了。（微笑）今生今世，能与公子知遇一场，拥有那样粲然的春夏，宛儿此生足矣。我虽出身卑微，可爱并不卑微。宛儿爱公子，发于自心，不恨；宛儿离公子，亦出于自心，不恨。

容　若　宛儿，我的宛儿呀……天大地大，竟无你我容心之所。

沈宛儿　天大地大，确无你我容心之所。宛儿不恨，亦不怨。

容　若　宛儿——

沈宛儿　公子，情深缘浅，各自珍重。宛儿，拜——别——

［宛儿向容若长拜辞行。

容　若　（唱）是伊缘薄，是侬情浅？

笑我自诩多情，如今反害卿卿。

人生若只如初见，

何事秋风悲画扇。

而今才道当时错，

落尽梨花月又西。

家门血缘难挣断，

宦海浮名将我缠，

身陷尤作困兽斗，

有负红颜魂肠断。

宛儿呀，

你可知，

钟鸣鼎食、金阶玉堂、平步青云非我愿，

只求与你，

朝夕相对、花前酹酒、偕隐山间度流年。

沈宛儿 （唱）非侬情浅，是伊缘薄。

笑我鸣琴山涧，不知人世苦多。

春情只到梨花薄，

秋霜片片催零落。

斜阳何事近黄昏，

不道人间犹有未尽情。

凤友鸾交情两牵，

紫阁权倾一朝断。

不堪公子添白鬓，

宛儿辞行泪雨潸。

公子呀，

我知你，

落拓无羁、山泽鱼鸟、至情至性心所欢，

怎奈这，

世情冷暖、高低贵贱、风剑霜刀令花残。

容　若 （唱）此一别，何时能将身来逢，

沈宛儿 （唱）此一别，何时能将心归宁，

容　若 （唱）此一别，渌水亭再无鸾凤鸣，

沈宛儿 （唱）此一别，鸳鸯阁再不见双蝶屏。

容　若 （唱）怕只怕，宛儿孤身无照应，

沈宛儿 （唱）怕只怕，情深折寿君添病，

容　若 （唱）怕只怕，今生难有重圆镜，

沈宛儿 （唱）怕只怕，再会唯剩墓碑铭。

容　若 （唱）山一程，水一程，

魂随宛儿江南行，

片刻不离花间影。

沈宛儿 （唱）哭一更，梦一更，

魄伴君旁化无声，

明春梨花月半庭。

兰　叶 姑娘，该上路了。

德　子 公子，该辞行了。

［车马渐行，两人越离越远。

容　若 宛儿，你等我，今生今世我定不负你。

沈宛儿 宛儿虽行，心永与公子同在。

［幕后伴唱：

一行白雁遥天暮，

几点黄花满地秋。

恩爱燕婉两相离，

秾华如梦水东流。

第四场　相望 冬

［舞台分为左右两个区域，南北两地，相隔千里。

［一边是容若居处渌水亭，一边是宛儿居处鸳鸯阁。

［一轮明月，南北两株梨树，枝叶凋零。

［渌水亭。

德　子 沈姑娘走后，我家公子就让人在院中栽植了一株梨树。你们说，秋风飒飒的种什么树啊，冬天也不会开花吧？可我家公子就天天对着这株梨树，日夜相望、作诗吟词、茶饭不思，病损消瘦。只是我想念我的兰叶

姐，不知何时才能相见呢？

［容若一身病服上，望着梨树发呆。

德　子　公子，外面风大，还是回屋里坐吧。您这般思念沈姑娘，爱她当初何不挽留她？

容　若　正是爱她……我知这宦海险途，侯门似海，我若给不了她保护，就应放她自由。你若写信给兰叶，万不可提及我之病情。我怕她忧心。

［鸳鸯阁。

兰　叶　我家姑娘自从京城回来之后，日日凭栏而望这株光秃秃的梨树，每日抚琴于树下。既不言语，又不哭闹，不知她心中所想，真是急煞人也。

［宛儿抚琴于树下。

兰　叶　姑娘，外面天寒露重，还是进屋去吧。姑娘，你不爱纳兰公子么？爱他，何不拼却一切与他在京城相守。姑娘敢违背老夫人的严令，难道不敢违抗纳兰相国的严令吗？

沈宛儿　不是不敢。正是爱他，才不愿他左右为难，不愿他夹缝做人，不愿他高堂发威、妻儿流泪。爱他才想要保全他。

［一轮明月下，两地相思人儿的魂灵相望。

德　子　公子，你看，今夜好大的一轮明月。

容　若　月似当时，人似当时否？

兰　叶　姑娘，你看，今夜好圆的一轮明月。

沈宛儿　月似当时，人似当时否？

容　若　（唱）身若断梗，

沈宛儿　（唱）魂似浮萍，

容　若　（唱）天咫尺，人南北，

沈宛儿　（唱）月团圆，人两分，

容　若　（唱）冰轮为谁共圆缺，

沈宛儿　（唱）清辉一片似雪临，

容　若　（唱）碧海年年月相似，

沈宛儿　（唱）好天良夜何处寻？

容　若　（唱）星前月底，魂在梨花，

病尽憔悴哪堪风雨相侵，

沈宛儿　（唱）雕栏曲处，望断天涯，

瘦尽花骨唯伴烛影灯昏。

容　若　（唱）一别如斯星月陨，

沈宛儿　（唱）再会无缘鱼雁沉，

容　若　（唱）好似那牛郎织女银河横亘，

沈宛儿　（唱）却无有一期一会鹊桥相问。

容　若　（唱）只影怎对旧时月，

似这般，

病病恹恹、瘦瘦损损、抑抑郁郁泪独吞。

沈宛儿　（唱）只影怎对旧时月，

似这般，

恍恍惚惚、憔憔悴悴、凄凄惨惨梦非真。

容　若　（唱）磐石无转移，

却难逃族纲人伦。

沈宛儿　（唱）蒲草韧如丝，

却难挡权势豪门。

容　若　（唱）一生一代一双人，

争教两处销魂？

沈宛儿　（唱）相思相望不相亲，

天为谁春！

［幕后伴唱：

不见合欢花，

空倚相思树。

总是别时情，

那得分明语。

容　若　不知她到江南后可否安好？

沈宛儿　不知公子的病情有无好转？

容　若　不知她是否走出了这阴云雾雨？

沈宛儿　不知他家中一切是否康泰安然？

德　子　兰叶信上说，她们一切安好，公子请勿念。

兰　叶　德子信上说，府上一切如常，姑娘不必挂心。

容　若　可我知，她必不好。

沈宛儿　可我知，他必不安。

容　若　（唱）她是云中雀，我是笼中鸟，

怎忍将她双翼折，

锁入高墙囚尽生。

沈宛儿　（唱）曾是云中雀，愿将双翼折，

自此一生相怜伴，

生离死别亦不分。

容　若　（唱）我唯愿她双翼展，

飞越穹山，翩翩随性，

容若我身入黄泉目也瞑。

沈宛儿　（唱）我唯愿他身安泰，

身体康健，阖家团圆，

宛儿我相望一生心也幸。

容　若　（唱）知己一人谁是？

赢得误她生。

沈宛儿　（唱）多情终古似无情，

莫问醉耶醒。

容　若　（唱）如今唯有玉镯伴，

万语千言镯中凝，

沈宛儿　（唱）如今唯剩玉镯伴，

冰泉呜咽镯相应。

二人合　（唱）一般心事，两地愁情，

犹记梨花影里誓三生。

此生不得，祝取来生，

同祈慧业一处再缔鸳盟。

［容若一阵急咳。

德　子　公子，回去吧。

兰　叶　姑娘，回去吧。

［德子扶容若躺回床榻。

［兰叶扶宛儿走回阁内。

容　若　德子，我若不在了，你就跟随顾先生去吧。顾先生虽然清贫，可也好过在这高墙深院内囚禁一生。

德　子　公子，这是哪里话来？德子哪里也不去，德子愿服侍公子终生。您还是好好养病要紧。

容　若　我的病啊，我自己清楚得很。我唯有一事放不下，放不下……

（念）花丛冷眼，自惜寻春来较晚。知道今生，知道今生那见卿。

天然绝代，不信相思浑不解。若解相思，定与韩凭共一枝。

定与韩凭共一枝……（气绝身亡）

德　子　（疾呼）公子，公子——

［宛儿抚琴，忽然急音弦断。

［幕后伴唱：

梨花落尽无人管，

燕子楼空弦索冷。

别后心期和梦杳，

年来憔悴化雪莹。

尾　声　冥祭

［雪后之夜，天地一片茫茫。

［德子提一盏白色灯笼在前。顾贞观一身丧服随后，手扔纸钱。

顾贞观　容若贤弟呀，一代词家，乌衣公子，纯任性灵，纤尘不染。怎奈寒疾而亡，似这雪花无踪。生平聚散，人事之终始，不堪回首，怆然伤怀。我促成此姻缘，又看他二人为情所困、为情而亡，我这个月老啊，是对？是错？善哉，悲哉。

［鸳鸯阁。兰叶摆出香案。

［沈宛一袭白衣祭服上。

沈宛儿　处华林之深，世人都道大幸莫过于此，于你却是一生枷锁。如今你走了，天下都为君哭，祭文漫天，而我独为君笑，一曲高歌。君不堪承受之，妾为君受，从此青灯黄卷，独伴梨花，长跪佛前。

（唱）一曲离别，一世凄凉，
阴阳生死，两相茫茫。
不是人间富贵花，
冰魂雪魄归天上。
再无束缚锁高墙，
再无羁绊挂心房，
再无刀山险阻千重浪，
再无两地相思夜未央。
君身轻灵天上去，
妾意虔虔夜焚香。
天上人间俱怅望，
经声佛火两凄茫。
从此后，唱君之词临君画，
你我再不分贵贱壤。
从此后，抚君之弓舞君剑，
你我再不用遥相望。
君魂妾身傍，
妾魂随君往。
阴阳难离，生死难挡，
忘川难阻，奈河不忘，
三生石上三生誓，
鸳鸯阁内聚鸳鸯。

［宛儿缓缓换上缁衣，向后台走去。

沈宛儿 （念）阶前双夜合，枝叶敷华荣。
疏密共晴雨，卷舒因晦明。

［舞台上，南北两棵梨树终于越长越高，越离越近，枝干交缠，合二为一，新生绿叶，花开似雪。

顾贞观 （念）人生一世，草木一秋，春夏秋冬，阅尽情愁。

兰　叶　春有花含羞，

德　子　夏结鸾凤俦，

兰　叶　秋高月空留，

德　子　冬望云雪岫，

兰　叶　人生哀短促，

德　子　情深两心投。

［舞台后方，白色纱幕内，两树交缠的梨花掩映之下，纳兰与宛儿之魂魄翩翩起舞，恍惚从未分离。

［幕后伴唱：

一花晓春，春情萌，缘定三生，

一日入夏，夏满园，燕婉天成，

一叶知秋，秋飘零，南北两分，

一雪落冬，冬落寞，生死一梦。

——剧终——

儿 童 剧

城里城外

即使再卑小的生命也仰望着蓝天，

即使再渺小的身躯也蕴藏着希望。

——题记

创作介绍：

城里孩子与乡下孩子一起来到“成长集结号”公益夏令营，他们组成雄鹰组和大雁组去争夺“优胜小组”的荣誉。春花想在夏令营结束后进城去找妈妈，因为弟弟狗蛋希望外出打工的妈妈能回家陪他过生日。父母离异的小胖子向大家撒谎，说他有一个超人爸爸和一个全能妈妈，他的超人爸爸像超人般随叫随到，他的全能妈妈温柔体贴，什么都会做，大家都很羡慕他。

经过“足球友谊赛”“生存大考验”“才艺大比拼”，大家逐渐发现了彼此的优点和缺点，最终放下戒备和歧视，互相帮助，去享受夏令营的美好。春花通过一首摇篮曲发现小胖子的“全能妈妈”就是在小胖家做保姆的春花妈，最终母女相逢，但是小胖子的谎言却被拆穿了。春花决定帮助小胖子守护这个美丽的谎言，因为超人爸爸和全能妈妈是每一个孩子心底的梦。比赛的输赢已经不再重要，他们收获了信任、梦想和友谊，相约在未来再相会。

剧本《城里城外》入选2015年度国家艺术基金青年艺术创作人才资助项目，获2018年“马兰花杯”上海儿童戏剧剧本扶持项目潜力剧本奖（二等奖）。

人　物：

小胖子——12岁，城里孩子，本名王帅帅，父母离异、娇生惯养的“富家少爷”，脖子上总是挂个手机，幻想自己有一个超人爸爸和一个全能妈妈。

赵春花——12岁，乡下孩子，质朴善良，苏北人，一直在家里扮演小妈妈的角色，为了实现弟弟狗蛋的愿望进城参加夏令营来找妈妈。

沈西子——12岁，城里孩子，琴棋书画样样精通的“小公主”。

吴俊轩——12岁，城里孩子，戴眼镜，高科技产品“铁粉”，游戏高手。

小泥鳅——12岁，乡下孩子，本名徐四海，浑身邋遢，山东人。

鼻涕虫——12岁，乡下孩子，本名宋小弟，总是流着长长的鼻涕，四川人。

春花妈——赵春花的妈妈，小胖子家的住家保姆，负责照料小胖子的生活起居。

快递超人——穿着超人服装送快递的小哥，鼻涕虫的叔叔，进城打工多年未归。

地　点：“成长集结号”野外夏令营营地

序　幕　成长集结号

［印有城市风景图案的大幕徐徐拉开。

［幕后伴唱：

暑假暑假来到了，
都市迎来小候鸟，
城里城外比拼忙，
吹起成长集结号。
嘿嘿嘿……
啦啦啦……

［“成长集结号”野外夏令营营地。

［城里孩子吴俊轩、小胖子、沈西子和乡下孩子小泥鳅、鼻涕虫、赵春花载歌载舞，列队上场。

画外音　同学们，欢迎来到“成长集结号”公益夏令营，这次的夏令营活动不仅有来自外国语小学的同学，还有来自农民工子弟学校和外省乡村小学的同学们。你们将通过三轮比赛，竞选出最后的优胜小组。优胜小组的成员将得到爱心企业捐助的爱心书包套装。

[追光下，舞台一侧，城里孩子聚在一起七嘴八舌地议论。

小胖子 奖品居然是书包，谁稀罕一个书包啊?

沈西子 我有七个不同颜色的书包呢，用来搭配衣服。

吴俊轩 书包是不算什么，可是别忘了班主任老师的话呀！我们是代表外国语小学来参赛的，全市最好的“贵族学校”，我们只能赢不能输。

沈西子 嗯，我们只能赢。这不是书包的问题，这是面子的问题。

[追光下，舞台另一侧，乡下孩子对于奖品欣喜雀跃。

小泥鳅 哇，听到没，奖品是书包，真棒！书包里面还有全套文具呢!

鼻涕虫 我奶奶给我缝制的布书包早就已经打满补丁了，我一直想要一个新书包呢!

赵春花 （陷入深思）书包……弟弟狗蛋一直想要一个新书包。如果我能拿到这份奖品，如果我告诉狗蛋这个书包是妈妈送给他的生日礼物，他是不是就能原谅妈妈过生日没有回来看他呢?进城两天了，妈妈已经不在原来的人家干活了，我收到了妈妈寄回的生活费，却不知道她在哪儿。妈妈，狗蛋就要过八岁生日了，他希望妈妈能回家陪他过生日。我是姐姐，我不能让狗蛋失望。

[追光收。两组人马形成对垒状态。

吴俊轩 成长夏令营要评比出优胜小组，这还用比吗?优胜的一定是我们城里小伙伴的雄鹰小组。

小泥鳅 （不服气）那可不一定，凭什么是你们赢?我看呀，赢的应该是我们——大雁小组。我们乡下孩子个个能干，一个顶俩，我们才不会输给你们呢!

小胖子 你们?不要癞蛤蟆想吃天鹅肉。我们可是有撒手锏的，沈西子，上——

[沈西子穿着蓝色公主裙，提裙向众人行礼，优雅地跳了一曲华尔兹，倾倒众人。小胖子和吴俊轩连忙鼓掌喝彩。

赵春花 哇，好漂亮呀！她像个小公主，和我在书上看到的小公主一样。

小泥鳅 春花，你怎么能夸他们队呢?

小胖子 （更得意了）这算什么，这只是小菜一碟。沈西子可是我们外国语学校的校花，校花你们懂吗?她可是琴棋书画样样精通，唱歌、跳舞、弹钢琴，哪一个不是一级棒？

赵春花 （由衷羡慕）哇，真厉害呀！（小泥鳅和鼻涕虫立刻将春花拉到一旁）

鼻涕虫 这算什么，我会插秧、割稻、打谷，你们会吗？你们这些“大少爷、小公主”，怕是连稻苗和野草也分不清呢！

小泥鳅 （附和）就是，就是。我的外号叫小泥鳅，从小就在田里长大。

吴俊轩 这是夏令营，我们又不比赛种庄稼。我看呀，还是我们赢！

鼻涕虫 （不服输）我们赢！

城里孩子 （齐声喊口号）雄鹰雄鹰，展翅翱翔，称霸天空！

乡下孩子 （不甘示弱）大雁大雁，南来北往，谁与争锋！

沈西子 都别吵了，是输还是赢，我们各凭本事，赛场上见。

众人合 赛场上见！（两队人马各自摆出不服输的造型）

［光暗。

第一场　真假足球鞋

［夏令营第一天。

赵春花 夏令营的第一场比赛是足球友谊赛，小泥鳅，你说我们能行吗？

小泥鳅 怎么不行，我们一定行！在老家上学的时候，我们哪一个不要翻山越岭，走十几里山路才能到学校？鞋子都不知道磨破了多少双。我一个人挑两筐菜也能走十里路，比脚力，一定是我们赢。

赵春花 可是，我们没有踢过足球啊，学校里只有一个稻草球。

小泥鳅 稻草球也是球呀！不怕，只要是球都能踢。

［鼻涕虫手捧一双崭新的足球鞋上场。

赵春花 鼻涕虫，你的球鞋真好看！

鼻涕虫 （得意）那当然了，这是我叔叔进城打工，用第一个月工资给我买的生日礼物。（骄傲地强调）我收到的第一份生日礼物哦！我叔叔说，只要我穿上这双球鞋，就能变身幸运小超人。（俯身换鞋）放心吧，只要我穿上这双鞋，我们组一定赢！

［换上统一名牌球衣、名牌球鞋的雄鹰小组雄赳赳、气昂昂地上场。

吴俊轩　瞧瞧我们，再看看他们，这简直就是正规军和杂牌军的区别呀。

小胖子　瞧他们，还穿着布鞋踢足球呢！

［小胖子低头盯着春花和小泥鳅脚上的布鞋，春花和小泥鳅都下意识地缩了缩脚。小胖子又仔细看了看鼻涕虫脚上的新球鞋。

小胖子　咦，他居然也穿了双名牌？

吴俊轩　（推了推鼻梁上的眼镜）名牌？怎么可能？让我来看看，我可是辨别名牌球鞋真假的高手。（上前察看）哈哈，一双假球鞋，冒牌货。（取笑）你看这个图案，连商标都没有印好。

小胖子　我说嘛，原来是双假的呀！

鼻涕虫　（着急争辩）你们胡说，这是真球鞋，是我的生日礼物，是我叔叔送给我的十岁生日礼物。

吴俊轩　生日礼物？一双冒牌球鞋？你叔叔也太小气了。一双假球鞋能值几个钱？（炫耀）我十二岁生日，爷爷奶奶送了我一辆遥控汽车，价值两千元；姥姥姥爷送了我一辆遥控无人机，价值两千元；姑姑姑父送了我一辆电动滑板车，价值一千五百元；舅舅舅妈送了我一台游戏机，价值一千元；爸爸妈妈送了我最新款的手机，价值七千元。

小泥鳅　哇，那么贵的礼物。（小声嘀咕）两千块钱够我们全家过一年了，那能买好多好多红烧肉吧？

小胖子　那有什么，我爸爸天天给我买礼物呢，不会等到过生日的时候才送。

沈西子　（好奇）吴俊轩，你怎么还会记得这些礼物的价格呢？

吴俊轩　市场经济，什么都得估价啊。不然长辈们每次都要围着我问，轩轩呀，快说说，家里你最爱谁呀，我要怎么回答？我每年都做了记录，谁送我的生日礼物最贵，谁给我的压岁钱最多，我最爱谁。我这个名单可是年年要重新排名的，竞争很激烈！

鼻涕虫　（紧紧护着自己的球鞋）你们不懂，这是我最好的球鞋，是我的第一份生日礼物，是我最最宝贝的东西。

小胖子　可它就是一双假球鞋呀！

鼻涕虫　它是真的，真的！

小胖子　明明就是假的嘛。

鼻涕虫　是真的！（灵机一动）那你说，球鞋是干什么用的？

小胖子 踢球穿的呗。

鼻涕虫 那穿一双真球鞋，是不是能跑得更快，跳得更远？

小胖子 嗯，也可以这么说。穿真球鞋当然能跑得更快，跳得更远了。

鼻涕虫 那我们打赌，是真是假，赛场上见。如果我们大雁队赢了，你们就得承认我这双鞋是真的。

小胖子 打赌？嘿嘿，我最喜欢和人打赌了，打赌就打赌。如果我们雄鹰队赢了，你就不能再穿这双碍眼的假球鞋。

鼻涕虫 （气急）你？

小泥鳅 （帮腔）赌就赌，不怕。鼻涕虫，我们一定赢他们！

［舞蹈化模拟展示比赛进程。比赛的男队员们你追我赶，春花和西子在一旁充当啦啦队队员，不停地加油鼓劲。

赵春花 鼻涕虫加油，小泥鳅加油！进球了，好样的！（欢呼）鼻涕虫你最棒。

沈西子 （着急）小胖子，你跑快点啊，快把球传给吴俊轩，你倒是跑快点呀！又被追上了，完了，又被进了一球。

赵春花 鼻涕虫加油，哇，鼻涕虫换上了新球鞋，跑得可真快。瞧啊，又进了一球。

沈西子 小胖子，你别趴在地上了，赶紧起来追呀！唉，我都看不下去了……

［吴俊轩和小胖子灰头土脸地回到舞台中央，鼻涕虫和小泥鳅意气风发地走上。

吴俊轩 （埋怨小胖子）都怪你，跑得那么慢，当个后卫都不行。连球门也看不住，动不动就坐在地上休息。

小胖子 （大口喘着气）我……是，我是……真的，真的……跑不动了啊。谁知道他们两个这么能跑？

鼻涕虫 怎么样？服气了吧，9比0。以后不准再说我的球鞋是假球鞋。这是我叔叔送给我的生日礼物。我叔叔说了，只要我穿上这双球鞋就能变身幸运小超人，我浑身就有使不完的劲儿，我能跑得像风一样快。

小胖子 好，好，算你赢了。可这能怪我吗？不能怪我呀！我跑得慢应该怪我吗？那是因为我长得胖嘛。我长得胖要怪我吗？那是因为我妈妈每天都给我做各种各样好吃的饭菜，我爸爸每天都给我买各种各样的零食。他们都怕我饿着、累着，怕我吃不饱、吃不好。（沉浸在自己编造的童话世界）告诉你们，我有一个超人般的爸爸，他总是在我需要他的时候第一时间飞奔赶来；我还有一个温柔体贴的全能妈妈，我妈妈什么都会做，她做的饭菜是天底下最好吃的饭菜。

赵春花 你的爸爸妈妈每天都陪着你吗？

小胖子 那当然了，我的爸爸妈妈每天都陪着我。我爸爸随叫随到，能立刻出现；我妈妈每天做好了饭菜就等我放学回家，晚上还要唱童谣哄我入睡呢！

赵春花 （羡慕地）爸爸妈妈都在身边，真好呀！

沈西子 你都多大了，还要听童谣，也不害臊。

小胖子 这有什么好害臊的，我听不到童谣，就睡不着觉。

吴俊轩 那你的爸爸妈妈，不打你也不骂你吗？

小胖子 我爸妈从来不打我也不骂我，他们可宠我了，什么都听我的，从来也没说过我的不好。

吴俊轩 唉，我爸妈可烦了，每天都在批评教育我。不准我打游戏机，不准我看动画片，不准我乱吃零食，我就趁他们不在家的时候偷偷玩、偷偷看、偷偷吃。

沈西子 我妈妈只知道让我上各种辅导班，什么奥数、英语、钢琴、芭蕾，她最近还给我报名了小主持人才艺班和围棋大师班，我每个周末都是在辅导班里度过的，一点意思也没有。

小泥鳅 我爸妈每天清晨三四点就去菜场摆摊卖菜了，虽然他们把我接进了城里读书，可总是没有时间陪我，因为他们没有周末，没有休息。

鼻涕虫 我的爸爸妈妈都不在了，我也记不起他们的样子了，是奶奶把我养大的，我还有一个叔叔。我叔叔对我可好了，可是他进城打工了，就没人陪我玩了。不过我还有小黑狗做伴。我们家小黑跑得可快了，比我还快。

小胖子 你们真可怜，还好我有一个超人爸爸和一个全能妈妈，（炫耀）我爸爸像超人那样随叫随到，随时随地给我送礼物。

鼻涕虫 你爸爸真有你说的这么厉害？

小胖子 不信？你们看着。（摸肚子）哎呀，我饿了，我得吃点东西，补充补充体力。（掏出手机打电话）爸爸，我饿了，我要吃薯片，要吃番茄口味的薯片。你们等着哦，我的超人爸爸马上就来了。

［头戴面具身穿超人服装的快递小哥骑着自行车飞驰而上，绕场一周。

快递超人 （热情洋溢地呼喊）小胖子，你的快递到啦，超人来给你送货啦！番茄口味的薯片来啦，祝你用餐愉快！

小泥鳅 哇，真的好快啊，怎么会这么快？

鼻涕虫 真的是穿着超人的服装啊。

沈西子 好棒哎！你爸爸还肯陪你玩角色扮演。我以前要演白雪公主，我爸爸就是不肯帮我演小矮人。

赵春花 手机真神奇，手机就能叫来爸爸呀。我要是有个手机能打给妈妈就好了。

吴俊轩 唉，我们都好羡慕你呀！随叫随到的超人爸爸，真厉害！

快递超人 小胖子，再见！

［快递超人绕着舞台骑行一周，挥手而下。

［光暗。

第二场　生存大考验

［舞台化处理的帐篷道具像一朵朵彩色的小蘑菇遍布舞台。

［城里孩子的雄鹰小组在紧急商议。

吴俊轩 生存大考验，又是要搭帐篷又是要生火做饭。这次我们可不能再输了。

沈西子 再输了，就丢光我们外国语学校的面子啦！我们不能连夏令营都比拼不过一个乡下孩子的队伍吧？

吴俊轩 就是，不能再有人拖后腿了。

［吴俊轩和沈西子都紧紧盯着小胖子。

小胖子 你们别盯着我了，看得我心里发毛。（举起手）我保证，我发誓：这回我再也不会出错拖后腿了。雄鹰小组，必胜！

吴俊轩 看在你超人爸爸的面子上，足球赛的事就不和你计较了。可是这一回，我们一定得赢。我爸爸周末常带我去野营、钓鱼，搭帐篷小case。雄鹰小组必胜！（三人依次将手搭在了一起加油鼓劲儿）

［春花和鼻涕虫、小泥鳅抱着一袋子的帐篷材料上，将积木似的帐篷材料堆放在三人中间。

赵春花 鼻涕虫，你会搭帐篷吗？

鼻涕虫 （摇摇头）不会，我还是第一次见到这样的帐篷呢。你看，这上面都是英文字母，我看不懂。

小泥鳅 看不懂就别看了呗。我会搭鸡棚、垒猪圈，这个搭帐篷嘛，应该和搭鸡棚差不多，你们看我的好了。

［小泥鳅在春花和鼻涕虫的帮助下，开始搭起帐篷。

［另一边，吴俊轩在沈西子和小胖子的帮助下也开始搭起了帐篷。

［两个小组舞蹈化模拟搭帐篷的动作节奏。

［幕后伴唱：

搭帐篷呀搭帐篷，
搭个帐篷做广厦。
帐篷是个小小家，
里面住着你我他。
雄鹰展翅欲高旋，
大雁南飞走天涯。
城里想到城外耍，
城外进城找妈妈。

［雄鹰小组将帐篷搭好了，大雁小组却只搭出了帐篷的骨架而没有屋顶。

小胖子 哈哈哈，（嘲笑）你们的帐篷没有顶。

小泥鳅 （不服输）没有顶也很好，我们就是要没有顶的帐篷。我来参加夏令营的路上还看见有的汽车也没有顶呢。

吴俊轩 那是敞篷汽车，敞篷汽车是收缩顶，可以放下也可以收起。那可是最时髦最值钱的汽车。

小泥鳅 那我们的敞篷帐篷也是最时髦的，自带敞篷窗。

赵春花 （安慰队友）没有顶晚上睡觉还能看星星，风儿也会轻轻地给我们摇蒲扇，还能听见夜晚的蝈蝈唱歌呢！

小胖子 要是下起雨来，你们一个个还不成了落汤鸡。

鼻涕虫 （不服气）落汤鸡就落汤鸡，正好洗个澡。

小泥鳅 是呀，我刚好一个月没洗澡了。

沈西子 （捂着鼻子躲开）哎呀，你可真脏。

城里孩子　（起哄）哈哈哈，乡巴佬，见识少，没干没净不害臊！

乡下孩子　（还击）呸呸呸，势利眼，看人低，挑吃挑穿没脸皮！

赵春花　都别吵了，马上天就要黑了，我们还得生火做饭呢。

沈西子　对呀，还要做饭呢。

小胖子　说到做饭，我这肚子就又饿了，好饿啊！我感觉自己的前胸已经贴在后背上了。我的头好晕，脚好软，哎呀，我快要站不住了，我要饿晕了。

［小胖子装出要晕倒的样子，吴俊轩急忙用身体支撑住小胖子。

吴俊轩　（调侃）你的前胸到后背比两堵墙都厚呢。

小胖子　别看我胖，可我不耐饿呀！

鼻涕虫　我也有点饿了。

赵春花　那我去淘米煮饭。

鼻涕虫　我去捡柴生火。

小泥鳅　我去挖野菜。我妈妈说了，城里人最喜欢吃从乡下挖来的野菜了，说是绿色、环保、无污染。我们家菜摊上的那些蔬菜，就属野菜最好卖了。

［大雁小组的三个成员分头而下，留下雄鹰小组的三个成员你看着我，我看着你，大眼瞪小眼，静场。

沈西子　你们别看我，我可不会做饭。我这是弹钢琴的手，画国画的手，不是洗菜淘米的手，再说，我妈妈也没教过我做饭呀。

吴俊轩　我也不会啊，我是跟着爸爸去野营钓过鱼，可每次都是爸爸烤鱼做饭，我只负责吃啊。

小胖子　那我就更不会了啊，我每天放学回家，阿姨……不，是我的全能妈妈就已经做好了满桌的饭菜啦，什么红烧排骨、糖醋里脊、清蒸白鱼、椒盐大虾、五香牛肉、鱼香茄子、油焖茭白、丝瓜毛豆……

吴俊轩　别说了，一大堆菜名听得我们都饿了。就算吃不上妈妈烧的菜，吃个快餐也是好的啊，汉堡王、必胜客、麦当劳、肯德基，或者老妈米线、老娘舅，或者来一碗苏阿姨小馄饨？

沈西子　夏令营的指导老师说了，必须自己动手做饭，不能叫外卖、吃零食。

小胖子　唉，这回我的超人爸爸也派不上用处了。

吴俊轩　这下我们要饿死了。（无精打采地坐在地上）

［鼻涕虫抱着一大堆树枝上，用石头垒起小灶台，边吹火边往里面放树

枝，不一会儿就生好了火。

沈西子 （好奇地凑过来看）真厉害，用这些枯草和树枝也能生起火来。

鼻涕虫 那当然，我们乡下还用牛粪生火做饭的，我每天都要帮奶奶去捡牛粪呢。

吴俊轩 （嘲笑）哈哈哈，牛粪也能生火？多臭啊。

鼻涕虫 你们不懂，晒干的牛粪特别好用，一个夏季的干牛粪足够一个冬天烧火做饭了。

吴俊轩 有什么了不起？（推推眼镜）我用放大镜也能生起火来，比你的牛粪可干净多了。知道吗，那叫光线聚焦。（望望天色）就是得在白天有太阳的时候，现在天黑了就不管用了。

沈西子 （白了吴俊轩一眼）那你还不是白讲。

小胖子 （托着腮帮子）我不管是用什么生火的，我现在只想吃饭。

［小泥鳅提着竹篮上。

小泥鳅 快看快看，我挖了好多新鲜的野菜，可以让春花给我们烧菜饭吃了。

小胖子 （立刻起身，咽口水）菜饭是什么？

小泥鳅 就是把菜和饭同时烧在一起，又营养又好吃。

小胖子 （指着篮子里的野菜）这些看起来像野草一样的东西，真的能吃吗？（再次咽口水）

小泥鳅 我挖了四五种野菜呢，可新鲜啦！

小胖子 （使劲儿咽了咽口水，故意说）是吗？我看可不一定。

小泥鳅 一会儿你吃了就知道了。（立刻反应过来）不对，今天是比赛，我可不能上你的当，野菜可没有你的份儿！（提着篮子下）

小胖子 哼，小气鬼。尝一尝也不行吗？就尝一口。

沈西子 好饿啊，我也快饿得没力气了。

［春花端着一口盖着盖子的铁锅，放在鼻涕虫垒好的灶台上。小泥鳅拿着三只饭碗。

赵春花 淘好了米，切好了菜，一会儿就可以开饭啦！

［不管是大雁小组还是雄鹰小组，所有人的目光都牢牢地盯着那口铁锅。

［众人围着铁锅坐成一个圈，大雁小组的三个成员坐在内圈，雄鹰小组的三个成员坐在外围。静场，时间在一分一秒地流逝。

赵春花 （揭开锅盖）开饭啦，香喷喷的菜饭做好啦！（给鼻涕虫和小泥鳅盛饭）你们两个快吃吧，吃饱了就有力气啦！

鼻涕虫　（接过碗，使劲闻了闻）真香啊，我一口气能吃两碗。

小泥鳅　你快尝尝吧，我挖的野菜可新鲜啦！

［大雁小组的三个成员正要开始吃饭。雄鹰小组的三个成员默默地围了过来，三个人都使劲地咽了咽口水。

小胖子　我要是一开始就选择加入大雁队就好了，至少还有饭吃。

吴俊轩　小胖子，你也太没骨气了，一碗米饭就想叛变。

小胖子　那你不饿吗？

吴俊轩　（嘴硬）我……我不饿。（肚子咕咕咕的音效）

小胖子　嘿嘿，肚子都叫了。你的脑袋不饿，你的肚子饿。

沈西子　那我们怎么办呀？就真的没饭吃了。（使劲闻一闻）这米饭闻起来真香啊！

吴俊轩　（从一旁拿过矿泉水）我们就先喝点水吧，一人一瓶矿泉水，把肚子灌饱了再说。

小胖子　喝水能喝饱吗？越喝越饿。

鼻涕虫　（快速扒着碗里的饭，咂吧咂吧直响）春花，你的厨艺真棒，真好吃。

小泥鳅　野菜嫩嫩的，米饭香香的，我最爱吃这种锅巴饭了，又脆又香。

［雄鹰小组的三人又同时咽了下口水。

赵春花　（关心地询问）你们怎么不去吃饭呢？

吴俊轩　（不好意思）我们不会生火。

沈西子　（低头）我们不会做饭。

吴俊轩　（害臊）我们也不会挖野菜呀。

赵春花　这样啊。（想了想，端起锅子递给小胖子）那剩下的菜饭送给你们，吃吧。

小泥鳅　（急忙阻拦）春花，你不能给他们吃饭的，我们是在比赛。刚才他们还嘲笑我们的帐篷没有顶呢。

赵春花　我妈妈总是说“天大的事，先吃饱饭”。比赛是挺重要的，可是吃饱饭也很重要呀。小胖，给你，你们吃吧。你和我弟弟一样，我弟弟也怕饿，饿了就走不动路了，还要我背着他。

沈西子　（好奇地问）春花，你又要给弟弟做饭，还要背着弟弟，也太辛苦了。

那你的爸爸妈妈呢？

赵春花 我很小的时候爸爸就不在了，妈妈为了挣钱贴补家用，就进城打工了。妈妈说，等有了钱就能一直供我和弟弟读书。妈妈出门了，我就是家里的小管家，我要照顾好弟弟，守护好家，等妈妈回来。

［光暗。

第三场　才艺展示赛

［夏令营第二天。

小泥鳅 最后一项比赛是才艺展示赛。我的才艺是帮爸爸妈妈卖菜，这算才艺吗？我可会吆喝了，一百斤蚕豆，我半天就能卖完。

鼻涕虫 那好像不算什么才艺啊。

小泥鳅 鼻涕虫，那你会什么？

鼻涕虫 让我想想，我会……我会……我会捡瓶子、收破烂。每次进城，我就能捡到好多空瓶子，可以卖了换钱，给奶奶买包盐或者换包糖。

小泥鳅 这也不算才艺啊。春花，你呢？

赵春花 我……我好像也没有什么才艺，我只会照顾弟弟、做做家务。

［正在大雁小组的成员苦苦思索对策的时候，沈西子悄悄走上。

沈西子 （自告奋勇）春花春花，我来教你跳舞吧。

小泥鳅 沈西子，你怎么来了？我们两组不是要比赛吗？

沈西子 （做出噤声的动作，回头张望）嘘，我要感谢春花的那一碗菜饭呀！那是我吃过的最好吃最好吃的一碗菜饭。我以前可挑食了，我从不知道原来一碗菜饭也能那么香，那么好吃。

赵春花 你要是喜欢吃，我以后再帮你做。

小泥鳅 现在“才艺”是关键。西子，你真要教春花跳舞啊？那可太好了，你帮了我们大忙了，我们正愁没有什么才艺可以参加汇报演出呢。

沈西子 离最后的汇报演出还有两天。春花，你一定要加油哦。

赵春花 嗯，我一定会跟着你好好学的。

鼻涕虫 （举着两手加油）春花，我们给你加油。

小泥鳅 （举着两手加油）春花，我们给你打气。

沈西子 好了，我们两个女生要开始训练了，你们这些男生，速速回避。

二人合 （敬礼）遵命！（下）

［沈西子教春花跳芭蕾。沈西子在前面做芭蕾的基本动作，春花在后面跟着模仿。

沈西子 跟着我的手势做，注意站姿，一二三四，二二三四，三二三四，四二三四。手要伸向远方再远方……

［春花笨拙地模仿着沈西子的动作，却总是做不好。

沈西子 不对，不对，手要这样，脚要这样。身体要立直，收腹挺胸，感觉自己像一只白天鹅一样翩翩起舞。

赵春花 我觉得自己不像白天鹅，倒有点像野鸭子。

沈西子 那是因为你训练得太少。别怕，丑小鸭也能变成白天鹅呢。再来，一二三四，二二三四……

［小胖子和吴俊轩偷偷躲在一旁观察。

［春花和西子所在光区渐渐暗下。

小胖子 你说沈西子能教会春花跳芭蕾吗？

吴俊轩 芭蕾很难的，芭蕾可不是一天两天就能学会的。

小胖子 也是，我觉得春花不太适合跳芭蕾。这回你怎么不去阻止沈西子呢？

吴俊轩 （做手势）嘘。咱们可都吃了大雁小组的菜饭，就睁一只眼闭一只眼吧。再说了，春花两天时间也学不会呀，最后还是我们赢。

小胖子 （掰着指头算）第一场足球赛，大雁队赢了；第二场生存挑战，我们搭好了帐篷，可是他们做好了菜饭，算是平手；那第三场……

吴俊轩 所以说啊，第三场才艺展示才是关键，我们一定得赢！

小胖子 放心，我们有沈西子呢，芭蕾都练了八年，一出场肯定是冠军。

吴俊轩 那是，最后这一局，我们是手到擒来一定赢！哈哈哈。

小胖子 （摸摸肚子）已经是夏令营的第二天了，我好想吃肯德基呀！

吴俊轩 我也好想吃肯德基。

小胖子 要不，我们偷偷地吃一回外卖吧？

吴俊轩 荒郊野外的，哪里有外卖啊？

小胖子 你忘了，我有超人爸爸。

吴俊轩　（拍脑袋）对哦，你有超人爸爸，想吃什么就能送来什么。

小胖子　看我的。（拿出手机打电话）爸爸、爸爸，我想吃肯德基，给我送一个肯德基全家桶来吧。（对吴俊轩）等着哦，马上就来。

吴俊轩　我们得把西子也叫来啊，好吃的东西要和朋友一起分享。（朝幕内喊）西子，西子，你快过来呀。

沈西子　（复上）什么事呀？

吴俊轩　（兴奋地手舞足蹈）小胖要请我们吃肯德基。

沈西子　这里是夏令营营地，哪有什么肯德基？

吴俊轩　你忘了，他有超人爸爸。

沈西子　对啊，小胖子有超人爸爸。想吃什么都能送来。（举大拇指）小胖子，你真帅！

小胖子　那当然了，我本名就叫王帅帅，能不帅吗？（沈西子和吴俊轩偷笑）

［快递超人带着肯德基全家桶单车上场，绕场一周。

快递超人　小胖子，你的肯德基全家桶来啦，祝你和你的小伙伴们用餐愉快。吃好喝好心情好，再见！

吴俊轩　哇，你爸爸真的送来了全家桶。

沈西子　哇，你爸爸骑单车的样子真帅。

［小胖子接过全家桶，连走路的样子都变得威风凛凛起来。

小胖子　快来吃吧，享用我们丰盛的美食大餐。

［三人席地而坐，开始津津有味地吃起炸鸡。

［小泥鳅和鼻涕虫被炸鸡的香味引来。

小泥鳅　（边走边闻）这是什么味道啊？这么香。

鼻涕虫　（使劲闻了闻）像是鸡的味道，但又不是一般的鸡的味道。

小泥鳅　（发现小胖子他们在吃炸鸡）鼻涕虫，你快看，他们在偷吃东西。

［小泥鳅和鼻涕虫蹲在雄鹰小组的身后，睁大眼睛，使劲咽着口水。

吴俊轩　（大口吃着鸡块）还是肉好吃啊！

鼻涕虫　（使劲闻了闻）真香啊！

沈西子　（没有注意到后面的小泥鳅和鼻涕虫，接着说）我更爱吃蛋挞。

小泥鳅　（接话）蛋挞是什么？

沈西子　（吓了一跳）哎哟，你们两个怎么躲在这里呀？

小泥鳅 我们是被香味吸引过来的。

鼻涕虫 （好奇）你们在吃什么呀？

小胖子 我们在吃肯德基。

鼻涕虫 我只吃过奶奶过年做的荷叶鸡、白煮鸡，“肯德鸡”是什么鸡呀？

小胖子 这都不知道，就是KFC呗！

［小泥鳅和鼻涕虫都摇了摇头。

二人合 不知道，没吃过。

小胖子 真可怜，肯德基都没吃过。这样吧，既然我们也吃过你们做的菜饭，为了公平起见，我也请你们吃肯德基。到了最后的才艺展示比赛，我们可就各不相欠了。

小泥鳅 请我们吃鸡吗？小胖子，你人真好。

鼻涕虫 我奶奶一年才做一次荷叶鸡。我们家里养的鸡，奶奶可宝贝了。奶奶说母鸡都是要下蛋卖钱的，如果想吃鸡蛋，就不能吃鸡肉；如果吃了鸡肉，就没有鸡蛋吃了。

小泥鳅 我妈妈也舍不得给我买烧鸡吃。

吴俊轩 怎么吃个鸡，还能扯出鸡和蛋的问题呢？（对鼻涕虫）那你说，是先有鸡，还是先有蛋？

鼻涕虫 有了母鸡，才能下蛋，有了蛋才能孵小鸡。当然是先有鸡才有蛋啦。

吴俊轩 那你的第一只母鸡是怎么变出来的？

鼻涕虫 当然也是从蛋里孵出来的呀。

吴俊轩 那不是还是先有蛋吗？

鼻涕虫 你说的好像也有点道理。

小胖子 别讨论鸡和蛋了，还是吃肉要紧。看我的。（打电话）爸爸，再给我来一个肯德基全家桶，我这儿还有一群小伙伴呢。

［快递超人带着全家桶再次单车上场，绕场一周。

小泥鳅 哇，超人爸爸又来啦。我得把春花也叫来。（下）

快递超人 小胖子，你的全家桶又来啦！

小胖子 （从快递超人手中接过全家桶递给鼻涕虫）鼻涕虫，全家桶就交给你了，这是给你们大雁小组的。

鼻涕虫 （接过全家桶，眼睛却盯着超人的衣服）小胖子，小胖子，我还有一个请求。能不能让我也穿一下你超人爸爸的衣服呢？那件衣服太帅了。我叔叔还在老家的时候，给我讲过超人的故事，他在省城里看过超人电影。叔叔说，超人可帅了，力大无穷、上天入地，是地球的守护神。

吴俊轩 超人当然厉害啦，我们都喜欢超人。

鼻涕虫 我叔叔说了，他也想当个超人，不是要做地球的超人，也不是要做中国的超人，而是要做我们家的超人。他要打工挣钱给奶奶养老，给我们盖新房子，将来还要供我上大学。在我心里，我叔叔就是超人，我也想像叔叔一样做个小超人。

小胖子 好吧，我来跟超人爸爸讲。（避开众人）快递超人，能把你的披风借我的朋友穿一下吗？

快递超人 （脱下披风）好呀，哪位小朋友？

小胖子 就是旁边的那个，流着鼻涕的鼻涕虫。

快递超人 （认出了宋小弟，兴奋地冲上前）宋小弟，小弟你怎么在这儿？是我呀，宋二宝，（摘下面具）你的亲叔叔呀！

鼻涕虫 你是叔叔。（跳起来）叔叔，叔叔你怎么真变成超人啦？

快递超人 这个说来话长，刚进城的时候我在建筑工地上干过活，可是力气不够大；后来又摆摊做过小生意，可惜脑子转得慢，卖什么赔什么；但是我跑得快呀，我可比咱家小黑跑得还快呢！城里人需要什么跑得快？快递要快呀，所以我就变身成了快递超人。你看看我，现在多威风。我一个人负责一大片区域的送货服务呢，人人都喊我——快递超人！（摆出一个特别威风的超人姿势，边唱边跳，鼻涕虫也跟着舞动起来）

一个小小的快递，
承载众人的欢笑，
家居用品、蔬菜水果，
服装箱包、快餐美食。
没有送不了，
只有想不到，
拿出手机摇一摇，
快递超人来得早！

鼻涕虫 叔叔，你真棒！我就知道你一定行。可是，叔叔，你都进城两年了，奶奶想你呀，奶奶时常在家里念叨你呢。（模仿奶奶的语气）不知道我家二宝在外面吃饱饭了吗，天冷的时候有没有多添件衣服，有个遮风挡雨的地方吗？

快递超人 （不好意思地摸摸头）我从老家出来的时候发过誓，一定要到城里挣大钱，等挣了大钱把你和奶奶都接到城里享福。可我不是还没挣到大钱嘛？我没脸回去。回去娘就更愁了，愁我拿什么娶媳妇呀？

鼻涕虫 叔叔，奶奶说了，不求你发财挣大钱，只求你平平安安的，一家人团团圆圆。困了、累了，想想还有亲人，苦了、饿了，咱就回家去，家里总有口饭吃。这次我进城参加夏令营，奶奶也让我一路打听你呢。

快递超人 （答应）哎，小弟，等你夏令营结束了，我就跟你一起回老家看奶奶去。

小胖子 （着急）快递超人，你要是回老家了，以后谁给我送快递啊？

吴俊轩 （一头雾水）等等，等等，小胖子，这个不是你爸爸啊？

［小泥鳅和春花暗上。

小泥鳅 原来这个超人不是小胖子的爸爸啊！

小胖子 （慌忙解释）他不是我爸爸。但他是我爸爸派来的快递超人啊！我爸爸是大老板，工作那么忙，哪有时间陪我？不过只要我有什么需要打电话给他，他就会立刻派快递超人给我送东西。我爸爸虽然不能亲自来，可是在我心里，他就是个超人爸爸。

快递超人 别担心，小胖子。我们有一批又一批的快递超人，等我回家安顿好老娘，再来给你送快递哦。我就是你永远的快递超人！（摆出超人姿势）

［光暗。

第四场　夜晚的月光

［夏令营第二天夜晚。

［一轮明月天幕低垂。

［雄鹰小组的帐篷前，吴俊轩抱着iPad，小胖子玩着自己的手机。

吴俊轩 （伸着懒腰，百无聊赖）夏令营的夜晚也太无聊了。第一天还可以用iPad打打游戏，第二天iPad就没电了，连个充电的地方都没有。

小胖子 就是，我的手机也快没电了，我得省着点用，关键时刻还要给我的超人爸爸打电话呢。

吴俊轩 那我们干什么好呢，难道只有睡大觉？（钻进帐篷躺下）

小胖子 （托着下巴）我睡不着，每天晚上我的全能妈妈都会唱童谣哄我入睡，听不到童谣，我就睡不着觉。

[光暗，景转。

[赵春花和沈西子两个人在一格一格地跳房子，舞蹈化模拟处理。鼻涕虫和小泥鳅在一旁呐喊加油。

二人合 （唱）正月十五黑咕隆咚，
树枝不动刮大风。
刮得面包吃牛奶，
刮得火车上天空……

小泥鳅 又是春花赢了，不好玩，鼻涕虫，咱俩去抓萤火虫吧。

鼻涕虫 好啊好啊，再找个南瓜花或者橘子皮，我来做个小灯笼。

[小泥鳅拉着鼻涕虫，二人欢快地跑下场。

沈西子 春花，谢谢你教我跳房子，原来跳房子这么好玩啊，我以前从来也没玩过这个。

赵春花 这是我们乡下常玩的游戏，课间的时候大家都在操场上跳房子。只要有半截粉笔头、一个小石块就能玩了。我还要谢谢你教我跳芭蕾舞呢，（有点气馁）虽然到现在我也没学会……

沈西子 你才学了半天，别着急，一定能学会的。我四岁的时候，妈妈就送我去学芭蕾了，今年已经是第八年了。

赵春花 哇，西子你真厉害。我第一次见你的时候，就觉得你像个小公主，和我在画片书上看到的小公主一模一样。

沈西子 （叹口气）唉，什么小公主啊？我妈妈是把她没有实现的愿望全部都加在我身上。她小的时候没有机会去学芭蕾、弹钢琴，她就逼着我一定要学芭蕾、弹钢琴。

赵春花 可我觉得你跳得很棒。西子，你一定能成为一个了不起的舞蹈家！

沈西子 我是很喜欢跳舞，也想成为一个舞蹈家。可我妈妈又说了，光学会跳舞还不够，社会竞争那么激烈，一定得处处比人家有优势才行，要全面发展。我还要学奥数、英语、国画、游泳，我妈妈最近还给我报名了小主持人才艺班和围棋班。（叹口气）我没有三头六臂，更不会七十二变。

赵春花 （安慰）你妈妈也是希望你多才多艺啊，瞧，你多棒，你什么都会，你是学校里的大明星，女孩子没有不羡慕你的。我们乡下孩子不会画画、跳舞，也不会奥数、英语。

沈西子 可我不会买菜做饭，也不会打扫洗衣，什么家务都不会做。

赵春花 这有什么难的，我来教你。

沈西子 好呀，一言为定，我教你跳芭蕾，你教我做家务，我也要自己的事情自己做。我的每个周末和假期都是在各种辅导班里度过的。我从来都没去过乡下，没看过山里的风景。（坐在春花旁边）春花，你能给我讲讲乡下的故事吗？

赵春花 （沉浸在乡下的童年时光里）我的老家，有一座连着一座的绵延大山，春天有漫山遍野的油菜花，夏天可以去溪边钓鱼捉虾，秋天可以到山上摘野山楂，酸酸的可好吃了，狗蛋每次都能吃上一大把。我和狗蛋经常躺在山坡上看杜鹃花，红艳艳的，像一片火烧云；我们还趴在地上看蚂蚁搬家，仰望天空看大雁南飞；邻家的王爷爷家里有母猪下小崽，同村的刘奶奶养的母鸡常孵蛋，那一群毛茸茸、黄生生的小家伙就跟在我们身后，叽叽喳喳；夜晚我们到原野上去逮萤火虫，把他们关在小竹笼里，就可以不用点灯，柔柔的光映着我和狗蛋，可好玩啦；我们还在小树林里捉迷藏，在稻草堆上翻跟斗……

沈西子 （羡慕）乡下真好玩儿。

赵春花 这次进城，我还有一个秘密任务——要把妈妈带回家。狗蛋今年就要八岁了，他希望妈妈能回家陪他过生日。我是姐姐，我一定要帮狗蛋实现这个愿望。可是，妈妈已经不在原来的人家干活了，不知道现在在哪儿。

沈西子 （安慰）春花，你放心，你一定会找到妈妈的。

赵春花 狗蛋说，他每年过生日的时候都会做一个梦，梦到妈妈回来了，梦到妈妈抱着他亲了又亲，梦到妈妈给他洗澡、梳头发，梦到妈妈做了满满一桌子好吃的菜肴，梦到妈妈一声又一声地叫着“狗蛋啊，狗蛋”。多幸福呀！西子，你知道为什么我想赢吗？

沈西子 为什么？为了面子和荣誉吗？

赵春花 不是为了面子和荣誉，我想得到获胜的奖品——书包。如果我能得到那个书包，就算进城没有找到妈妈，我也会告诉狗蛋，这个书包是妈妈送给他的生日礼物，这样狗蛋就不会失望和难过了。

沈西子 （感动）春花，原来你是为了实现弟弟的生日愿望呀，放心吧，我一定会帮助你的。

赵春花 （伸出手，两人拉钩）西子，谢谢你。你是我在夏令营里认识的好朋友。

［两人欢乐起舞，原地转圈。

沈西子 （打哈欠）时候不早了，我也该回去睡觉了，春花，明天一早我再教你跳芭蕾哦。

赵春花 嗯，明天早上我还在这里等你哦。

［沈西子走后，春花继续笨拙地练起了芭蕾。

赵春花 （自言自语）芭蕾怎么这么难呢？为什么一定要做白天鹅，而不能做野鸭子呢？如果是只野鸭子是不是就可以随便地跳了？（摇摇头）春花，你不可以胡思乱想，你要努力练习、好好加油，你要帮狗蛋实现生日愿望……（继续练习起来）一二三四，二二三四，三二三四，四二三四……（突然抬头望见了夜空中的月亮）今天的月亮真圆啊。

［春花停下了练习，望着皎洁的月亮发呆。

赵春花 （想起弟弟，与弟弟在臆想的时空中对话）狗蛋，你睡觉了吗？你在隔壁王爷爷家还住得惯吗？等姐姐夏令营结束了就马上回去，姐姐还要把妈妈的礼物带给你呢。你又睡不着了吗？别怕，姐姐给你唱童谣，你快睡吧。（轻轻唱起）

月亮月光光，
倒影水中央。
稻花香两岸，
田野好风光。
月亮月光光，
照入小院墙。

新棉被新帐，

睡着小儿郎。

[睡不着觉的小胖子悄悄走上。

小胖子 咦，有歌声，（驻足聆听）好熟悉的歌声啊。奇怪，怎么和保姆阿姨每天晚上给我唱的童谣一样呢？（蹑手蹑脚上前，发现春花）原来是春花，是她在唱歌。

小胖子 （上前打招呼）春花，你怎么一个人在这儿唱歌呢？你唱得真好听，和我的全能妈妈唱得一模一样，（央求）再给我唱一遍吧。

赵春花 （疑惑）我和你妈妈唱得一样？

小胖子 是啊，和我妈妈唱得一模一样。

赵春花 不可能啊，这是我们乡下的童谣，是我妈妈教我的。在妈妈还没有外出打工的时候，她每天晚上都给我和弟弟唱这首童谣。

小胖子 我妈妈每天晚上也给我唱这首童谣啊，我听不到这首童谣就睡不着觉。（央求）你再给我唱一遍吧，就一遍。

赵春花 （突然有了个主意）小胖子，你是不是说过你妈妈做的饭菜是天底下最好吃的饭菜？

小胖子 那当然了，我的全能妈妈做的饭菜是天底下最好吃的饭菜。

赵春花 （故意）我不信。我妈妈做的饭菜才是天底下最好吃的饭菜。

小胖子 怎么可能？一定是我妈妈做的好吃，我吃饭可挑剔了，我只认可我的全能妈妈的厨艺。

赵春花 那我又没有吃过你妈妈的饭菜，怎么知道你说的是真的还是假的？

小胖子 那我就找个机会请你吃我妈妈做的饭菜。不过，你得再唱一遍那首童谣。

赵春花 好，一言为定！我唱一遍童谣，你请我吃你妈妈做的饭菜。

小胖子 （两人击掌）一言为定！

赵春花 （再次唱起童谣，眼睛里却有了寻找到妈妈的信心）

月亮月光光，

倒影水中央。

稻花香两岸，

田野好风光。

月亮月光光，

照入小院墙。
新棉被新帐，
睡着小儿郎。

[光渐暗。

第五场　妈妈的菜肴

[夏令营第三天。

[舞台中央放置着户外野餐常见的折叠桌和折叠椅。

[小胖子拽着系着围裙的春花妈上场，春花妈手上提着保温饭盒。

小胖子　阿姨，你可记住了，一会儿你就是我妈，是我亲妈。千万别说错话，千万别说自己是个保姆阿姨。

春花妈　（不停点头）记住喽，记住喽，我不是你家的保姆阿姨，我是你亲妈。从保姆到亲妈，这个身份转变得有点大呀！

小胖子　咱俩可是说好的，你得替我保守秘密，不能让别的小朋友知道我爸妈离婚了，不能让他们知道我妈妈扔下我去美国生活了，不能让他们看不起我。（帮春花妈解下围裙）围裙可不能戴了。（试探着叫了一声）妈——

春花妈　你妈不在这，你妈在美国，那么远也听不到啊。

小胖子　（急得跳起来）您又忘了，现在你是我妈呀！我叫你“妈”，你就得答应啊。

春花妈　对对对，我把这茬儿给忘了。现在我是你妈。再来。

小胖子　妈——

春花妈　哎，狗蛋呀，妈妈在这儿呢。

小胖子　我不是狗蛋，是王帅帅！

春花妈　哎呀，对呀，我这不是把你当成我儿子狗蛋了嘛。你一喊我妈，我就觉得你是我家狗蛋呢。

小胖子　再来再来，记住了，你是我妈。可我不是狗蛋，是王帅帅。（再次喊）妈——

春花妈　哎。

小胖子 这下好了，就这样，注意保持。阿姨，你一会可得热情地招待我的朋友。我这个朋友是从乡下来参加夏令营的，她还会自己做菜饭呢，菜饭做得可好吃了。阿姨，你今天都带了什么菜啊？

春花妈 带了红烧牛肉、糖醋鱼还有清蒸茄子、丝瓜毛豆，两荤两素，都是你爱吃的。

小胖子 这么丰盛的饭菜，春花一定会很满意的。

春花妈 （听到春花的名字愣了一下）啥？你那个朋友叫什么名字？

［春花走上。

小胖子 春花啊，她叫赵春花。快看，她来啦。

春花妈 （想相认又不能相认，使劲把手在围裙上擦了又擦）春花——

赵春花 （惊讶）妈？

春花妈 （急忙接口）我，我现在是王帅帅的妈妈。（朝春花使眼色）

小胖子 对呀，这是我妈妈，就是我常跟你们讲起的我的什么都会做的全能妈妈。春花，你怎么管我妈也叫妈呢？

赵春花 （会意）我那是……（结结巴巴地解释）我是因为看到你妈妈太激动了，一下子又想起了我妈妈。我也想妈妈了。

小胖子 你呀，就别想妈妈了。等你夏令营结束了，回家不就能见到妈妈了吗？

赵春花 我妈妈不在老家。

小胖子 那你妈妈去哪了？

赵春花 我妈妈进城打工去了。

小胖子 那你就进城去找妈妈呀。

赵春花 我就是在城里找妈妈呢。

春花妈 （着急问话）春花呀，家里出了什么事？你弟弟还好吗？

小胖子 妈，你怎么知道春花还有个弟弟呀？

春花妈 （连忙解释）我……我猜的呗。农村人家不都有两个孩子的嘛。

小胖子 哦，也对哦。

赵春花 家里没事，弟弟和我都挺好的，我们有吃有喝，有穿有住，妈妈每个月寄回来的生活费，我们都收到了。村里还帮我们把家里的平房加固整修了一遍呢！家门口的小菜园子我也打理得很好，菜不愁吃。就是弟弟……

春花妈　（着急）弟弟怎么了？

赵春花　就是弟弟想妈妈了。弟弟希望妈妈能回家陪他过生日。

春花妈　（长舒一口气，放下心来）哦，是要过生日了。

小胖子　妈，你怎么一头汗呢？

春花妈　（擦擦汗，掩饰）今天有点热。

小胖子　热吗？真奇怪。（对春花）那就叫你妈妈回家陪他过生日呀。

赵春花　妈妈在外面要打工，要挣钱养家的。

小胖子　钱有什么好挣的，缺多少钱，我让我爸爸给你。我爸爸别的没有，就是有钱。

春花妈　别人的钱怎么能要呢？自己挣的钱花得才踏实。你说对不对，春花？

赵春花　嗯，爸爸去世的时候，村里要给我们办低保，可妈妈说了，我们有手有脚，可以自己去打工挣钱。隔壁的王爷爷无儿无女，年纪又大了，身体又不好，才应该吃低保呢！

小胖子　你们怎么那么傻呢？到手的钱都不要。不要白不要啊！

赵春花　妈妈说，做人要行得正，站得直。

春花妈　（激动地附和）哎，做人就要行得正，站得直。

小胖子　妈，你别激动。

春花妈　对，对，我不能激动，不能激动。我激动干吗呢？

小胖子　妈，快把你带来的饭菜拿出来给春花尝尝呀。我和春花是有交换的，她给我唱了童谣，我就要请她吃饭。

春花妈　哦，好的，好的。（连忙把随身带的饭盒一层一层打开）春花呀，妈妈……（连忙改口）阿姨不知道是要给你做菜，不知道合不合你胃口呀。不过，这个糖醋鱼是你爱吃的呀，红烧牛肉是你弟弟爱吃的。

小胖子　（疑惑）妈，你怎么知道春花爱吃糖醋鱼，她弟弟爱吃红烧牛肉啊？

春花妈　（掩饰）我猜的猜的，哪个小朋友不爱吃糖醋鱼和红烧牛肉啊？

小胖子　那倒也是，只要是肉我都喜欢。

春花妈　（紧张地催促春花）吃吧，吃吧，菜都要凉了，凉了就不好吃了，春花你快吃吧。

赵春花　哎，我吃，妈——（改口）阿姨，我吃，您坐。糖醋鱼真好吃，清蒸茄子也好吃，和家里清蒸茄子的味道一样的，丝瓜毛豆也是狗蛋喜欢的，狗蛋今年已经学会自己种丝瓜了。

小胖子 等等，等等，你弟弟也叫狗蛋？

赵春花 对呀，我弟弟叫狗蛋。

小胖子 （把春花妈拉到一边）阿姨，你儿子不是也叫狗蛋吗？

春花妈 我儿子是叫狗蛋，我还有个大女儿叫春花呢。

小胖子 春花？（指旁边的赵春花）就是那个春花？

春花妈 （岔开话题）我们老家，叫春花和狗蛋的孩子可多啦，不稀奇。

小胖子 （半信半疑）哦。（回原位坐下）对了，春花，你要进城找妈妈吗？

赵春花 嗯，我答应狗蛋的，等夏令营结束的时候，要把妈妈带回家，要让妈妈陪他过八岁的生日。

小胖子 过生日当然要有爸妈陪了，要是我爸爸不陪我过生日，我就和他没完。（转移话题）当然了，我每年都有妈妈陪我一起过生日的。

赵春花 （疑问）你有妈妈陪你过生日？

小胖子 （骄傲地炫耀）那当然了，这不是我妈妈吗？我妈妈每天都陪着我呢，生日当然也要和我一起过啦。

［春花妈和春花都尴尬地转过了身，小胖子还浑然未觉。

小胖子 春花，你妈妈怎么就舍得扔下你和弟弟进城打工了呢？

赵春花 我们家里经济困难，爸爸走后，家里就没有收入了，妈妈要挣钱养家……

春花妈 （不由自主地接话）妈妈要给孩子们存学费；妈妈要供他们考高中、上大学；妈妈想带他们走出大山，来城里看看风景；妈妈将来还要给春花置办嫁妆，要给狗蛋盖新房……

小胖子 妈，你又不是春花妈，你怎么知道的？

春花妈 天底下的妈妈不都是一样的吗？

小胖子 天底下的妈妈都是一样的吗？（想起自己的伤心事）那我妈妈怎么就不要我，一个人跑到美国去了呀？（越想越伤心，痛哭起来）我的妈妈怎么就不管我了呢？

春花妈 帅帅，别哭了。你妈妈一定是有不得已的苦衷，你妈妈一定是爱你的。哪有不爱自己孩子的妈妈呀？你妈妈虽然离你很远很远，在地球的那一端，但她心里一定是很牵挂你的。就像我虽然在城里，但依然牵挂着我在山里的两个孩子啊，怕他们吃不饱，穿不暖，又怕他们长大了，会因为家里穷而上不起学。帅帅，你的妈妈一定是想念你的。

小胖子 （抬起头）真的吗？

春花妈 真的，我保证。

赵春花 我也保证，你妈妈一定是爱你的，就像我妈妈爱我一样。（大声喊了声）妈——

春花妈 （欣喜地含着泪，将春花拥入怀中）哎，春花，妈妈也想你啊。我在城里，每当看到和你们年龄差不多的孩子，都会多看两眼。我就想呀，要是你们也在城里，也在妈妈的身边，那多好啊。我给小胖子做饭，看他吃得心满意足，我多想给春花和狗蛋也做一顿这样丰盛的饭菜啊；我给小胖子唱童谣，就像是在老家，哄春花和狗蛋入睡一样。

小胖子 （明白了眼前的一切）原来，原来你是春花的妈妈，原来你们一直在跟我演戏呢。

春花妈 不是演戏，我们是要守护你。

小胖子 守护我？

赵春花 嗯，小胖子，我会帮你守护秘密的。小胖子有一个超人爸爸和一个全能妈妈，多好呀！这是我们所有孩子的梦想，一家人相亲相爱，永远在一起，不分开！

小胖子 （神色黯然）其实，我哪儿有什么超人爸爸和全能妈妈呀！我爸妈离婚了，爸爸是个大老板，每天都忙得不沾家，我连他的面都见不着，家里只有保姆阿姨陪着我。妈妈去了美国，就再也没有回来。我多希望爸爸妈妈都能陪着我，我多希望能和别的孩子一样，我多希望自己能有个幸福的家呀。你的妈妈进城打工了，你还可以进城来找她，可我的妈妈去了国外了，我去哪里找妈妈呀？

春花妈 帅帅呀，你妈妈不会忘记你的，她一定会回来看你的。

赵春花 嗯，你妈妈一定会回来看你的。

小胖子 真的吗？

春花妈 （安慰）真的。

赵春花 我们保证。

小胖子 （擦擦眼泪）可是，阿姨，你要是跟春花回老家了，就没人给我做饭了，也没人给我唱童谣了。

春花妈　别担心，等给狗蛋过完生日，我就带着春花和狗蛋一起进城生活。他们两个都会和你做伴儿的。

赵春花　（伸出手）嗯，小胖子，我们会陪着你一起等妈妈。

［光渐暗。

第六场　相约在未来

［夏令营第四天。

小泥鳅　今天就是才艺展示赛了，春花，你的芭蕾练得怎么样了？

赵春花　（叹口气）还是不行啊，我觉得自己还是像一只野鸭子。

鼻涕虫　那可怎么办啊，这下我们要输了。

小胖子　（悄悄上）既然是野鸭子就不要去模仿白天鹅嘛，野鸭子有什么不好啊？野鸭子自由奔放、无拘无束，也是一种美丽啊。

赵春花　你的意思是，如果是一只野鸭子，就去努力地跳好一只野鸭子？

小胖子　既然你觉得自己像野鸭子，那跳出野鸭子的感觉不就对了嘛。

赵春花　有道理啊，不一定非要变成白天鹅才能美丽啊，我也觉得野鸭子自由活泼、挺可爱的。

鼻涕虫　春花，小胖子说的也有道理啊。芭蕾跳不好，那就不要跳芭蕾了，跳你熟悉的东西吧，跳我们的插秧、割稻、打谷……

小泥鳅　跳我们捉蚂蚱、抓萤火虫、逮知了……

鼻涕虫　跳我们在草地上打滚。

小泥鳅　跳我们在山坡上放牛。

赵春花　我还可以跳在我家的后院种菜喂猪养鸭。我想好了，我的这段舞蹈就叫作“我和我的故乡”。

鼻涕虫　要跳我们的生活。

小泥鳅　要讲我们的故事。

赵春花　大雁队加油！

小胖子　大雁队加油！

鼻涕虫　怎么连你也给我们加油了？

小胖子 因为雄鹰队和大雁队是好朋友。友谊第一，比赛第二嘛。

赵春花 对，我们都是好朋友。

［光渐暗。

［一束洁白的追光中，《天鹅湖》的音乐响起，换上芭蕾舞裙的沈西子优雅出场，舞步翩然，动人地展示了一只白天鹅的优美舞姿。

［灯光切换，充满童趣的田园音乐中，梳着两个麻花辫的春花上场，自然随性地跳动，演绎着乡下孩子无拘无束、自由洒脱的童年世界。她在稻田里跳舞，在小河边跳舞，在山坡上跳舞，在房顶上跳舞，似乎一个不小心，就能跳进蓝天白云的领地，跳进温暖阳光的怀抱，跳进七色彩虹的国度。

［四周响起雷鸣般的掌声。

［雄鹰队和大雁队的小伙伴们鼓掌欢呼上场。

吴俊轩 春花，你真棒！

小胖子 春花，你跳得真好！

沈西子 春花，我也觉得你跳得最好。

吴俊轩 我们雄鹰小组已经讨论决定了，这一局你们赢。我们一致同意把“优胜小组”的旗帜授予你们大雁组。

赵春花 不不不，如果没有西子耐心地教我练习芭蕾的基本功，没有小胖子启发我可以跳野鸭子自己的舞蹈，我是编不出《我和我的故乡》的。是你们大家帮助了我。

小泥鳅 对，我也要感谢雄鹰小组对我们的帮助，谢谢你们帮我们重新搭好了帐篷。吴俊轩，也谢谢你教我用电脑。

鼻涕虫 我们大雁组也一致决定将“优胜小组”的旗帜授予你们雄鹰组。

吴俊轩 不不不，我们不能要。“优胜小组”是你们。

小泥鳅 不不不，我们也不能要。“优胜小组”是你们。

沈西子 都别让了，依我看，我们两个小组都是“优胜小组”。

赵春花 对，我们都是“优胜小组”。

吴俊轩 我们还要把奖品书包颁发给大雁小组，你们大家同意吗？

众人合 同意，同意，雄鹰队和大雁队永远都是好朋友！

［雄鹰小组为大雁小组的成员颁发了奖品书包。两组队员一起摆出胜

利大合影造型，小胖子用手机给大家照相，众人齐声喊："一、二、三，耶！"

［离别的音乐响起，队员们开始依依不舍地告别。

沈西子 春花，夏令营马上就要结束了，我真舍不得你。

赵春花 明年，我会和弟弟狗蛋一起进城上学的，到时候我去找你玩，我们一起踢毽子。

沈西子 好呀，好呀，春花，我在苏州的校园里等着你。

吴俊轩 小泥鳅，我送你的那本心算书，你可要好好学哦。

小泥鳅 你放心，我一定好好学心算，等我学会了心算，算起账来就更快了。

吴俊轩 不是让你去卖菜算账的，等你学好心算，代表你们农民工子弟学校来参加奥数比赛，我们赛场上见，看谁最厉害。

小泥鳅 好，奥数赛场上见，我可不会让你的。

小胖子 鼻涕虫，替我向你的快递超人叔叔问好，谢谢他这几年一直给我送快递。不管刮风下雨，还是酷暑寒冬，他从来也没有迟到爽约过，谢谢他带给我许多快乐。

鼻涕虫 嗯，你放心，我会把你的问候带给叔叔的。叔叔说他也很喜欢你这个小胖子。（拿出自己的幸运球鞋）小胖子，我们马上就要分开了，我想把这双幸运球鞋送给你，穿上它，你也会跑得快、跳得远，成为幸运小超人！

小胖子 鼻涕虫，你真的要送给我吗？（懊悔）对不起，我还嘲笑过你的球鞋。

鼻涕虫 没什么，都是过去的事情了。小胖子，穿上幸运球鞋，你一定要好好跑步锻炼身体哦，下一次见面，我们还要一起踢足球。

小胖子 嗯，一起踢足球，我保证不会再输给你了。

雄鹰队 （合）我们在城里等着你们！

大雁队 （合）未来我们再相会！

［众人载歌载舞列队谢幕，合唱《小候鸟之歌》。

我们是飘荡在城市的蒲公英，
我们是地图上迁徙的小候鸟，
追随父母打工的疲惫脚步，
落脚在小巷深处都市城郊。

流动的花朵沐浴都市阳光，
放飞梦想驰骋于海阔天高。
城里的小伙伴一起来玩耍，
我们共同唱响童年的歌谣。

——剧终——

音 乐 剧

森林之歌

（根据沈石溪动物小说改编）

创作介绍：

森林之歌的森林本身只是一个具象的载体，森林背后是广袤的自然，有天空、大地、河流、草原、雪山、湖泊……鹿王哈克在垂暮之年舍弃了权位和爱情，用不屈的勇气唱响了草食类迎战肉食类的英勇战歌；雄豹布哈衣在危急关头舍身护妻，在最后时刻默默离去，将生的机会留给妻子；奶羊茜露被迫成了狼崽黑球的奶娘，本该是不共戴天的仇敌，却在哺乳中激发出缱绻的母爱，狼崽黑球虽然改变不了食肉的本性，却在一次又一次的危险时刻为保护茜露而舍生忘死。

优胜劣汰、弱肉强食，虽是森林的法则，但森林之歌的真正归宿却是爱。不论勇气、真情、博爱，其实归根到底，这些看似不寻常的有悖常理的举动背后都是满满的爱意。鹿王对种群的爱、雄豹对妻子的爱、奶羊对狼崽的爱、狼崽对奶羊的爱，这种爱的力量支撑他们在生死关头聆听内心，做出了从容抉择。舍弃生命并不意味着对生命的漠视，事实上，舍弃生命而拯救其他更意味着对生命的顽强坚守和对梦想的执著追寻。不管是战歌、情歌，还是爱歌，他们都将自己的生命与梦想交融在一起，用生命谱写了梦想的辉煌。

剧本《森林之歌》获2012年第十届江苏省戏剧文学奖新人新作奖。

人　物：

樱花树——孤独生长在喜马拉雅山脉南坡的断崖上，追寻着生命意义的樱花树。

燕　鸥——北极燕鸥，往返于地球两极之间的迁徙健将，为樱花树唱响了森林之歌。

黄　毛——将鹿群当作狩猎场的年轻母狼，一直崇拜着雄豹布哈衣的力量，坚信弱肉强食是森林里的至高法则，与长大后的公狼黑球结为夫妇。

哈　克——日益衰老的鹿王，却想在自己的有生之年做一件惊天动地的大事：挑战凶残的母狼黄毛。

杰　米——年轻强壮的公鹿，试图夺取鹿王哈克的王位。

布哈衣——为营救妻子被象群围攻踩断脊椎，下半身瘫痪的雄性金钱豹。

香格莉——布哈衣的妻子，在布哈衣受伤后，悉心照料残疾丈夫的雌性金钱豹。

金红豹——从别的山头出来闯荡森林的雄性金钱豹。

黑　宝——独自抚养小狼崽的丧偶公狼。

茜　露——被公狼黑宝俘虏，成为小狼崽黑球奶娘的红奶羊。

小黑球——在奶羊茜露的哺育下长大的小狼崽。

黑　球——已经成长为威风凛凛的成年公狼的黑球。

北极燕鸥群、鹿群、母鹿艾莉、豺、红崖羊群、小绵羊、小羊羔。

备　注：

舞台设置虚实结合，可自由转换时空，以局部特征再现客观景物。舞台背景可安装投影屏幕，随着情节进展变换风景画面，以表现这些动植物各自的生存环境。表演形式为歌舞融合，强调动物各具特色的肢体语言和动作行为。

声　明：

鹿王哈克、雄豹布哈衣、奶羊茜露的故事，节选改编自沈石溪的三篇独立动物小说《老鹿王哈克》《情豹布哈衣》《红奶羊》。三个故事的串联、主题曲的确立、樱花树与北极燕鸥的设置、北极燕鸥作为第一讲述者、母狼黄毛作为第二讲述者的架构都是编剧原创，特此声明。

第一幕　鹿王的战歌

［幕启。喜马拉雅山脉群山连绵、蜿蜒起伏，白雪覆盖着群山的山脊，壮丽肃穆、空旷辽远。

［一棵幼小的樱花树孤独地矗立在山脉南坡的一处断崖上。

樱花树　（唱）在皑皑白雪之中，
在群山峻岭之穹，
我抬头仰望天空，
多希望遇见彩虹。
生来就注定了寂寞，
在大山中孤独度过，
太阳每天东升西落，
山谷静寂空无影踪。

［另一表演区，一群北极燕鸥盘旋飞翔着上场，以舞蹈的形式表现飞鸟的迁徙、队列的变化、在天空的翱翔。

［幕后伴唱：

有一种鸟，
永远随着季节的变换，
南来北往，四处为家，
一生飘荡，追逐太阳，
不畏路途遥远的飞翔。
那就是，那就是，
那就是北极燕鸥。

［一只受伤掉队的北极燕鸥摇摇晃晃地飞上。

燕　鸥　（唱）请等一等，请等一等，
冰雹砸伤了我的羽翼，
我疼痛难忍，苦苦支撑，
我展翅难翔，飘零随风。
望前路，

迁徙的鸟群已飞远，
望远峰，
高耸的山脊无树藤。
若夜色降临，
离群的小鸟将迷失，
若星光黯淡，
无依的小鸟难求生。

［受伤的北极燕鸥在夜晚的云层中迫降，随风飘落在樱花树的面前。

樱花树　（唱）多希望有人诉说，
多渴望身躯挪动。
山的那面是什么？
山的尽头是什么？
可有小鸟叽喳吵闹？
可有幼兽追逐撒娇？
可有树木开花结果？
可有森林郁郁葱葱？

［北极燕鸥挣扎着站起，抖了抖身上的羽毛，抚摸着受伤的左翼。

樱花树　（欣喜）你是谁？你是一只鸟吗？你是一只从夜空降落的鸟吗？

燕　鸥　我是一只受了伤、掉了队的北极燕鸥。

樱花树　北极燕鸥？我从来也没有听说过这个名字。

燕　鸥　（唱）我们是远程迁徙的健将，
我们来自遥远的北极，
那里冰雪覆盖，天地苍茫。
当秋季来临，
我们整装待发，
向南，向南，飞越重洋，
直到地球的尽头，
在南极的浮冰上度过严寒的冬天；
当春风拂面，
我们踏上归途，

向北，向北，飞过群山，

回到北极的家乡，

在出生的土地上繁衍飞行的后代。

［北极燕鸥用舞蹈表现对于光明的追寻、对于飞翔的热爱。

［北极燕鸥群在另一表演区旋转飞翔。

燕鸥群 （唱）我们身轻如燕，我们体态矫健，

我们耐力超凡，我们双翼翩翩。

不畏艰险，追求光明，

阳光赐予我们能量，

星星为我们指引航向。

一年年，一度度，

一群群，一队队，

我们往返于地球的两极之间，

我们主宰着生命的神秘乐章。

我们追随着太阳的步伐，

永不停歇，展翅翱翔！

樱花树 我真羡慕你，你飞过那么多的地方，从北极到南极，从南极到北极，你一定是这个世界上看到过最多的风景、听到过最多的故事的鸟了。

（唱）来自远方的客人，

请你安心地养伤，

有我为你遮蔽，

不畏惧风吹雨侵。

来自远方的客人，

请你告诉我，

山的那面是什么？

山的尽头是什么？

我的生活虽然孤闷，

但从未停止过追寻，

什么是？什么才是森林的法则？

什么是？什么才是生命的意义？

燕　鸥　（唱）弱肉强食是森林的法则，
适者生存是物种的要义，
若你是问生命的意义，
生命的意义啊，
生命的意义要聆听内心的抉择。
樱花树，樱花树，
请听我讲述，
我将为你唱响三首森林之歌，
让你明了生命前行的足迹，
让你理解生命取舍的意义。
第一首是鹿王哈克的英勇战歌……

[舞台转换，断崖上的樱花树和北极燕鸥渐渐隐去。

[光暗。

[光复明。

[雪山脚下的辽阔草原，丘陵起伏，一望无垠。

[清晨，阳光普照着大地，鹿王哈克带着鹿群来到一片嫩绿的草地。哈克先上前享用鲜嫩的青草，然后鹿群按尊卑次序进食。

[鹿群用舞蹈表现在草地上的追逐嬉戏。

哈　克　（唱）十五个春秋如流水潺潺，
仿佛已听到死神的召唤，
牙齿松动，愁眉不展，
日益疲乏，生气惨淡。
我知道，我知道，
十五年是鹿生活的全部，
在不久的将来，
在不久的将来，
尸骨会被凶猛的红蚂蚁咬成碎片，
尸骨会被讨厌的秃鹫当成晚餐。
这是鹿的命运吗？

这是鹿的宿命吗？
哀叹时光太短暂，
感慨生命太多舛，
然而命运，命运，
命运无可更改，无法逆转。
可我是鹿王，我必要后世流传，
我要为鹿群留下永恒的纪念，
我要为生命画下光荣的句点！

［鹿群从草原向森林里缓慢地移动，金黄的皮毛在阳光的照射下异常醒目，时而低头咀嚼鲜嫩的青草，时而抬起头来警惕地张望。

［一只头顶有一撮黄毛的母狼猛然从树林里蹿出，直扑向一头小鹿，母鹿为保护孩子本能地挡在了前面，母鹿仰头想要呼救，母狼已经扑了上来，母鹿、子鹿纷纷丧命。

［整个鹿群惊慌骚动，鹿王哈克带领着鹿群逃命似的奔跑。

［舞台转换为两个空间，一个表演区是鹿王哈克和鹿群，一个表演区是母狼黄毛。

哈　克　（唱）又是它，又是它，
又是这残忍的母狼，
心机狡诈，贪得无厌。
它是魔鬼的化身，
它是恐怖的幽灵。
十天，十天，
就是地狱之门的轮回，
就是死亡之神的皮鞭。
我的鹿群数量锐减，
我的鹿群血泪斑斑。
血腥的阴云笼罩山巅，
宁静与祥和已成流年。
什么时候才能展露笑颜？
什么时候才能捍卫家园？

鹿　群　（伴唱）十天，十天，

就是地狱之门的轮回，

就是死亡之神的皮鞭。

我的鹿群数量锐减，

我的鹿群血泪斑斑。

血腥的阴云笼罩山巅，

宁静与祥和已成流年。

什么时候才能展露笑颜？

什么时候才能捍卫家园？

黄　毛　（唱）避开了雪山的严寒，

迎来了草原的温暖，

鹿肉芬芳、鹿血滚烫，

鹿群是我天然的粮仓。

胆小怯懦的鹿啊，

看见狼便魂飞魄散，

四肢无力浑身发软，

毫不费我吹灰之力，

喝足饱腹逍遥再还。

狼吃鹿，这就是宿命！

狼吃鹿，这就是天意！

哈　克　（唱）狼吃鹿，这是宿命吗？

狼吃鹿，这是天意吗？

一个悲壮的念头跃入脑海，

这惊奇的想法令人胆颤，

令人胆颤！

［表演区光暗，母狼黄毛隐去。

鹿　群　（伴唱）狼吃鹿，这是宿命吗？

狼吃鹿，这是天意吗？

哈　克　（唱）我们曾经奔跑过七天七夜，

越过两条河流，

翻过四座山岗，
幻想着逃脱狼的视界，
希冀着逃出狼的嗅觉。
未料到，未料到，
它披着血腥的红霞半路拦截，
胜利者的狞笑在嘴边戏谑。
我是鹿王，我是鹿王，
胸腔澎湃着热血，
怎能在此时退却？
保护种族的职责不可推卸，
繁荣鹿群的使命不容怠懈。
我要将勇气书写，
同老狼拼死一战，
决不让理想破灭！

［光暗。

［光复明。

［黄昏，鹿群正在按地位的高低和等级的尊卑极有秩序地在池塘边喝水。突然，排在队伍末端的杰米蛮不讲理地用鹿角撞开前面好几头公鹿，蹿跃到队伍的最前列。

［鹿王哈克的妻子，整个鹿群中最美丽的母鹿艾莉正在低头饮水，杰米奔过去，围着艾莉转圈，炫耀头上那对琥珀色的鹿角，并且低头去嗅艾莉的面颊。艾莉又惊又羞，开始呼救。

艾　莉　哈克！

［整个鹿群骚动起来。

哈　克　（唱）这一幕让我震惊，
这一幕令我愤怒，
这是公然的挑衅，
这是反叛的宣言！

鹿　群　（唱）杰米居然当众调戏鹿王的爱妻，

就是普通的公鹿也无法容忍这样的侮辱。

［鹿王哈克咆哮着奔过去。杰米马上退到一块空旷平坦的沙砾地上，那是理想的格斗场。杰米前肢微微弯曲，后肢挺得笔直，勾着脑袋，亮出鹿角，摆出一副迎战的姿态。

［鹿王哈克奔到杰米面前，冷冷地打量着他。

哈　克　（唱）我看着杰米长大，
他是个爱恶作剧的小鹿崽，
总是踢咬那些弱小的伙伴，
喜欢欺负那些衰老的孤寡，
他总将头顶的鹿角摇摆，
做出炫耀和恐吓的姿态。
我看着杰米长大，
如今再细细打量，
他身躯伟岸体格健壮，
他肌肉饱满皮毛油亮，
他眼睛里闪耀着野性的光芒，
他头顶着八叉大角威风昂扬。
原来杰米早已长大。

杰　米　（唱）他早已是风烛残年，
脚步也不似以往那么矫健，
狼祸让他心神不宁，
这必是夺取王位的最佳时间。

哈　克　（唱）半年来我被母狼纠缠，
忽视了周围的一切变换，
他以为能将我轻易击败，
摘取那神圣威严的王冠。
鹿群中王位没有世袭，
全都靠勇气和智慧夺取。
我久经沙场技巧熟练，
定要教训这狂妄小崽，

用鹿角捅破他的肩胛，
让他铭记这血的纪念。

［杰米的前蹄拼命踢着沙砾，扬起一团团尘土，鼻子里发出哼哼的谩骂声。鹿王哈克不动声色，沉稳地伫立着。

［鹿群散成半圆状，将杰米和哈克团团围住，跳起决斗前夕祭祀般的群体舞蹈。艾莉望着哈克，目光焦急而带着鼓励。

鹿　群　（唱）胜者为王败者为寇，
这是自然的法则，
这是古老的秩序。
鹿群是最公正的仲裁，
无论谁最后成功问鼎，
我们都会向胜利者欢呼，
我们都会向失败者哀鸣。

哈　克　（唱）有人同情担忧，
有人幸灾乐祸，
有人暗自猜度，
有人无情冷漠。
母狼的血腥恐怖还未解脱，
年轻的公鹿就与我争夺王位，
外部的忧患无人动容，
内部的争斗从未停辍。
内讧会加速灭亡，
鹿王也无力扭转，
这可笑的鹿啊，
越孱弱越是窝里搅和。

［杰米后腿使劲一蹬，将鹿角向前刺来。哈克巍然不动，前倾迎战。两只八叉大角碰撞在一起，轰的一声巨响，爆出点点火星。双方都被震得后退了两步。

［杰米的目光里流露出惊骇和疑惧。

杰　米　（唱）难道他久经风霜宝刀未老？

难道他还有绝招尚未使出？
可是鹿角相向便再无退路，
如今拼死也必将王位颠覆。

哈　克　（唱）你以为我风烛残年，
你以为我不堪一击，
我早为备战母狼而蓄锐养精，
这将是一场势均力敌的角逐。
来吧，杰米。
要么在死斗中侥幸获胜，
要么在失败中受尽嘲讽。

［哈克和杰米互相对峙着、敌视着，紧绷神经、寻找机会。鹿群继续跳着祭祀般的舞蹈，密切关注着这场惊心动魄的死斗。

鹿　群　（唱）恶斗前的沉寂，惊心动魄，
生死前的抉择，踌躇蹉跎。
恶斗前的沉寂，惊心动魄，
生死前的抉择，踌躇蹉跎。

哈　克　（唱）灵魂打了个寒噤，
想起那邪恶的母狼。
决斗会耗尽气力，
再无法与狼对峙，
我可以卫冕成功，
却亲手将梦想舍弃。
生命所剩无几，
只能选择其一，
要么保住王位，
要么报仇雪耻。
王位固有价值，
狼祸谁来阻止？
我那勇敢的梦想啊，
用生命火花开创奇迹！

［杰米看准时机，瞪着血红的眼睛，恶狠狠地冲来，就在两个八叉大角即将相互碰撞之际，哈克突然掉开头逃窜出去。

［艾莉发出失望的叹息。

［鹿群簇拥着杰米，向他俯首称臣，跳起欢庆的舞蹈，庆祝新鹿王的诞生。四只强壮的公鹿将杰米高高抬起，杰米如同坐在宝座上一般，骄傲地摆动着头上的大角。

［哈克逃出鹿群，逃进暮色苍茫的荒野。

［光暗。

［光复明。

［黑夜，星光璀璨。哈克在极其痛苦中度过了十天，皮毛凌乱、面色憔悴。

哈　克　（唱）我虽然对冷遇有所准备，
现实远比想象更加窘迫，
从高高的云端坠落深渊，
像是被沉重的石磨碾磨。
枯黄难嚼的老草，
践踏浑浊的泥浆，
这些都可以忍受，
最不堪的却是落寞。
无人问津无人理睬，
无人关爱无人诉说，
对废黜的鹿王来说，
死亡也许是最好的解脱。
艾莉已投入杰米的怀抱，
成为新鹿王的爱妻，
他们耳鬓厮磨、交颈亲热，
他们追逐嬉戏、情投意合。
嫉妒使我牙龈发酸，
却依然无可奈何。

我是被淘汰了的鹿王啊，

只能眼睁睁看着他们寻欢作乐。

［草原中传来几声凄厉的狼嗥。

［哈克竖起身体，支起耳朵，紧张地分辨狼嗥传来的方向。

哈　克　（唱）又一个十天的熬煎，

母狼必如幽灵般闪现，

生不如死的折磨即将结束，

激动和喜悦令我浑身抖颤，

一切再无羁绊。

突然有一种无法遏止的眷恋，

逼迫我向艾莉一诉衷肠。

［天边渐渐出现曙光。杰米正卧在树阴下休息，鹿群也懒洋洋地散布在小树林里。

［艾莉躺卧在一块扇形岩石后面，静静地梳理着皮毛。哈克悄悄起身，走了过去。

［艾莉看见哈克，立刻停止梳理，站立起身，用一种遥远的、陌生的，充满戒备和敌意的目光望着哈克。

艾　莉　（充满戒备）你来做什么？

哈　克　（痛苦）艾莉，别这样看着我，我是哈克，是和你曾经相亲相爱了整整三年的哈克。

艾　莉　那又如何？如今我是鹿王杰米的宠妻，我是高高在上的王后，而你这个懦夫，休想再与我有所纠葛。

哈　克　（唱）艾莉，我不怨恨你，

鹿的爱情就是优胜劣汰的结果，

我只想和你重温玫瑰色的旧梦。

对峙时我不战自败，

你该看出其中的隐忧，

我哈克不怕挑战，

只为积蓄力量同母狼决斗。

艾莉，你不要摇头，

我不是编造谎言掩饰我的怯懦，
我只想静静地依偎在你身边。
在蓝天白云之下，
施舍给我怜悯和温柔，
只要得到你的回眸，
我就能战胜自我千载名留。

[艾莉向后退了一步。

[哈克又向艾莉跨近一步。

艾　莉　（突然吼叫起来）杰米！

[叫声划破山林的寂静，杰米率领鹿群将哈克团团围住。

[艾莉垂着脑袋走到杰米面前，仰着脖子，目光凄楚。杰米咆哮一声，向哈克亮出八叉大角。整个鹿群也围着哈克嗷嗷乱叫。

鹿　群　（唱）哈克居然调戏鹿王的爱妻，
必须将他撵出鹿群，永远放逐！
哈克居然调戏鹿王的爱妻，
必须将他撵出鹿群，永远放逐！

哈　克　（唱）我为鹿群牺牲富贵荣华，
我为鹿群忍辱苟且偷生，
可有谁理解我、同情我、体谅我、支持我？
他们都讥讽我、嘲笑我、奚落我、诅咒我。
在鹿群社会，
只知道向权贵顶礼膜拜，
从不知理想的价值与荣光，
既然如此，让理想见鬼去吧，
我要夺回本属于我的尊贵和王权！

[哈克将磨得锋利无比的鹿角对准杰米的眼睛，一步步朝他逼近。

[幕后伴唱（哈克内心的起伏和挣扎）：

难道为了虚荣的王位，
难道为了轻佻的艾莉，
你就要放弃自己的理想吗？

眼看着悲剧一再地上演?

你不能因为自己是一头鹿,

而自轻自贱、自卑自叹、自暴自弃!

[当哈克的鹿角快刺到杰米眼睑时,哈克再一次临阵退缩。杰米追撵过来,将哈克赶出了鹿群。

[暗转。

[一天后的黄昏,母狼黄毛踏着如血的残阳闯进鹿群。

[杰米和鹿群惊慌失措、四散溃逃,艾莉被脚下的岩石绊了一跤,眼看着母狼就要扑过来了,杰米却连停都没停,奔驰而下。

[哈克不顾一切地向艾莉奔去。他用鹿角狠狠向母狼撞去,母狼收敛脚步,哈克撞了个空。哈克横在母狼与艾莉之间,艾莉趁机撒腿逃向草原。

[母狼龇牙咧嘴向哈克逼近,哈克一步步后退。

哈　克　(唱)此刻我突然不再恐惧,

因为我已身处绝境,

因为我已必死无疑,

唯有挺直腰杆决战今昔。

黄　毛　(唱)居然有一只不怕死的鹿,

没有魂飞魄散、仓皇出逃,

敢用装饰般的鹿角迎战我锋利的爪牙,

敢用草食类的笨拙挑战肉食类的残暴。

[哈克停止了后退,开始发动进攻。用舞蹈展现二者搏斗的场面。母狼一次次躲开鹿角,向哈克扑咬,几次交锋过后,哈克已伤痕累累。

[母狼长嚎一声,纵身一跃,扑向哈克的背脊。哈克竭力跳跃颠簸,想把母狼从背脊上颠下来,但母狼像蚂蝗一样稳稳地趴着。情急中,哈克驮着母狼奔向灌木丛,一头钻了进去,母狼从哈克的背上摔了下来。哈克瞄准时机,将鹿角插进了母狼的肩胛,受伤的母狼后退,佯装重伤倒地。

哈　克　(唱)原来她也并非铜墙铁壁,

原来她也并非无懈可击,

我克服了怯懦的天性，
我用智慧创造了奇迹。
我要让鹿群看到这一切，
让他们铭记真正的勇士，
勇敢的鹿王哈克！

[突然，母狼从地上蹦起直扑哈克裸露的脖颈。哈克再也无力站立，慢慢倒下，渐渐冰冷。

黄　毛　（唱）多可笑的鹿啊！
以为笨拙鹿角就能将我击毙，
欣喜若狂麻痹大意，
胜利哪会那么轻易，
狼的生命岂是鹿能企及？
鹿吃草、狼吃鹿，
这就是宿命和天意，
没有谁能将天意违逆！

[暮色沉沉，山谷恢复了死一般的寂静。

[光渐暗。

第二幕　雄豹的情歌

[光启，舞台分为两个表演区。

[一表演区，喜马拉雅山脉南坡的断崖上，樱花树和北极燕鸥依偎站立。

樱花树　多勇敢的鹿啊！我会永远铭记他的故事。

[另一表演区，追光打在母狼黄毛的身上。

黄　毛　多愚蠢的鹿啊！即使牺牲了自己，也永远无法扭转鹿天性的懦弱。狼吃鹿，这就是顺应天理！

燕　鸥　（唱）我要唱响的第二首森林之歌，
就是雄豹布哈衣的缠绵情歌。

黄　毛　（唱）弱肉强食是森林的最高法则，

适者生存是物种的自然进化，
森林就是一个阶梯的金字塔，
若不够强悍就会被他类宰杀。
狼是鹿的天敌，
豹是狼的敌手，
虎是豹的克星，
象是虎的梦魇。
森林就是这样环环牵制，
森林就是如此相互制约。
可我万万没有料到，
我曾经崇拜的那只雄豹，
他居然疯癫将象群惹恼……

［光暗，樱花树、北极燕鸥、母狼黄毛隐去。

［舞台转换。月牙洒下一片清辉，亚热带丛林的山谷一片静寂。

［山谷间的一处石洞，洞口开满了鲜艳的杜鹃花。

［满身伤痕的雄豹布哈衣躺在石洞口，雌豹香格莉面带愁容地趴在他的身边，怀里还抱着两只新生的小豹崽。

布哈衣 （唱）前日还是喜悦洋洋，
谁承想大祸就临头。
香格莉临近分娩，
需要更多滋补营养，
才能有体力平安产崽，
才能有乳汁哺养后代。
我趁着夜色外出捕猎，
收获了一只小黄麂，
清晨踏着露水归来，
盼望夫妻将美食共享。

香格莉 （唱）我在家中守候为你祈祷，
怕毒刺会刺伤你的脚掌，
怕毒蛇会咬伤你的胸膛，

怕你遭遇老虎或象群这样难以对付的天敌，
怕你到陡峭的悬崖去捕捉善于跳跃的岩羊，
怕你到积水的沼泽去挑战凶暴的印度鳄，
怕你受骗去捕食安置在捕兽夹上的猪羊。
我一遍遍默默祈祷，
将妻子的祝福灌满心田，
盼望你早早归来，
期望你狩猎平安。

布哈衣　（唱）没料到，
象群围堵在石洞口，
发出示威的吼叫，
香格莉她危在旦夕，
我怎能无所作为？

香格莉　（唱）不承想，
象群将沙土投掷，
洞内是黄尘滚滚。
我已被呛得窒息，
夺命咒声声紧催。

布哈衣　（唱）为救她，
我拧断乳象的脖颈，
陷入公象们的重围，
象群组成无缝的网墙，
我无路可逃插翅难飞。

香格莉　（唱）象群的践踏逼得你坠崖逃难，

布哈衣　（唱）意外的惊吓使得你提前分娩，

香格莉　（唱）峭壁的荆棘划得你遍体鳞伤，

布哈衣　（唱）虚弱中狩猎累得你步履蹒跚，

香格莉　（唱）觅食三天只截获腐烂的马肉，

布哈衣　（唱）两只新生小豹都在嗷嗷待哺，

香格莉　（唱）唯愿食物充足能将他们喂养，

布哈衣 （唱）唯愿伤痛痊愈能将生计承担。

［香格莉将两只小豹崽放在柔软的草堆上，转身轻柔地为布哈衣梳理着毛发，一片患难情深。

［光暗。

［光复明。

［一个月后。布哈衣的外伤已基本痊愈。

［布哈衣一面挣扎一面吼叫着努力挺起身子，香格莉钻进他的腹下，用脊背将他的后半个身体顶起来。布哈衣用后脚爪撑着地，似乎可以站稳了，但香格莉刚把身体抽出去，他的下半身又立刻歪倒在地上。

布哈衣 （唱）这是怎么了？

这是怎么了？

天哪，天哪，

这一切让我不敢相信，

这一切令我万念俱灰。

下半身已经瘫痪，

再不能重新站起。

无法站立无法奔跑，

我成了一只残疾废豹。

［布哈衣伤心地趴在洞口，望着淡淡的残月，发出一串凄凉的哀嚎。

［香格莉走过来，依偎在布哈衣的身边，用前爪温柔地磨蹭他的面颊，忧郁的豹眼里闪烁着一片温情。

香格莉 （唱）记得我们相遇时，

杜鹃花开满山岬，

危急关头显真情，

斑斓猛虎促良缘。

若不是你侠义心肠，

我又怎能虎口脱险，

若不是你挺身相救，

我又如何存活至今。

救命之恩更添柔情万种，
永结同心你我患难与共。
即使你再不能站起，
即使你将终身残疾，
我也与你生生死死不分离，
我也与你相濡以沫共朝夕！
你永远是我的英雄，
我心爱的布哈衣。

布哈衣 （感动）香格莉！

［两人紧紧相拥，洞外月光分外皎洁。

香格莉 你好好休息，千万不要胡思乱想，我出去觅食，很快就会回来。

［香格莉将两只豹崽放在布哈衣的身边，趁着夜色跨出洞去捕猎。

［布哈衣望了望蜷缩在身边的两只瘦弱的小豹崽，轻轻地抚摸着他们的绒毛。

布哈衣 （唱）别人家的小豹崽，肉嘟嘟、胖乎乎，
我们家的小豹崽，瘦得皮包骨头；
别人家的小豹崽，皮毛鲜亮像太阳，
我们家的小豹崽，毛色黯然如叶枯；
别人家的小豹崽，吵吵嚷嚷淘气跑，
我们家的小豹崽，无精打采睡昏昏。
我不敢看，我不忍看，
全都因我这个残疾的父亲，
香格莉日益憔悴、愁容暗添，
食不果腹又怎有乳汁涓涓？
雄豹本应是雌豹的生存依靠，
如今我这废豹还要妻子供养。
眼看着食物一天天减少，
眼瞅着小豹一天天衰弱，
我感到羞愧，我歉意难安。

［香格莉一身泥泞地回来，一无所获，垂头丧气，又是一个饥饿的日子。

［香格莉轻轻拍打着两只小豹崽，没有奶水，只好给他们哼催眠曲哄他们睡觉。两只小豹崽已经虚弱得连头也抬不起来了。

香格莉 小宝贝别哭哦，明天等妈妈吃饱了就会有奶水喂你们了。

［布哈衣也在饥饿中昏沉沉地睡去。

［小豹崽的哭闹声越来越弱，最终耷拉下脑袋，死在了香格莉的怀中。

香格莉 （唱）石洞阴暗潮湿，

石洞死气沉沉，

我可怜的孩子啊，

被饥饿一点点吞噬，

我可怜的孩子啊，

你们怎么睡得这样沉？

天国不再饥饿，

天国不再病痛，

我可怜的孩子啊，

请将可悲的双亲宽恕，

我可怜的孩子啊，

愿你们早得慈爱福禄。

眼里泪光恍惚，

肩胛阵阵抽搐，

我可怜的孩子啊，

妈妈不能为你们彻夜嚎哭，

这可怜的母亲啊，

须独自承受这失子的悲苦。

［香格莉低声抽噎哀悼着已成为饿殍的小豹崽。她含着眼泪将死去的两只小豹崽拖去洞外埋葬。

［布哈衣醒来，发现两只小豹崽不见了，他明白他们已厄运难逃。

布哈衣 （唱）我可怜的孩子啊，

你们欣然降临却难逃浩劫，

我还未尽一个父亲的职责。

我还未教你们爬树，未教你们狩猎。

你们还不知四季变幻是如何更迭，
你们还不知丛林沟壑要如何跳跃，
你们还不知豹子的身手是多么矫捷，
你们还不知捕猎收获又是多么喜悦。
我可怜的孩子啊，
我愿用我的死换你们的生，
让你们母子团聚再不离别。

［布哈衣用一只前爪撑起身体，使劲扭转脖颈，拼命扭打自己的两只后腿，然而麻痹了的后腿依然无法动弹。悲痛欲绝的布哈衣狠狠敲打着自己的胸膛，像是要把满腔的悲愤都宣泄出来。

［光暗。

［光复明。

［三日后。

［对面山梁传来阵阵陌生雄豹求偶的呼叫声。布哈衣拖着残疾的身子爬向洞口。

布哈衣　（唱）听到这求偶的叫声，
逼迫我做出艰难的决定，
我要让那只雄豹入洞，
和我们重组新的家庭。
这决定如死亡般痛苦，
两只雄豹又如何共处？
在死亡的阴影之下，
唯有做生存的囚徒。
香格莉叼回了母羊，
宁静却笼罩着阴云，
我闻到了人类的炊烟，
我嗅到了死亡的气味。
铤而走险“光顾”人类家畜，
势必将难逃猎人的杀戮，

我不能眼睁睁看着她饮鸩止渴，

我必须阻止她往陷阱越走越深。

只要有森林猎食的伴侣，

就不必去村寨农舍冒险。

能活下去才是最重要的，

能活下去才是最重要的。

［布哈衣用两只前爪搭在香格莉的后腰上，使劲把她朝洞口推搡。香格莉用困惑不解的眼光望着他，执拗地不肯挪步。

香格莉　（疑惑）布哈衣，你要做什么？

布哈衣　（艰难）去……去将这雄豹引来。

香格莉　（震惊）你……你说什么？

布哈衣　去将这雄豹引来，金钱豹必须有捕猎的伴侣，才能在森林中继续存活。你去，你快去，我求你了。

［布哈衣用匍匐的跪姿苦苦哀求，香格莉几次搀扶他都不肯起来，拗不过，心碎的香格莉不得不走出洞口朝山对面送去了叫声。

［一只金红色的雄豹出现在石洞前，矫健的躯体、立体的金钱斑纹、肌腱饱满的四肢，瞳仁里闪烁着热情，痴痴地望着香格莉。

［布哈衣缩在洞口的角落，闷声不响地躺着，暗中观察着金红雄豹的反应。

金红豹　（唱）她有银白色的胡须，

紫黛色的嘴吻，

眼睑周围有一圈绒毛金黄，

眼睛明亮得就像两个小月亮。

她的皮毛色泽淡雅，

斑纹像藏在云雾里，

眉宇间有着淡淡的惆怅，

浑身散发着如兰似麝的体香。

她令人赏心悦目，

她令我意乱情迷。

［香格莉的脸上有一种复杂的情绪，内心充满了痛苦的挣扎。

［金红雄豹继续打量石洞的地形，突然发现了蜷缩在洞口的布哈衣，他立刻跳到洞口，龇牙咧嘴，摆出一副同类争偶跳跃欲扑的架势。

金红豹　（唱）一个石洞怎容两只雄豹？

一个家庭怎有两位主人？

今天定要比试出高低，

为争夺这母豹的芳心，

不是你死便是我亡。

这是领地的捍卫，

这是尊严的搏拼。

［布哈衣撑起前肢，吃力地朝洞外爬了一步，露出已萎缩变形的后肢。他将两只前爪趴伸，身体平平地贴在地上，向金红雄豹承认自己的窝囊无能。

［金红雄豹用探究的目光扫视了一圈布哈衣，收起了扑跃的架势，但表情仍极不友好。

布哈衣　（唱）我早已残疾无用，只求你同情怜悯，

我对你表示忠诚，我向你低下头颅。

石洞很宽敞，再养一窝豹崽也不会拥挤，

捕猎到食物，只要啃啃骨头就心满意足。

我只愿香格莉免遭猎人杀戮，

我只愿香格莉平安永享幸福。

［金红雄豹用鄙夷的目光看着布哈衣，突然蹿到他面前，抬起前爪在他的前额又撕又拍，做出驱赶状。

金红豹　（唱）我虽然可怜这个家庭的不幸，

但雄豹有雄豹的骄傲和自尊。

一个石洞怎容两只雄豹，

一个家庭怎有两位主人？

这是古老的秩序，

这是生存的法则。

［香格莉发疯般地在石洞口窜来窜去，试图阻止金红雄豹对布哈衣的驱赶。

香格莉　不，不！

［布哈衣用一只前爪撑着身体，腾出一只前爪做撕抓状，张开豹口，准备噬咬。他突然间又心软了，高高撑起的头颅又耷拉在地。

布哈衣　（唱）和他撕咬一场又有什么意义？

生存尚且不能格斗又有何用？

被赶出石洞是死路一条，

争斗也不会有生的希望，

若是香格莉目睹我死在他的爪牙下，

重组的家庭还未结合便会又起祸殃。

我怎忍心扑灭这新生的火焰，

我怎忍心让香格莉再蒙忧伤？

罢了，罢了，

权当自己没有在这石洞里生活过。

［布哈衣用两只前爪抠住粗糙的地面，将身体艰难地挪出洞外，向山下爬去。

［香格莉眼含泪水怒不可遏地扑向金红雄豹，要和他厮打。

香格莉　（悲愤）滚开！这是我和布哈衣的家。

［金红雄豹满脸困惑，神色仓皇地逃下。

［香格莉径直来到布哈衣面前，用脖颈的绒毛摩挲着布哈衣的脸颊。

香格莉　（唱）我怎忍你孤独离去，

我怎忍你寂寞无依？

即使你再不能站起，

即使你将终身残疾，

我也与你生生死死不分离，

我也与你相濡以沫共朝夕！

你永远是我的英雄，

我心爱的布哈衣。

［香格莉搀扶着布哈衣步履蹒跚地爬回石洞。

［光暗。

［光复明。

［紫黛色的山峰背后露出半个太阳，胭脂色的霞光正在驱散夜的黑暗。

［布哈衣深情地吻了吻还在睡梦中的香格莉的额头。

布哈衣 （唱）是时候了，我必须离开这温情的洞穴，

昨天夜里，香格莉到村寨叼回小马驹，

只差一点，那子弹就会洞穿她的身躯，

我离开了，她才会停止这疯狂的冒险。

我亲爱的香格莉啊，

愿你重组家庭再无忧烦。

我已经想好了最后的归宿，

我是生性高傲的雄豹，

要我如鼠辈般苟延残喘，

不如在狩猎的战场上死去。

只有死亡，才能割舍这情爱的缱绻，

只有死亡，才能斩断这厄运的纠缠，

只有死亡，才能让香格莉彻底绝望，

只有死亡，才能让香格莉再结良缘。

我已经想好了最后的归宿，

与山脚下的野猪同归于尽。

将这野猪做你们新婚的贺礼，

将这野猪做你们丰盛的婚宴。

［布哈衣用前肢一寸一寸地朝洞口爬去，没发出一丝声响。

［追光灯下，母狼黄毛悄然上场。

黄　毛 （唱）这就是曾经威风凛凛的那只豹吗？

在孤寂中爬向了自己最终的灭亡。

兽类不都是为自己而活吗？

若不强悍就会被他类宰杀。

可他为什么要向象群挑战？

可他为什么要为母豹舍身？

他为什么要如此抉择？

他为什么要如此抉择？

樱花树　（唱）我也许理解他的抉择，

这刻骨铭心的爱哦，

总又如此牵绊难舍，

死去的为了活着的另一个。

燕　鸥　（唱）我要唱响的最后一首歌，

是奶羊茜露的仁慈爱歌。

［光暗。

第三幕　奶羊的爱歌

［光启。

［雪山山腰处的葫芦石洞内。

［一只右脚踝受伤的奶羊惊恐地躲在石洞的一角，在她面前是一只凶神恶煞的黑狼和一只嗷嗷待哺的小狼崽。

黑　宝　（唱）母狼产崽后血流不止，

第二天晚上竟断了气，

妻子临终苦苦哀涕，

要我抚养这失母幼子。

不会吃肉的小狼崽，

没有奶汁便失去生机，

我埋伏捕获了一只奶羊，

她正是天然的挤奶机器。

茜　露　（唱）我也曾有过玫瑰色的憧憬，

想象他皮毛金红、脸颊洁净，

乖巧可爱处处惹人疼，

活蹦乱跳是个小精灵。

哪知黑色死亡吞噬梦境，

第一次生产就遭遇不幸，

胎儿的夭折让幸福梦醒，
母亲的喜悦顷刻化为涕零。
神思恍惚离开羊群独行，
不料踏入老狼埋伏陷阱，
骑在我的后背扭住我的脖颈，
逼迫我陷入了狼窟的绝境。
我浑身发颤，我战战兢兢，
我无力反抗，只能任狼欺凌。

[小狼崽噏动着小嘴向奶羊靠拢过去，希望吮吸到甘甜的乳汁。奶羊厌恶地转过头去，将小狼崽狠狠推开。黑狼发出猛烈的嚎叫，张大狼口，做出扑咬的姿态。

黑　宝　（凶恶）你若不给小狼崽喂奶，我就立刻把你变成晚餐。

[奶羊立即吓得闭上眼睛，任凭摆布，一动也不敢动。小狼崽终于成功地钻进奶羊的怀中，饥渴地吮吸着甜美的奶汁。

茜　露　（唱）我的第一次哺乳，
没料到却献给了狼崽，
厌恶中夹杂着无端的柔情，
恐惧中裹挟着混乱的母爱。
如果是我的小羊羔该多好啊，
真想亲吻小羊羔柔嫩的杏腮，
真想亲近小羊羔天真的心怀。
现如今身陷狼窟，
脚踝被咬得皮开肉绽，
黑狼在一旁虎视眈眈，
注定生活从此难以相安，
注定自由从此已陷篱樊。
我被迫做了黑狼家的奶羊，
我被迫成了小狼崽的乳娘。

[光暗。

［光复明。

黑　宝　（唱）二十多个日夜转瞬即逝，

小狼崽日渐强壮、黑毛油亮。

幼稚的心灵怎懂物种区分？

对奶羊就如对待母兽一样，

在她怀里吃奶，依偎在她身旁。

［小狼崽吃饱以后，围着奶羊茜露抓她的短尾巴玩耍，还模仿奶羊的种种姿态，摇头晃脑、啃咬青草。

茜　露　（唱）我给他起了一个亲昵的名字，

他胖乎乎、肉嘟嘟，就像黑球。

厌恶和憎恨已渐渐消散，

哺乳让我们交融着依恋，

理智难以驾驭这复杂的情感，

温情涌动蕴涵着神圣的母爱。

有一次我逃跑没有得逞，

黑狼又在我脚踝上施以严刑，

黑球蹿出来朝黑狼嚎叫抗争，

那神情就像护卫母亲般赤诚，

不知为什么，我得到了许多安慰，

连流血的伤口都不觉得疼痛。

黑　宝　（唱）狼吃羊，羊怕狼，

这是自然的法则，

这是森林的秩序。

奶羊不过是候补的晚餐，

我的狼崽居然与羊亲昵。

若他沾染羊怯懦的性格，

狼的品性就会颠覆退化。

瞧瞧他，小狼崽，

用前爪搔首弄姿，

在草地啃啃咬咬。

他居然为救奶羊冲我嚎叫，
父狼的感情受到深深伤害，
若他把奶羊当作生身母亲，
就会成为不狼不羊的怪胎！
我必须提早结束这一切，
决不能让这样的异化发端。

黑　宝　儿子乖，来吃点肉糜，要长成威风健壮的狼就必须先学会吃肉。瞧，多香的肉糜啊！

［黑狼开始尝试喂小狼崽黑球嚼碎的肉糜，黑球不习惯吃肉糜，含在嘴里又吐了出来。黑狼耐心地一次又一次把肉糜重新塞进黑球的嘴里。终于，黑球嘴巴嚅动着开始学着黑狼的样子咀嚼起来。

［奶羊茜露惊恐地看着这一切，却无力阻止。

黑　宝　（唱）只要吃下肉糜，就不需要奶羊，
到小狼崽断奶的那一天，
我要筹划一场血的祭奠，
庆祝狼崽的生命重获新生。
我要选一个血色的黄昏，
当夕阳与石洞连成一线，
当面咬断奶羊的喉管，
让羊血流得更浓、更艳。
撕开她温热的胸膛，
扒出她的羊心羊肝，
强迫狼崽吮吸这羊血滚烫，
劝诱狼崽咀嚼这羊肉鲜香。
在这血的洗礼中，
唤醒那沉睡的狼的意识，
彻底割断这不狼不羊的恋母情结。

［另一表演区，红崖羊群在奶羊茜露的回忆中出场，表演温柔娴静的羊之舞，公羊也如参加健美比赛般，互相炫耀头顶的犄角。

茜　露　（唱）我怀念和平安宁的羊群生活，

我们性情温婉，我们毛色鲜艳，
在明媚的阳光下，
在碧绿的草滩间，
在烂漫的花丛中，
娴静地散着步，温柔地吃着草。
没有纷争，没有祸乱，
没有血淋淋的厮杀仇怨。
公羊将羊角作为健美的标志，
踱着舞蹈般的花步比试高低。
多么富有诗意的生活啊，
这日复一日的思念，
激励我从血腥恐怖的狼窝中逃跑。

［光暗。

［光复明。

［夕阳西下，如血的光斑缓缓照进葫芦石洞，为阴晦的洞内涂上了一层悲壮的色彩。

［黑狼在一块砂石上轻轻地磨着两只狼爪。

［黑球似乎预感到了什么，使劲钻进奶羊的怀里不肯出来。

茜　露　（唱）石洞内悄无声息，
石洞内光影迷离，
沉浸在黑色的恐怖中，
笼罩在死亡的阴影里。
阴森森的狼眼里，
隐含着狂躁的杀气，
奶羊的使命即将终止，
杀戮的命运难以逃逸。
他已经四天没有外出猎食，
看来今天就将是我的死期。

［夕阳正一点一点滑向与葫芦洞平行的天际。

［突然，寂静的洞外传来猎狗的吠叫声，“汪汪汪”。

［洞口的残阳里投进一位持枪猎人的身影。

［黑狼立刻停止动作，警惕地向洞口探望。

黑　宝　（唱）一只该死的猎狗打断了我的计划，

它嗅到了我的气味必向主人报告，

我孤身一狼，怎敌过猎人加猎狗，

更何况还有那闪电喷火的猎枪。

我若守在洞口负隅顽抗，

无情的霰弹必将我围剿，

更会殃及我幼小的狼崽，

狼窝被端，狼崽命不保。

唯有一个办法，

强迫奶羊蹿出洞去，

设计骗过猎人和猎狗。

［黑狼拼命地拖拽奶羊，奶羊被吓傻了，缩在石洞里抱着一块突起的钟乳石死也不肯松动。

［“汪汪汪”，洞外的狗吠声越来越猛烈。

黑　宝　（唱）他们已步步紧逼，

时间在分秒流逝。

躲，躲不过，

藏，藏不住，

骗，骗不了，

拼，拼不起，

剩下的唯一机会，

就是我冲出洞去引开猎狗，

用我的死换取小狼崽的生。

［黑狼深情地吻了吻小狼崽黑球的脸颊，如一股黑色的飓风般蹿出洞去。

［“砰——”枪声在静谧的山野间激烈回荡。

［天色渐渐变得昏暗。

茜　露　（唱）悬在头顶的死神利剑逐渐消失，

地狱通向天堂的大门自动开启，
黑狼一定是被猎人擒拿击毙，
再没有任何力量能将自由阻滞。
我要回到日思夜想的羊群，
我要回到新婚公羊的怀抱，
我要在草原上尽情奔跑，
我要在羊群中尽情欢跳。

［奶羊茜露拖着受伤的右脚踝，一瘸一拐地朝洞口走去。突然，她被脚下的什么东西绊了一下，打了个趔趄。低头一看，原来是狼崽黑球。

［黑球蹒跚地跟在她的身后，粘在她的膝腿间。

［奶羊推开黑球，头也不回地往洞口走，但是黑球的呼唤又让她于心不忍、备受挣扎。

小黑球 呜呦——呜呦——妈妈——妈妈——爸爸——爸爸——

茜　露 （唱）狼和羊是不共戴天的仇敌，
羊离开狼是天经地义的行迹。
过去我被死亡威胁被迫喂奶，
如今怎肯再充当这耻辱仆役？
可这幼小的哀嚎像只鱼钩，
勾起母性的魂魄无限悲戚。
一只没爹没妈的小狼崽，
若我再狠心丢弃，
必将难逃饿死和屠杀的结局，
我怎能忍心将他抛弃？
他虽然是只狼崽，
可我亲自喂养，
起码也有那么几分亲密。
他虽然是只狼崽，
但从未尝试捕猎，
没有犯过杀戮的罪孽。
我想离开，却又难舍弃，

我想回头，却有悖情理，
在羊性和母性间举步维艰，
在理智和感性间徘徊游移。

小黑球 呜呦——呜呦——妈妈——妈妈——爸爸——爸爸——

茜　露 （唱）羊是最善良的动物，
我怎忍心留他在黑暗中哭泣？
我愿意陪伴他共同成长，
教会他羊羔的行为规范，
培养他羊羔的温柔恭谦，
决不让他用砂石磨砺利爪，
决不让他在深夜朝月呼嗥。
带他仰望蓝格盈盈的天，
领他欣赏白格飘飘的云，
引他享受带着露珠的翠绿草叶，
磨掉食肉兽的野性和狂狷，
让他温柔娴静能与羊羔比肩。

［奶羊茜露耐心地做着示范："咩——"黑球在一旁努力地学习，但是音调仍然跌宕太大，怪声怪气，非狼非羊。

茜　露 咩——咩——

小黑球 欧——咩——欧——咩——

［奶羊茜露一面叫唤一面做吃草的动作，极其享受地咀嚼着鲜嫩的青草，用充满信心的眼神鼓励着黑球。

茜　露 多好吃的青草啊，真是天下最美味的食物了！吃吧，宝贝，只要你学会了吃草，你就能变成真正的羊了。

［黑球好奇地在草堆上抓抓刨刨、嗅嗅闻闻，学着茜露的样子也啃了团青草，刚嚼了一口，便噗的一声吐了出来，一副痛苦难忍的样子，再也不肯咬青草了。

［光暗。

［光复明。

[两个月后，时令已进入深秋。

[深秋的白桦树林一片枯黄萧瑟，没有奶吃的黑球饿得直咬自己的尾巴。

茜　露　（唱）树叶落了，草叶黄了，

山峦草原都落上了亮晶晶的霜雪，

只能寻找芦苇根或是啃咬榆树皮。

秋冬严寒食物枯竭，

这本是奶羊断奶的季节，

可是，狼崽断奶后要吃什么？

我怎能逼迫他大开杀戒？

我宁可无限期延长哺乳，

也不愿他变成一只恶狼杀掠。

嚼食干涩无味的枯草，

奶汁一天天萎缩干涸，

只好带他来到白桦树林，

希望捡到鸟蛋为他充饥。

[突然，一只浑身雪白的小绵羊从树林里钻出来，从奶羊茜露和黑球的面前奔过去。黑球立刻两眼发亮，像支黑色的箭般朝小绵羊扑去，用两只狼爪将小绵羊按翻在地。

茜　露　（急忙赶上去哀求）咩——咩——放开你的爪子，放开你的爪子！

[黑球仿佛聋了一样，对茜露的哀求不予理睬，一口咬进小绵羊的颈窝，吮吸起滚烫的羊血。

[奶羊茜露立刻把头扭开，不忍再看，跑到一个山丘后面，将脑袋埋进一丛衰草间。

茜　露　（唱）可怜的小绵羊已被他吞食，

树林里只剩下骸骨和皮囊。

他学会了像羊那样摇头晃脑，

他学会了像羊那样腼腆柔静，

却永远也改变不了血腥的狼性，

他仍然是一头标准的恶狼狰狞。

是我异想天开，是我白日做梦，

我怎能将狼变成羊，
我怎能让杀生变食素？
狼吃羊，羊怕狼，
狼和羊是不共戴天的仇敌。
有奶的时候我是奶娘，
无奶的时候我只是羊，
我必须远离这狼窟的祸根，
我怎能逃脱这被吃的命运？

［饱餐一顿的黑球兴高采烈，摇着尾巴，上蹿下跳。

小黑球 （唱）血浆比奶浆更好喝，
咬断小绵羊的脖子是多么自得，
乔皮咕吐，叽哈呀啃。
我的爪子和牙齿同样锋利，
不吃肉我宁愿饿肚皮，
香格里里，甜格西西。

［光暗。

［光复明。

［宝石蓝的夜空中悬挂着一轮明月。茜露领着黑球回到了雪山北麓的断崖上。

［黑球蹲在断崖上向着月亮嗥叫，叫累了便趴在茜露身边，不一会儿就呼呼睡熟了。

［奶羊茜露悄悄抽身站起，准备离开断崖，刚走了两步，便又犹豫停下。

茜　露 （唱）黑球的生理已迅速地狼化，
我离开他早已是刻不容缓，
我就这样轻易地离开了吗？
他很快就会长成一头大公狼，
闯进羊群进行血腥的屠杀。
他熟识一整套羊的生活规范，
他会像羊一样搔首弄姿，

他会像羊一样咩咩叫唤，
他就是一只戴着羊皮假面的狼。
天哪，我都做了什么？
我成了恶狼的帮凶，
残害自己种族的罪羊。
我无法抹杀这样铁的事实，
用乳汁养育了凶恶的天敌，
母性的软弱让我铸下大错，
我不能一错再错、将错就错，
我要弥补自己的沉重罪孽，
替羊群消灭狼崽铲除祸患。
他是黑球，不，是恶狼，
我要将他踢落悬崖，
为羊除害，这是正义的伸张！
他是黑球，不，是恶狼，
我要将他踢落悬崖，
为羊除害，这是正义的伸张！

［奶羊茜露蹑手蹑脚地返回断崖上，将前蹄对准黑球的屁股，几次准备前踢，但始终不忍，焦虑彷徨。

［断崖左侧传来一阵急促的脚步声，一对绿莹莹的兽眼像两点鬼火迅速朝奶羊飘来。一只赤褐色的豺在月光下显现。

［奶羊茜露惊得立刻将前蹄收回，一步步朝后退缩，眼看就到了断崖的边缘，再退一步就要坠入深渊了。豺已踏上断崖，茜露四肢发软，跪在断崖边缘瑟瑟发抖。

老　豺　（流口水）好香的一只羊啊，今晚终于要收获美味的点心。

［黑球被惊醒，坐起来伸个懒腰，看看面前的豺，又扭头望望缩成一团的奶羊茜露，立刻挪动身体，挡在豺和茜露之间。

［豺吃了一惊，脸上露出困惑的表情，不断地嗅闻黑球的气味。

老　豺　（唱）一只奶羊和一只狼崽？
一只狼崽和一只奶羊？

这是什么逻辑的组合，
这是多么奇异的景象！
快让开，小狼崽，
我感兴趣的是鲜美的羊肉，
可不是吃了会卡脖子的狼骨。
快滚开，小狼崽，
你虽然是狼而我是只豺，
但幼小的狼崽怎是我的敌手？

［奶羊茜露战战兢兢地注视着面前的一豺一狼。

［豺向黑球摆出攻击恐吓的动作，黑球立即勇猛地朝豺扑了过去。他们在月光下周旋搏斗，黑球身材弱小，很快就被豺骑压在身上，豺在黑球的左前腿咬了一口。黑球惨叫一声，仰面躺在地上，疯狂地踢蹬四肢，好不容易才从豺的爪牙下挣脱出来。豺侧转身子，绕到黑球左侧发出驱赶性质的嗥叫。但受伤的黑球丝毫没有退缩，依然护卫在茜露的前面。激怒的豺抓住了黑球的肩胛，一豺一狼在断崖上滚来滚去，差不多要滚到断崖边缘了，豺畏惧了，抽回豺腿。黑球一翻身站起来，没有停顿，张嘴又朝豺咬去。豺本能后退半步，被狼崽不要命的劲头吓住，扭头溜走了。

［小黑球累极了，舔了舔受伤的前腿，蜷缩在茜露身边，伸伸懒腰，又沉沉睡去。

茜　露　（唱）黑球是一只狼崽，
却为了我一只羊，
与老豺殊死搏斗。
他只及豺的肩胛，
狼爪还没长锋利，
狼牙还没长硬实，
却为我冲锋陷阵，
却为我舍生忘死。
我怎忍推他落崖？
我怎忍要他性命？

究竟是我的错，
还是他的错？
狼是狼，羊是羊，
狼和羊怎能生活在一起？
从今往后唯有自求多福，
你走你的狼路，
我走我的羊道，
再无相欠，再无牵连。

［奶羊茜露小心翼翼地站起来，最后一次亲吻了黑球的前额，悄悄地离开了断崖。

［光暗。

［光复明。

［两年后。银装素裹的山林里，奶羊茜露带着新生的小羊羔扒开积雪啃食枯黄的野草。突然从树林背后蹿出一公一母两匹狼来，将他们左右围堵。

［母狼率先对小羊发动了攻击，奶羊紧紧护着自己的小羊，一动也不敢动。

黄　毛　一只母羊和一只小羊，今天终于可以饱餐一顿了。

［风声起。一阵西北风刮过，吹散了奶羊茜露身上的羊膻味。黑公狼拼命翕动着鼻翼，朝母狼发出一声低嗥。

黑　球　等等！

［准备扑咬的母狼不解地蹲坐下来。黑公狼匍匐着身体，在奶羊茜露的左侧、右侧和正前方绕了两个来回，表情诡谲而神秘。

［突然，黑公狼笨拙地甩动起扫帚般的狼尾巴。

黑　球　欧——咩——欧——咩——

茜　露　（唱）这狼腔羊调，非狼非羊的叫声，
唤起我沉睡多年的记忆，
那段为狼崽当奶娘的时光。
他是黑球，他是黑球，

他已长成威风凛凛的大公狼。

［黄毛母狼朝黑公狼凶猛地嗥叫起来。黑公狼立刻后退了一步，转向黄母狼，挡在奶羊茜露的面前。

黄　毛　（不耐烦）你快让开！

黑　球　你不能吃她，她是我幼年的奶娘。

黄　毛　你可是狼！狼怎能认羊为娘？

（唱）狼吃羊，羊怕狼，
这是自然的法则，
这是森林的秩序。
羊只是狼的猎食对象，
你是狼怎能与羊认亲？

茜　露　（唱）他依然记得我的气味，
他依然记得哺育奶娘，
久别重逢的喜悦转瞬即逝。
一切都因他是狼而我是羊。
生存是动物的最高法则，
食物是冬天的第一要义，
我看得出他们的肚皮空空，
我知道冰天雪地食物难觅。
我只求他们放过我的孩子，
我愿献身狼腹喂饱狼夫妻。

［黄毛母狼扑向黑公狼面前，摆开撕咬的架势逼迫黑公狼让路。黑公狼屹立不动，既不回击，也不反抗。

黄　毛　你快让开！

（唱）不要忘记你狼的本性，
怎能放弃这口边的美餐？
狼吃羊，羊怕狼，
这是自然的法则，
这是森林的秩序。
羊只是狼的猎食对象，

你是狼怎能与羊认亲？

［气急败坏的黄毛母狼扑上前咬了黑公狼一口，而黑公狼依然固守不动，死死地护卫着奶羊茜露和她的小羊，僵持之下，无可奈何的黄毛母狼转身飞奔离去。

［黑公狼转过身，面朝着茜露，一步一步朝山谷外退去。

黑　球　再见，我的奶娘。

［说完倏地转身，追赶黄母狼去了。

［奶羊茜露带着小红奶羊呆呆地站立在山谷的中央。

［幕后伴唱：

善良，不要以为它很软弱，
善良，不要以为它很多余，
它只是一种态度，一种感恩，
善待别人就是善待我们自己，
善待别人就是善待我们自己。

［舞台转换，山脉断崖上的樱花树和北极燕鸥显现。

燕　鸥　（唱）故事到这里，
你可明晓生命的意义？
优胜劣汰、弱肉强食，
虽是森林的法则，
但生命的真谛绝非于此。

樱花树　（唱）我敬重生命的勇气，
我珍惜生命的真情，
我更赞叹生命的博爱，
无论物种，无论贵贱，
我们共同生活在大自然里。

［舞台另一侧的母狼黄毛上场。

黄　毛　（唱）弱肉强食是森林的最高法则，
适者生存是物种的自然进化，
森林就是一个阶梯的金字塔，
若不够强悍就会被他类宰杀。

难道我错了吗？
他们为什么如此抉择？
鹿王将狼迎战，
雄豹为情送命，
公狼认羊为母，
他们为什么如此抉择？

燕　鸥　（唱）我们总难逃脱生老病死，
如何解释这生命之谜。
勇气是旅途的启迪，
真情是物种的维系，
博爱是信仰的传递。
请将森林的故事牢记，
请将内心的声音辨析，
这就是生命前行的足迹，
这就是生命取舍的意义，
唯有爱才是我们最后的皈依。

［全体人物上场，载歌载舞，共同唱响主题曲《森林之歌》。

全　体　（唱）森林，是一首读不透的诗，
森林，是一幅看不够的画，
森林，是一曲唱不完的歌。
森林里充满了神秘与美丽，
森林里回荡着真情与勇气，
森林里谱写着生命的真谛。
森林里有我有他有你，
森林是我们共同的栖息。
森林有深沉的宁静，独特的孤寂，
森林有争斗的喧嚣，生命的轮替，
森林蕴藏着大自然的恩赐，
森林铭刻了真善美的印记。
森林，是一首禅意的诗，

森林，是一幅流淌的画，

森林，是一曲传唱的歌，

爱是你我永恒的皈依。

［幕落。

——剧终——

音 乐 剧

花开河西巷

一个社会的文明程度如何，要看如何对待社会边缘的弱势群体。

我们真诚地呼唤，让每一个人都有尊严地活着。

每一个人都不是一座孤岛，每一个角落都需要阳光普照。

——题记

创作介绍：

寂静的姑苏小巷，警笛声响，发病的陈小涛癫狂跑上，众路人围观社工抓人，却在得知陈小涛是精神障碍患者之后四散而逃……患有精神分裂症的陈小涛与邻里的罅隙已久，又在一次邻里的排挤、误解中发病。精神障碍患者最大的康复难题，就在于如何重获社会支持，如何重新回归社会。河西小巷的精神康复驿站就是病人治疗、回归社会的“最后一公里”。

微笑型抑郁症患者上官夭夭来到康复站，从排斥、抗拒康复站，到王站长帮她打开童年的心结，从小面对父母离异、内心缺乏安全感的夭夭终于和妈妈和解，也和自己的内心和解。天生低智的启明在康复站里学会了基础的生活技能，但他更在乎自己有没有用。面对外界的质疑，王站长以工代疗，为康复员们承接简单的加工活，帮他们重新找到生活的自信。

康复员刘文强和徐美凤二人同病相怜、抱团取暖，维持着懵懂的地下爱恋，却被刘文强的嫂子上门辱骂有伤风化。徐美凤的三次婚嫁背后，更是美人迟暮的坎坷凄苦。孤苦无依的老魏重病在床，无人探望，王站长料理完他的后事后，老魏的亲戚反倒出现并争抢遗产。世间冷暖如此，活着，是普通人最基本的生存本能，却是精神障碍患者拼死捍卫的梦想。他们渴望有一个家，有一个可以自由生活的归所。

剧本《花开河西巷》获“戏剧中国”2021年度作品征集活动音乐剧类优秀剧本。

人　物：

王站长——金阊街道桃花坞精神卫生康复驿站站长兼善爱之家负责人，已在康复站工作25年，是一名老党员。

陈小涛——30多岁的精神分裂症患者，有幻听和被害妄想症状。几次进出医院，因为不按时吃药而导致病情反复，是康复站的重点观察对象。

夭　夭——上官夭夭，20多岁，离异家庭的孩子，从小就学会了伪装自己以讨好各自成家的父母。微笑型抑郁症患者，每天都穿得很厚，觉得自己很冷。

启　明——18岁，先天性智障，每天最早来到康复站，总是喜欢抱着小板凳。

启明爸——60岁，不愿意放弃孩子的坚强爸爸，只要有一丝希望就愿意付出所有去努力。最担心的问题是，自己将来走了以后，启明如何安置。

徐美凤——50多岁，每天来康复站打扫卫生，为了证明自己不是废人，怕被赶回家。年轻时也是街区里闻名的美人，几经婚姻挫折，衰老迟暮。

刘文强——50多岁，精神分裂症加强迫症患者，最喜欢敲着瓷砖分辨声音，每日去检查家门口路面有什么破损和低洼不平，拿着工具材料去主动修补。

朱医生——广济医院的精神科医师，时常来康复站做一些心理辅导和医药配给。

上官妈——上官夭夭的妈妈，年轻时离异又再婚，后又生下一女，无暇顾及上官夭夭的精神生活，对她亏欠颇多。

刘护士——桃花坞精神卫生康复驿站的驻站护士。

李警官、刘家嫂、张社工、社区居民若干、康复站的精神康复员若干。

序　街头围观

［姑苏城内，粉墙黛瓦的街巷纵横交错，小桥流水，绿树掩映。

［幕后伴唱：（曲1《河西驿站》）

迷失的人们想要一个家，
在河西小巷的桃花树下，
如蓬飘摇，暂避风雨，
无视偏见，敞怀接纳。
几经坎坷童心依旧，

无常变幻还有梦里牵挂。

……

［警笛声呼啸而过，打破了街巷的寂静。陈小涛挥舞着扫把，击打着簸箕，癫狂跑上。李警官和张护工试图围堵、前后拦截。不明真相的路人纷纷围观看热闹。

陈小涛 你们凭什么看不起我！（手拿扫帚朝天空四处比画）干吗要抓我！我没犯法，没做坏事！（对空气说话）就是你，你一直跟踪我，不想让我有好日子过。你们就是想整我！

［张社工、李警官企图上前控制住陈小涛。围观群众已堵成密集的人墙。

群众甲 哎，你们干吗抓他？不得了了，光天化日的，随便抓人啊？

张社工 （解释）他在社区服务中心大吵大闹，扰乱了秩序。

群众甲 大吵大闹就可以抓人了？言论自由哦。

群众乙 就是，随便抓人犯法的，你们侵犯了公民的正常人身自由。

群众丙 小伙子，你可以找律师维权。（阴阳怪气）这年头连警察都随便抓人了。

李警官 不是，他……（想解释又无从说起）

［陈小涛瞅准时机迅速躲到人群背后，众人协助他四处躲闪，形成了一个看似老鹰抓小鸡的奇怪阵型。双方相持不下，陈小涛躲在人群背后做着鬼脸。李警官和张社工一筹莫展。

［王站长从舞台另一侧上。

王站长 （大喊一声）陈小涛！（陈小涛立刻蔫了下来）大家让一让，我是桃花坞精神康复驿站的站长。他是个精神障碍患者，他发病了，需要送到医院去治疗。

陈小涛 （高呼）我没病，我没病！你们才有病！（把簸箕扔出）

［众人惊恐地四散躲避，情势立刻反转。

群众甲 （害怕地）他是个精神病？

群众乙 你们怎么让一个疯子跑出来了！

群众丙 精神病就应该被关起来嘛，放他出来就是危害社会公共安全。

群众甲 就是，（心有余悸）万一精神病打了人、砍了人，你们负责啊？

［围观群众四散而下，都生怕沾染上精神病患这个大麻烦。

［张社工和李警官控制住陈小涛，张社工将陈小涛带下。

李警官 王站长，幸亏你来了。

王站长 我听说小涛又发病了，在社区服务中心闹事，就赶紧过来了。

李警官 这一晃你做这个站长，都要二十五年了。我还记得你刚来的时候，还是个小姑娘呢！

王站长 那时候的康复站啊，草比人都高，墙壁一戳一个洞，拍聊斋都不用布景。

［曲2《二十五年仿佛一瞬间》

李警官 （唱）一个小姑娘，胆子却不小，
敢来到四处蒿草的康复站。
这里人人惧怕，个个躲闪，
是个谁也不想揽的烫手摊。

王站长 （唱）领导的交办，我一定好好干，
初来也曾惶恐，进门也曾畏难。
那一双双迷蒙的眼睛，
是否还有未来的期盼？
挣扎在流言蜚语的旋涡，
如何面对新生活的宣判？

众　人 （唱）二十五年仿佛一瞬间，
河西小巷里有了康复站，
二十五年花落花又开，
河西小巷有了家的期盼。

［光暗。

第一场　反复发作的被害妄想

［苏州广济医院住院部，几扇医院的屏风竖立在舞台一角。王站长带着刘护士来接陈小涛出院。

朱医生 （拿着住院记录夹）王站长，这是小涛的第三次住院了。你得叮嘱他的家人一定要让他按时吃药。不要对吃药有抗拒情绪，就把它当作高血压、糖尿病一样，只有好好服药才能保证他的正常生活。（曲3《精神

专科像个螺旋门》）

（唱）精神专科像个螺旋门，
多少人来来往往又回还，
中断吃药，反复发作，
带病生存才是康复的关键。

刘护士 （唱）精神专科像个螺旋门，
多少人来来往往又回还，
敌视排斥，异样眼光，
回归社会才是最后一站。

王站长 （唱）精神专科像个螺旋门，
总希望他们少发病一点，
若是世人，多一些包容，
温暖和善意才是治疗的良伴。

朱医生 他这次又是怎么引发的？

王站长 这回是我没做好防范，没及时处理好小涛的邻里关系。

［闪回。陈小涛如往常一样行走在街巷之中，一边走路一边回头察看，还不时自言自语。

邻居甲 （呼喊）巷子里那个疯子又回来啦！

邻居乙 作孽哦，和疯子做邻居。我们这房价都要受影响的。

邻居丙 （交代孩子）放学赶紧回家，离那个精神病远一点。

［众邻居纷纷关窗关门，发出“砰砰”的声响，拉起厚厚的窗帘。

［一位拄着拐杖的老人行走在路上，脚下一个不当心，摔了一跤。路过的小涛连忙上去搀扶。

陈小涛 你……你没事吧？

邻居甲 不得了了，精神病撞倒老人了！

陈小涛 你瞎说。我……我没有……

［老人也被吓得赶紧起身离开。

陈小涛 （指着邻居甲）就是你，瞧不起我，一见面就骂我。（头脑已混乱，吴科长的影子和邻居甲的影子逐渐相叠）你干吗跟踪我？我离开厂子都五年了，你怎么还不放过我？你还想毁了我？（曲4《恶意如洪水猛

兽肆虐》）

（唱）街头巷尾，议论纷纷，

偏见歧视，肆意辱骂。

恶意如洪水猛兽肆虐，

妄想如分身黑影倾轧。

他们说我像一颗定时炸弹，

不在沉默中灭亡就在沉默中爆发。

他们说我像一颗定时炸弹，

不在沉默中灭亡就在沉默中爆发。

邻居甲 我倒了八辈子霉，要和一个疯子做邻居。天天不是吵就是闹，音乐震天响，铁窗敲不停，颠三倒四、满口胡话，怎么让人不害怕？

众邻居 （唱）不是吵就是闹，

音乐震天响，

铁窗敲不停，

颠三倒四、满口胡话，

怎么让人不害怕？

王站长 （快步走上，安抚众人）小涛只是生病了，只要小涛按时服药，我保证他不会做出危害邻里的事情来。

邻居甲 你怎么能保证？你又不能二十四小时看着他。

邻居乙 你一个正常人，怎么总帮着一个疯子说话？

邻居丙 你没看到电视里新闻里，多少疯子杀人放火邻居遭殃的？

王站长 有事情大家打我电话，我的电话二十四小时开机。我是精神康复驿站的站长，我一定第一时间赶到！

众邻居 （七嘴八舌）我们才不信呢！嘴上说说靠不住。最后倒霉的还不是我们。

［曲5《他们一个世界，我们一个世界》

王站长 （唱）他们一个世界，我们一个世界，

高高的墙头用偏见垒砌，

他们一个世界，我们一个世界，

互不交融让冷漠栖息。

众邻居 （唱）他们一个世界，我们一个世界，
断绝交往才是自保的前提。

陈小涛 （唱）他们一个世界，我们一个世界，
没人关心我过往的淤积。

众　人 （唱）他们一个世界，我们一个世界，
何时能消除这世界的疏离？

王站长 （唱）他们一个世界，我们一个世界，
何时能打开这内心的藩篱？

小涛，我明白。你只是想扶起摔倒的老人，你没有错，你做得对。

［陈小涛胡乱甩开王站长相扶的双手。曲6《现实世界在我眼前坍塌》

陈小涛 （唱）每一次发病，
现实世界在我眼前坍塌，
每一次发病，
理智遭受不间断的拷打。

众　人 （唱）什么是真的？
什么是假的？
什么是真的？
什么是假的？

陈小涛 （唱）在某个迷幻的异次元，
重构的世界疯狂开闸。
我还是原来的我吗？
真实是否变成了虚假？
总有声音在对我说，
就是他，就是他！
就是他要害我！
就是他在欺压！（痛苦挣扎中抱头蹲下）

王站长 （唱）他曾是一家工厂的会计，
一手好算盘账本手中拿，
也曾年轻有为意气风发，
总以为光阴还有大把。

陈小涛　（唱）谁承想一次竞聘却成拐点，
遭遇挫折把我的病情诱发，
吴科长设计对我下套，
报复我曾经的检举揭发。
升职加薪成了空想，
头脑发昏久病在家。
（躁狂）你为什么要害我？你为什么就是不肯放过我？吴科长，你欺上瞒下、挪用公款，就应该被检举！我只是做了我应该做的，我没有错！

王站长　小涛，冷静！你没有错，你只是需要吃药，你会好起来的。

［闪回片段结束。

［一束追光下，朱医生在社区开设心理讲座。

朱医生　精神卫生是全球性的重大公共卫生问题，精神疾病在中国疾病总负担中排名位居首位，约占疾病总负担的20%。重型的精神疾病包括精神分裂症、偏执性精神病、癫痫性精神病、双向情感障碍、精神发育迟滞，广义的精神疾病也包括焦虑症、强迫症、老年痴呆症。大众对精神疾病患者有极大的恐慌情绪，但其实精神障碍患者成为受害者的概率更高。

［刘护士搀扶着小涛即将出院，朱医生叮嘱王站长。

朱医生　王站长，治疗精神类疾病都要打持久战。即便出院了，也要有长期抗战、与病共存的准备。病况会随着生活起伏不断波动，药量随着病况变化也要及时调整。最关键的是，需要重新建立他的社会支持。

王站长　朱医生，你放心。有我在，就不会让他们再次受伤。

［暗转。河西小巷的精神康复驿站，陈小涛一个人呆坐着。

王站长　小涛，你帮我去扔下垃圾。小涛，走，今天跟我一起去菜场买菜。

陈小涛　（不情愿地）你干吗总叫我？我就想一个人在屋里待着。

王站长　你必须出门活动。朱医生说了，只有出门才能接受不一样的外界信息，刺激大脑，维持脑功能的正常运转，这是你康复的必经过程。走，我陪你一起！（不由分说就要拉着小涛出门）

陈小涛　（突然停下）王站长，万一以后我又发病了，控制不住自己，真的拿起家伙打人了，站长你一定要能逃多远就逃多远，离我远一点。

王站长　傻小伙，要是连我都逃了，谁来管你啊？

陈小涛 我……我……不想伤害别人。

王站长 我知道。

［光暗。

第二场　戴着假面的抑郁症患者

［河西小巷的康复驿站，小院内花朵盛开，一片生机盎然。

［上午做操时间，刘护士带着徐美凤、刘文强、陈小涛正在排队做操，启明在几人中间来回跑动，想站在一个中间的位置。唱《五行健康操》。

众　人 （唱）生命就像风与水，

在宇宙中轮回，

是风是水不重要，

健康快乐才重要，

蹦蹦跳跳快乐又逍遥，

晚上才能好睡觉。

每天早晚各一次，

健康天天没烦恼。

［王站长带着上官夭夭走进来。初秋天气，夭夭却裹着厚厚的羽绒服。

王站长 给大家介绍一位新朋友，康复员——上官夭夭。夭夭是位大学生，会在我们这里休养一段时间，请大家互相帮助、好好相处。

徐美凤 好漂亮的小姑娘啊，像我年轻的时候。（摸自己的脸，沉浸在往日幻想中）

刘文强 天也不冷啊，她穿那么厚干嘛？我是不是穿少了。（打量众人衣着）

启　明 （兴奋）姐姐，来了一个小姐姐！

夭　夭 （嫌弃）谁是你姐姐，我和你们才不一样！（曲7《我脸上永远带着笑》）

（唱）这里阴霾霾又惨兮兮，

不是疯癫就是痴傻，

七拐八绕的小院落，

说什么康复治疗真好笑。（四处打量康复站）

刘护士 （悄声问）站长，她什么病啊？

王站长 抑郁症。

刘护士 看起来不像啊？

王站长 微笑型抑郁症。

天　天 （唱）我脸上永远带着笑，

你不明白我心中的煎熬，

我脸上永远带着笑，

内心悲观厌世黑暗笼罩。

头痛胸闷，行动迟缓，

记忆衰退，莫名号啕，

不知道自己在哭些什么，

无缘无故陷入偏执泥沼。

死神的唾液溶解了活力，

解脱成了我唯一的目标。

［上官天天追着刘护士发出一连串的质疑，对所有行为进行意义探究。

天　天 你是这儿的护士啊。你说，起床的意义是什么？吃饭的意义是什么？做操的意义是什么？上学的意义是什么？活着的意义又是什么？

刘护士 （有点蒙）好好活着不好吗？我们做操是为了健康快乐。

天　天 可我一点也不快乐，我很痛苦，我只想要解脱。我还觉得冷，很冷很冷……（紧紧地裹起厚重的羽绒服）

王站长 （阻止天天的追问）天天，先吃药。今天是中秋节，午休过后我们大家一起吃月饼。

天　天 （失落）又是中秋节，我讨厌中秋节。

［王站长拿出月饼分发给众人。康复员领到月饼后四散而下。

王站长 来来来，一人一块月饼，每人都有份。

启　明 太好了，太好喽。有月饼吃喽！

［上官天天找了一个小板凳正准备坐下。

启　明 （抢走）这是我的小板凳。（对天天）你不吃可以给我，我可以吃两块！

天　天 哎，你……我不和你一般见识。（启明抱着板凳下）

王站长 （把月饼递给天天）天天，这是你的月饼。月饼寓意为家和兴旺、团团圆圆。你为什么不喜欢中秋节啊?

天　天　（倔强）团圆有什么好的，我就喜欢一个人待着。

王站长　一个人真的就快乐吗？和家人在一起才是平凡的幸福。

天　天　我……我……我不知道哪里才是我的家。（曲8《哪里才是我的家》）

（唱）爸爸一个家，
妈妈一个家，
两个家里都是团圆，
哪里才是我的家？
爸爸有了弟弟，
妈妈有了妹妹，
我是多余的局外人，
哪里才是我的家？

王站长　那你平常和谁一起生活?

天　天　和奶奶。

王站长　奶奶呢?

天　天　奶奶前几年去世了。

（唱）就像戴上了一张假面，
扮演乖巧听话的自己。
研究每个人的偏好喜恶，
只为了让所有人喜欢我。
爸爸喜欢活泼我就活泼，
妈妈喜欢静谧我就静谧。
不争不抢，竭力讨好，
哪个才是真实的我自己?

王站长　（安慰）夭夭，你要知道，虽然爸爸妈妈都重新组建了家庭，但我相信他们还是爱着你的。你有一个多美的名字呀！“桃之夭夭，灼灼其华”，就是一个姑娘最灿烂最美好的年华。

天　天　可我只觉得冷。（紧紧裹起自己的羽绒服）

［王站长带着夭夭给院内的花草浇水。曲9《只要活着，就灿烂而闪耀》

王站长　你跟我来——

（唱）弯弯窄窄的河西巷，

四时不同风光好，

春来枝繁柳丝绦，

秋至叶黄如蝶飘。

院子虽小五脏全，

花草果木细照料，

栽了些月月红、夹竹桃、美人蕉，

还有那黄瓜、番茄、小树苗……

看看山明，看看水秀，

只要活着，就灿烂而闪耀。

天　天　你不劝我要坚强吗？他们每个人都劝我要坚强，可他们根本就不懂我。

王站长　你已经很坚强了。夭夭，我们不一定非要所有人都喜欢自己，但是，首先，你自己要喜欢自己，和自己和解，余生还有很长。（悄悄隐下）

夭　夭　（反复回味）和自己和解？

［上官妈妈上，拿出袋子里的石榴放在小石桌上。

上官妈　夭夭，妈妈来看你了。还带了你最喜欢吃的大石榴。

夭　夭　（不冷不热地）你怎么知道我喜欢吃石榴？

上官妈　你是我的孩子，我怎么会不知道。你妹妹喜欢吃橙子，可你最喜欢吃石榴。王站长跟我说你病了，你怎么不告诉我？（曲10《是我欠你太多》）

（唱）这些年，是我欠你太多，

话到嘴边却不知如何说。

苦于婚姻挫折，

忙于生计奔波，

我和你爸爸，

性格不合，南辕北辙，

却让你承受了太多。

夭　夭　小时候，你们两个天天都在吵架，后来你们终于不吵了，我却没有了家。

上官妈　（唱）缺失了家的港湾，

让你到何处停泊？

你总是乖巧又听话，
忽视了内心的斑驳。
眼看你迷失自我，陷入旋涡，
那苦痛妈妈想替你承托。

夭　夭　你们没人在乎我是不是真的开心，是不是真的快乐。

上官妈　是妈妈对你的关心太少了，是妈妈的错。可妈妈不需要你功成名就，不需要你才华横溢，不需要你出类拔萃。妈妈只要你健健康康的，你做你自己就好，你就做我的女儿夭夭。你不是别人，你是上官夭夭。

夭　夭　（懵懂自语）我只做夭夭?

上官妈　（打开随身的背包）我还带了些东西给你。（拿出一个相框）这是你刚出生的小脚印。（拿出一支毛笔）这是你刚满百天，用胎毛做的毛笔。（拿出一本小相册）这是你每一年的照片，你小时候是很喜欢照相的，后来你上了高中就不怎么配合了，有一些是我偷偷用手机拍的……（拿出一个存折）这是妈妈给你存的教育经费，你爸爸也把钱打在这里，这些钱是给你读书的，剩下的，等你出嫁的时候拿去做嫁妆。妈妈有两个女儿，平常可能顾及不了那么多，可妈妈一样爱你们。妈妈过去只是以为你大了，没想到你却藏了那么多心事。

夭　夭　（拿着相册一页一页地翻看，终于叫了一声）妈妈——

上官妈　哎——（二人相拥而泣）

［王站长和其他的康复员一起出现，默默注视着这一幕。

王站长　（唱）正视它，接受它，
与它和解，与自己和解。

康复员　（唱）正视它，接受它，
与它和解，与自己和解。

王站长　（唱）不要以为越接近死亡，
就越接近生活的真相。
披荆斩棘地活下来，
才是另一种坚强。

上官妈　（唱）看看山明，看看水秀，
只要活着，就灿烂而闪耀！

天　天　（唱）看看山明，看看水秀，

只要活着，就灿烂又闪耀！

［上官妈帮着夭夭一件一件地脱去裹在身上的厚重衣服，夭夭仿佛新生般终于甩掉了多年的桎梏和束缚，迎接新的人生。

夭　夭　王站长，虽然我生病了，但我会努力地活着。这些石榴，一半送给启明，我是他永远的小姐姐。

［光暗。

第三场　只要活着就有希望

［晨起，王站长上班途中，一路走一路跟街坊小巷的邻居们打着招呼。走访调查，了解街道病患的最新动态，这也是她每天工作的起点。

［邻居丙出门扔垃圾，邻居乙清扫着自家门口的路面。

邻居丙　（打招呼）王站长，出门啦。

王站长　哎，上班去。顺道给隔壁社区的老魏送点药。

邻居乙　小涛最近好多了，没再犯病。我看见他一个人还去菜场买菜了。

王站长　辛苦大家多多包容他了，有什么情况记得打我电话。

邻居乙　放心，有什么事情第一时间通知你！

［启明一个人走在路上，边走路边用脚底踢着小石子，遇到垃圾桶了，还不时地踢踢垃圾桶。王站长悄声跟在后面，一路观察。

［康复站的小院里，徐美凤正拿着扫帚打扫卫生。刘文强用手敲打墙面的瓷砖，仔细辨别每一块瓷砖的声音。

刘护士　徐阿姨，这个不用你做，我们有管理员做。（想要拿走扫帚）

徐美凤　（赶紧抢过扫帚）这个我能干的呀。给康复站扫扫地、洗洗碗，这些都是我能干的。我干得动，我年纪还不算太大。（边扫边下）

刘护士　哎——

［启明和王站长一前一后进门。

刘护士　启明你来啦。

启　明　嗯。（低头走进，发现门口的小板凳，抱走）这是我的小板凳。

刘护士 哎，怎么兴致不高啊？王站长，你又去给老魏送药了吧？两星期送一次，你这一送都送了六年了。

王站长 老魏有社交恐惧症，不肯出来和人接触。这些年他按时吃药，也没惹过什么麻烦，恢复得还不错。

刘护士 老魏都六十六了，眼看着年纪一天比一天大了，他的亲戚却没一个肯照顾他的，一个比一个躲得远。也就您还去看看他，给他送药、送生活用品。

王站长 当年我答应过他病重的老妈，只要我在站长这个位置一天，就要照顾他一天。（曲11《誓言犹在耳边》）

（唱）誓言犹在耳边，

恍惚过去许多年，

那弥留之际的托付，

我一直记在心间。

为他送药，日常关照，

盼着他岁岁平安。

未来的出路在哪里？

常为此辗转难眠。

徐美凤、刘文强，他们也都快到年龄了。

刘护士 我们康复站只能收治六十岁以下没有传染病史的精神障碍患者。现在站里有四十多个人，社区登记在册的患者还有四百多个。忙都忙不过来呢。

王站长 总要想想办法的。（刘护士下）

[启明抱着小板凳路过。

王站长 启明，你来。你今天早上走路的时候，干吗一边走路一边踢垃圾桶？垃圾桶是公共设施，是属于大家的，不能随便踢的。

启　明 王站长，我不是故意的。我……我就是有点不开心。

王站长 你为什么不开心啊？

启　明 他们都说我是个废人、傻大个，这么大了还要靠爸爸妈妈照顾，没有用。

王站长 谁说的呀？

启　明 小区里的孩子。

王站长 你别管他们说什么，你做你自己就好。我们启明不是最近进步很大嘛，会自己洗衣服了，还会帮瘫痪在床的爷爷洗澡了。

启　明　（自豪地）我力气大，我能抱得动爷爷。小时候爷爷一直带我学走路。

王站长　启明懂得关心长辈了，这就是进步啊。

启　明　可我还是想——有用，不是废人！（曲12《活得像个人一样》）

（唱）每天第一个来到康复站，

这里好吃好玩，有伙伴。

日常生活规矩要记牢，

洗澡换衣养成好习惯。

打扫做饭，自立更生，

集体活动，趣味分享。

我最喜欢坐大巴、逛公园，

活得像个人一样！

［徐美凤拿着扫帚，刘文强拿着维修箱，陈小涛搬着桌椅，出现在舞台后区。

康复员　（唱）我们也想有用，

也想实现价值，证明自我。

活得像个人一样！

王站长　那我们今天下午就来做串珠手工。

启　明　（兴奋起来）好呀，好呀！我喜欢做手工。我现在就去准备工具箱。（欢天喜地地跳着下）

［启明爸拎着一包点心上。众人隐下。

启明爸　王站长。

王站长　启明爸爸，您怎么来了？启明去活动室准备材料了……

启明爸　我不是来看他的，（吞吞吐吐）我是来……找您的。

王站长　找我？

启明爸　这包点心，是我们家人小小的心意。这几年自从启明来了康复站，变化真的很大，我和他妈妈也能腾出时间外出上工了。真的非常感谢您。

（唱）他学会了见面问候，

他知晓了男女有别，

他开始了洗衣烧饭，

他适应了集体活动。

感谢您让他成长，

活得像个人一样！

王站长 这都是我们应该做的。启明长大了，我们都希望他一天比一天好，学会独立生活。

启明爸 好多人说，这孩子都这样了，你干吗还要把他生下来？他们不知道，我们有多少无奈。（曲13《无论如何也不能放弃》）

（唱）四十岁才得了这一子，

凝聚着多少期盼与希冀。

欢天喜地等待新生命的降临，

哪想到羊水早破轻度窒息。

二十四小时两次病危通知，

一刀又一刀扎在我的心里。

［众邻里走上，仿佛是当年重症病房外围观的不相干人群。

众　人 （七嘴八舌）这孩子抢救过来了，也可能是个废人。每天住在ICU病房，又是进口药物又是输血治疗，这得花多少钱哪？

启明爸 （唱）缺氧窒息的孩子，

难免会留下病症，

夫妻下岗，家境贫薄，

如何面对债台相逼？

他一只小手握着我，

不知这人世的艰辛，

浑身上下插满管子，

小小生命危在旦夕。

［启明爸在抢救室门口来回踱步，内心苦苦挣扎，徘徊不下。

众　人 （唱）救还是不救？

到底该如何选择？

救还是不救？

到底该如何选择？

启明爸 （唱）他是我的儿子，

无论如何也不能放弃，
哪怕万分之一的希望，
我也会选择不离不弃！

王站长 （唱）不是每个人生来，
都有选择的权利。
若是命运设下了荆棘，
也只能勇往直前、披荆斩棘。

启明爸 后来启明确诊了脑瘫，我带着他多方就医，几乎花光了家中所有的积蓄。我们夫妻俩又双双下岗，一边找工作谋生，一边带孩子治疗。孩子脚掌外翻，学不会走路，是他爷爷带着他天天练习，还给他订做了一双特殊的矫正鞋。如今他学会了照顾爷爷，没有什么比这个更让我们开心的。

王站长 启明还会看家护院呢，我不在的时候，他还会守着我的办公室，不让陌生人进来。我也在想，以后康复站不仅要坚持药疗、心疗，开展娱乐活动，还可以承接一点简单的加工活，帮他们找到生活的自信。

［启明和康复员们拿着各自的工具箱上。启明爸隐下。

启　明 下午做加工活喽！

康复员 （唱）我们也想有用，
也想实现价值，证明自我。
活得像个人一样！

王站长 （唱）屏蔽外界的，
恶意、偏见、冷漠、嘲讽，
给他们足够的，
温暖、尊重、开放、包容。
河西小巷院落很小，
却还能遮风挡雨，不惧寒冷，
尊重每一个生命！

（拿好每个人的劳务费）请大家排队站好，我要发放上个月的加工费了。

［康复员们排着队依次领到了自己的劳动报酬，各个难掩兴奋。

徐美凤 我有钱了，我能赚钱了。

刘文强 我可以买一把新钳子了。

启　明 我可以不问家里要零花钱了！

陈小涛 我以后还想出门打工。

［启明拿着六十元钱冲爸爸飞快地跑去。

启　明 爸爸，爸爸，我挣的钱。六十元！都给你！

启明爸 （热泪盈眶）我家启明真厉害，可以自己挣钱了！

康复员 （唱）我们想好好活着，

活得像个人一样！

拼死捍卫着梦想，

只要活着，就有希望！

［光暗。

第四场　他们曾来过这个世界

［午饭时间，徐美凤和刘文强偷偷摸摸坐在一条长凳上。

徐美凤 这个红烧狮子头你爱吃的，给你。（夹菜给刘文强）

刘文强 饭后的苹果你喜欢的，给你。（把苹果装进徐美凤兜里）明天周六了，你还来我家吗？

徐美凤 你早上把菜买好，中午我来做。

刘文强 好。你家灯泡是不是不亮了，我今天下午就去给你换。

徐美凤 嗯。

［两个人端着饭盒相互碰撞着胳膊，又腼腆害羞地笑了，传递着他们之间的秘密和温情。曲14《疯子也渴望着温暖》

徐美凤 （唱）疯子也想拥有爱恋，

刘文强 （唱）疯子也渴望家的温暖，

徐美凤 （唱）我们同病相怜，

刘文强 （唱）我们抱团取暖。

徐美凤 （唱）周末我给他洗衣做做饭，

刘文强 （唱）我帮她修理电灯和水管。

二人合　（唱）疯子的世界也很简单，

谁也不愿一个人孤单。

［王站长拿着一束白色的菊花上，插在桌上的花瓶里。刘护士随后。

刘护士　老魏家的亲戚也太可恨了，老魏病着的时候没一个人肯来看的，警察请都请不动，连骨灰都无人收取。现在老魏走了，一个个为了他留下的十几平方米房产，打破了头。

王站长　当年我答应过他妈妈，只要我在站长这个位置一天，就要照顾他一天。

（重复曲11《誓言犹在耳边》）

（唱）誓言犹在耳边，

恍惚过去许多年，

那弥留之际的托付，

我一直记在心间。

医院陪护，临终照料，

没有人肯来视探。

有谁记得他曾来过？

孤寂中离开人间。

刘护士　最后那几个月，都是您陪在医院里，垫药费，忙后事。您已经尽心了。

王站长　想想真是可怜哦。无儿无女，孤苦了一辈子，谁会记得，他也是个人，也曾来过这个世界。

刘护士　站长，我们就在康复站里给老魏举行一个告别式吧。

［康复员们依次走上台前，一个接一个拿着一朵白菊花，放在桌子上，就是对老魏无声的纪念。

启　明　老魏教过我写字。

徐美凤　老魏读过书、有文化。以前我们康复站过年的春联都是他写的。

刘文强　老魏不爱说话，但是个好人。

陈小涛　我没见过他，但食堂师傅说，老魏以前最爱吃红烧鱼。

［众人回想过往，同为病友，心有戚戚。曲15《不想寂寞无声地离去》。

康复员　（唱）不想寂寞无声地离去，

仿佛不曾留下痕迹。

哭过，笑过，

累过，痛过，
挣扎过，无奈过，
挫折过，彷徨过……
我们也曾来过，
不想寂寞地离去。

[曲16《每个人都不是一座孤岛》，夭夭也出现在舞台一侧与众人相和。

王站长 （唱）疾病不是前世的罪孽，
苦痛不是命运的煎熬，
要知道，上帝也有失手的时候，
每个人都要在世上走一遭。

陈小涛 （唱）有谁知，穿越疯狂几多跌宕，

徐美凤 （唱）有谁知，深陷泥潭无奈呼号，

夭　夭 （唱）有谁知，摆脱抑郁彷徨无助，

众人合 （唱）任前路多舛恶意滔滔。

陈小涛 （唱）耗尽精神分清现实的边界，

夭　夭 （唱）拼尽全力与死神争分夺秒，

刘文强 （唱）大脑发出了错误的信号，

众人合 （唱）而我们还想活出人的骄傲！

王站长 （唱）每个人都不是一座孤岛，
世间冷暖，更需要敞开怀抱；

众人合 （唱）每个人都不是一座孤岛，
雨打风吹，也想要家的欢笑；
每个人都不是一座孤岛，
每一个角落都需要阳光普照！

[刘文强的嫂子气势汹汹地上。

刘家嫂 这里谁是管事的？我要检举揭发！不得了了，疯子还勾勾搭搭，没脸没皮，不害臊！

王站长 我是康复驿站的站长，有什么事跟我说。

刘家嫂 我是刘文强的嫂子，我要检举那个徐美凤。一个疯子还不要脸，四处勾搭男人，看上我们家文强老实了，还有祖上留的房产。她也不看看自

己，一个三婚的疯女人，不就是骗财的吗？还想生个小疯子啊！

徐美凤 （急急上前解释）我不是，我没有……

刘家嫂 什么没有，周末是谁偷偷摸摸跑来给他洗衣做饭的。你不要脸，我们刘家还要脸呢！你们这到底是康复站还是拉皮条的？纵容他们这样不清不楚的……

刘文强 （唯唯诺诺）嫂子，这和美凤没关系，是我请她上门来帮忙做饭的。你们做饭也不管我啊，就因为我不肯把房子过户给你们，你就来吵。

刘家嫂 我可不是为了什么房子，我是为了你们刘家考虑。家门不幸，作孽哦，都已经出了一个疯子了。一个疯子还跟另一个疯子拉拉扯扯，乱搞男女关系。你也不打听打听，她一个三婚都没人要的女人，就是个大骗子！

徐美凤 （嗫嚅自语）我不是骗子，我不是骗子。（情绪失控地哭泣不止）

王站长 刘家嫂子，你不要一口一个疯子。他们是得病了，可病人也有自己的人身自由和财产自由。刘文强是一个成年人，他的事情可以自己做主。

刘家嫂 他做什么主？每天就会趴在墙上敲敲瓷砖，蹲在家里摆弄摆弄钟表。什么生活能力都没有，还不是我们看他可怜，照顾他这么久。他哥哥可是他的监护人，我们不同意他们在一起！天打雷劈哦，疯子还瞎胡搞！

刘文强 （突然站起来，想要发作又竭力控制）嫂子，你再闹，我就不客气了！

陈小涛 （拿着扫把冲出来）再闹，我们就不客气了！

启　明 （跳起来保护康复站）我们就不客气啦！

刘家嫂 哎哟，一群疯子要打人喽！（慌张跑下）

［徐美凤呆愣愣地站在原地，王站长和刘护士上前安慰。刘文强抱着修理箱蜷缩在一边，众人沉默。曲17《人老珠黄又落单》

徐美凤 （唱）年轻时，也是街道一枝花，

多少人，见我美貌把我夸。

媒人踏破鞋，

父母笑哈哈，

说我能找个好人家，

挑挑拣拣再谈婚嫁。

一婚嫁到南洋去，

华侨彩礼一大把，

婚后三月就发病，
退货上门成笑话。

刘护士 那后来呢？

徐美凤 （唱）二婚再把病情瞒，
嫁往外地躲流言，
怀孕偷偷停了药，
发病流产又回还。
三婚找了当地人，
只盼平安度余年，
终是嫌我难生养，
人老珠黄又落单。

刘文强 我……我不嫌你，你是个好女人。

徐美凤 我也知道，我们不能在一起。没人会同意两个疯子在一起。（重复曲14）
（唱）疯子也想拥有爱恋，

刘文强 （唱）疯子也渴望家的温暖，

徐美凤 （唱）我们同病相怜，

刘文强 （唱）我们抱团取暖。

徐美凤 （唱）周末我给他洗衣做做饭，

刘文强 （唱）我帮她修理电灯和水管。

二人合 （唱）疯子的世界也很简单，
谁也不愿一个人孤单。

刘文强 我的那间屋子，是父母留给我的，让我有个地方可以生活。可哥嫂就是不死心，我知道，他们就是想要我的那间房，想让我过户给他们。

王站长 只要我在，我就一定保护你们的合法权益。你们只是病了，你们也是人，也要有尊严地活着！

刘文强 （无助）以后我们要是六十岁了，能去哪里呢？

徐美凤 我不想像老魏一样一个人孤零零死在家里。

陈小涛 王站长，您要是退休了，还会有人管我们吗？

启　明 （紧紧攥着王站长的衣服）王站长，我不要你退休。

王站长 （安慰）会的，会的。就算我退休了，康复站也永远是你们的家。

［康复员对未来的生活惴惴不安，前路茫然。重复曲1《河西驿站》。

康复员　（唱）迷失的人们想要一个家，
在河西小巷的桃花树下，
如蓬飘摇，暂避风雨，
无视偏见，敞怀接纳。

王站长　（唱）几经坎坷依然童心依旧，
无常变幻还有梦里牵挂。

康复员　（唱）我们也想找到自己的家，
我们的家就在桃花树下。
河西驿站，灯火阑珊，
执着坚守，不惧天涯。

［光暗。

尾　声　希望明天还有一个家

［一束追光下，朱医生正在进行电视讲座。

朱医生　为了发展精神卫生事业，维护精神障碍患者的合法权益，最新修订的《精神卫生法》已于2018年4月27日颁布实施。随着经济发展和社会进步，人们对心理服务体系建设会更加关注。提升全民心理健康素养，全面构建社会心理健康全程服务链将不仅仅只是一个梦想……

［启明爸上。

启明爸　王站长，今年我也退休了。我现在唯一的愿望就是自己身体好一点，多陪启明几年，多照顾他几年。我唯一的心病就是，万一我哪天走了，启明怎么办，他能去哪里？

王站长　我们也在多方呼吁、积极奔走，希望能建立一个全日制的照顾精神病患的托养机构。我希望这些康复员们将来都能有一个养老的地方。希望更多的人，都能放下偏见，打开那扇门……（曲18《打开那扇门》）

［康复站的康复员们依次上场，上官妈带着上官夭夭上场，刘护士上场。

众　人　（唱）打开那扇门，

让阳光洒进自闭的心扉；
打开那扇门，
让夜空亮起漫天星辉；
打开那扇门，
让万物复苏大地春回。
一路泥泞，
还有风雨同舟的安慰，
流离颠沛，
还有无声岁月的相陪。

陈小涛 我的心愿是，找一份自食其力的工作，养活自己。

启　明 我的心愿是，我想去看一场电影。

夭　夭 我希望更多的孩子，都能真正开心地生活，不要像我一样。

徐美凤 我希望将来我和文强还能碰碰头说说话，能有个地方养老。

刘文强 我想一直帮康复站修理钟表，修理一辈子。

［所有演员依次上台谢幕。众人合唱主题曲《每个人都不是一座孤岛》。

众　人 （唱）疾病不是前世的罪孽，
苦痛不是命运的煎熬，
要知道，上帝也有失手的时候，
每个人都要在世上走一遭。
有谁知，穿越疯狂几多跌宕，
有谁知，深陷泥潭无奈呼号，
有谁知，摆脱抑郁彷徨无助，
任前路多舛恶意滔滔。
耗尽精神分清现实的边界，
拼尽全力与死神争分夺秒，
大脑发出了错误的信号，
而我们还想活出人的骄傲。
每个人都不是一座孤岛，
世间冷暖，更需要敞开怀抱；
每个人都不是一座孤岛，

雨打风吹，也想要家的欢笑；

每个人都不是一座孤岛，

每一个角落都需要阳光普照！

［河西小巷，花儿倔强地盛放着，还有多少人在苦苦挣扎，孤独等待着世人的援手。明天的太阳会照常升起，醒来之后，我们将面对新的人生。

——剧终——

小剧场话剧

平行世界

两性关系不过是一种隐喻，而你我始终挣扎在梦想与现实的夹缝之中。

——题记

创作介绍：

通过三个并列的平行时空，旅馆、家、公园长椅，展示人与人之间的隔阂和难以沟通，理想与现实的挣扎及难以融合。每个人的世界都是一个独立的平行世界，每个人都觉得孤寂，渴望与他人的沟通，却在交流与互动中一次次碰壁而归，要么向外营造虚假的神话，要么向内麻痹真实的自我。真实与虚假互为悖论，成为生活的两难抉择。

林之是一名女记者，常和她的闺蜜坐在公园的长椅上闲谈。她因为父母的终日吵闹而畏惧婚姻，在一列火车上与一个写作的男人偶遇。他们彼此走进了对方的内心世界，开始了一段婚姻之外的情感纠葛……

男人是一名小说家，有一个看似美满的家庭。妻子除了操持家务，终日忙于经营自己在"完美主妇"网站上的主页，众多粉丝的追捧使她得到莫大的内心满足。她日复一日地摆拍并更新着主页照片，苦心营造属于自己的完美世界……

剧本《平行世界》获2015年第十三届江苏省戏剧文学奖提名奖。

声明：本剧于2019年12月由苏州市滑稽剧团首演，舞台呈现所添加的视频片段由原编剧重新撰写并修改。

人　物：林之、男人、男人的妻子、林之的女性友人。

地　点：旅馆、男人的家。

一

［舞台左侧是一间旅馆单间的标准配备，一张单人床，一张书桌和两把椅子。舞台右侧是一间布置精心、处处显示着女主人巧思的客厅兼餐厅，沙发上有绣花的披巾，餐桌上有新插的绿植。两间处所并列而置，就像两个互不干扰的平行世界。

［舞台中央前侧的突出位置，一把公园长椅，凌驾在两个平行世界之上，也许是一种沟通，也许是一种阻断。

［三个处所的时空自由更替，连续或者跳跃行进，由灯光控制演出区域的变换。人物动作也可考虑用剪影的方式投射到背景墙面。

［公园长椅上，林之和女友两人相邻而坐，谈论着女性闺蜜之间的永恒话题，婚姻与爱情。

女　友　我们就要30岁了，30岁，多么让人恐惧的字眼。

林　之　你想结婚吗？

女　友　想，当然想。我想遇到一个合适的人，在合适的时间和合适的地点，两个人一直相守到老。

林　之　合适就可以了吗，用不着相爱？

女　友　哦，这我也说不清楚，也许婚姻和爱情是一回事，也许又不是一回事。对婚姻来说，合适也许更重要。你想结婚吗？

林　之　不，我不想。

女　友　为什么？你想一个人，就这么孤身一辈子？

林　之　我父母的婚姻让我见识了什么叫一世冤家。从我有记忆以来，他们没有一天不在争吵，各种吵闹，各种鸡毛蒜皮小事的吵闹。失踪的一只袜子，餐桌上杯子的印痕，花盆漏的水滴，早起或是晚睡，电视里的广告，报纸上的新闻……各种令人难以置信的不是理由的理由，都能引发他们一天的混战。那样的婚姻，难道不像地狱里的生活？他人即是地狱。

女　友　可凡事不能那么绝对不是吗？我想总有秩序圆满、温馨如一的家庭，总有相濡以沫、互相支持的夫妻，不是吗？你有没有看过“完美主妇”的网站？那上面有那么多美满和谐的家庭。

林　之　“完美主妇”？也许你是对的，不过我可没有那么大的把握。

女　友　网站上的完美家庭是我的梦想，他们给了我一个对家的憧憬，一种对完美生活的信念。

林　之　你就那么相信这个网站所谓的完美生活？

女　友　你不知道，我已经关注那些家庭好几年了，每天我都会阅读他们的更新。对我来说，这已经是我生活的一部分了，那些照片让我感动，那种生活让我向往，我只是数以万计粉丝中的一员。

林　之　我是记者，我怀疑一切表象的真实性。不过，还是祝你梦想成真。

女　友　合适的人，合适的时间，合适的地点，也许这很难，可我还是想遇见他。我想结婚。

林　之　我不想结婚，我只想谈一场恋爱。

［光暗。

二

［客厅内，妻子穿着宽松的睡衣正拎着拖把打扫房间。

男　人　（拿着报纸上）我的小说如何？

妻　子　哪本小说？

男　人　最新的一本，《旅客》。

妻　子　（忿忿）我又要送孩子上学，又要上班，回家还要买菜、烧饭，我哪有时间看什么小说？

男　人　哦。

［男人失望地坐下，随手将外套脱下放在沙发靠背上。

妻　子　（上前拎起外套）我说了多少次了，要把衣服挂好，别随便扔在沙发上。我刚整理好的沙发，你看，又被你弄乱了。

男　人　（不悦）沙发到底是看的还是坐的？

妻　子　（理直气壮）坐的，但是要规规矩矩地坐着，不要弄乱。

[光暗。

三

[旅馆水龙头的流水声哗哗作响。

[书桌旁，两张椅子相隔很远，像是办公室内公务会面的距离。

[身穿合身的职业裙装，精明干练的林之上。

林　之　（敲门）我是来还书的。

男　人　林记者，快请坐。

林　之　（拉开椅子坐下，听到水声）你的水管。好像忘记关了。

男　人　（露出爽朗的笑容）别介意，我喜欢开着水龙头写作。

林　之　因为流水声带来了灵感？

男　人　是的，灵感，源源不断的永不枯竭的灵感。打开水管的阀门就像打开了灵感源泉的通道一般。

林　之　为什么不在家里写作而跑到旅馆？

男　人　（倒茶）哦，各种各样的烦心事，你能想象的，孩子的哭闹，太太的抱怨。

林　之　（莞尔）不能肆无忌惮地开着水龙头。

男　人　你猜对了，这是最重要的一条。我需要流水声，这是我生活的必需。在某种意义上，旅馆才是我的家。

林　之　无所拘束的家。

男　人　是的，无所拘束的、自由的家。

林　之　听您这么一说，我对旅馆又有了新的认识。

男　人　家和旅馆其实并没有什么本质上的不同，不是吗？我们只是需要一个地方让灵魂和身体放松并得以休整。

林　之　如果家里不能让你完全放松，那么旅馆真的是一个不错的选择，至少是一个静谧的独处空间。

男　人　这正是我的结论。你看，我们很快就取得了共识。不仅如此，旅馆里还有形形色色的旅行者，入住的、离开的，他们从哪里来，经历过什么，又将到哪里去……这是一个观察生活的绝佳场所，在这里，总有什么将要发生或是已经发生。

林　之　（会心地微笑）一个小说家的人生试验场。（从提包里掏出小说）书，我看完了。

男　人　（有一丝不易察觉的紧张）哦，你觉得怎么样？

林　之　（诚恳地称赞）棒极了！这是您所有小说中最好的一部，您超越了自己。

［光暗。

四

［公园长椅。

女　友　为什么只要恋爱？

林　之　我怕，怕婚姻埋葬了最初的甜蜜，怕生活消磨了情感的意趣，怕我接受不了现实的赤裸，或者是真实的自己。

［光暗。

五

［客厅内。

［男人无语地站起，挂好衣服，再次坐下，打开报纸，察看当日的新闻。

妻　子　（边拖地边装作不经意地）下个月是我妈妈的70大寿。

男　人　（没有抬头）哦，哪一天？我会把那一天空出来。

妻　子　下个月16号，周五。

男　人　中午还是晚上？我会按时到的。

妻　子　晚上6点，就在我爸妈家里吃饭，姨妈和舅舅他们都会来。

男　人　好的。（继续看报纸）

妻　子　（放下拖把）就这么结束了？

男　人　还有什么事？

妻　子　没别的事了吗？

男　人　（领悟）哦，我先开车回家，再接上你和孩子一起过去。

妻　子　（不满意）完了？

男　人　（疑惑）还有什么？

妻　子　你就不想想要准备什么礼物吗？

男　人　礼物？（放下报纸）哦，礼物。

妻　子　岳母大寿，你做女婿的就好意思空着手去，让我家的亲戚看笑话吗？

男　人　礼物你看着买就是了，我出钱。我怎么会知道你妈妈的喜好，你知道的，挑礼物这件事我不擅长。

妻　子　（继续挑刺）结婚15年了，你还不知道我妈妈的喜好？

男　人　我为什么要知道你妈妈的喜好，我是和你结婚又不是和她结婚。

妻　子　可我知道你妈妈喜欢吃酸辣口味重的菜，喜欢颜色花俏一些的衣服。

男　人　那是因为你们会一起逛街，我可不会和岳母一起逛街。

妻　子　（趁机）那就送一个包包或者是一件羊绒衫？

男　人　哪一个选择更好？

妻　子　我觉得一件羊绒衫更贴心和实用，要买一件有品牌的，价位合适的。

男　人　（肯定而不是疑问）你已经去商场看过了吧。

妻　子　那是，为这事儿我已经把市区的商场都跑遍了。

男　人　（拿起报纸继续看）我就知道。钱我会打到你的卡里去，东西你看着买吧。

妻　子　（不满）不是“东西”，是“礼物”。

男　人　礼物难道不是东西？

妻　子　“礼物”和“东西”怎么会一样？

男　人　有什么不一样？

妻　子　（强势）这不是一个名称的问题，这是一个态度的问题。

男　人　我不知道“东西”还是“礼物”和我的态度有什么关联。

妻　子　“礼物”说明你重视这件事，“东西”说明你应付这件事。

男　人　哪件事？

妻　子　我妈妈的70大寿！

男　人　你妈妈的70大寿和我的用词有什么关系？

妻　子　“礼物”说明你尊敬她，“东西”说明你不尊敬她。

男　人　我什么时候不尊敬她了？

妻　子　就在刚才。

男　人　刚才？

妻　子　（斩钉截铁）刚才。

［光暗。

六

［旅馆内。男人和林之坐在椅子上闲谈。

［椅子的距离比一般朋友的距离近一些，又比恋爱中情人的距离远一些。

男　人　如果说，生命是一列奔驰不休的火车，我们每个人不过是这列客车上的一名旅客，不停地上上下下。你邻座的座位有时是空着的，有时挤满了人，有时人来人往，有时孤独冷清。谁陪你坐到了终点？也许有，也许没有。

林　之　这就是这本小说的主题吗，生命的孤独？

男　人　是的，生命的孤独。

林　之　我们就相遇在那样的列车上，那时，坐在对面陌生的你盯着我看了许久。

男　人　（有些不好意思）被你发现了啊。而你只是在看一本书。

林　之　一本你写的书，我并不知道它的作者正坐在我的对面。只是我不懂，你是在看我，还是在观察一个正在阅读的读者的反应？

男　人　不，不是因为我的书，那只是凑巧。我得承认我失态了，我平常不会那么做……你的侧脸像极了我的初恋，一模一样的侧脸，长睫毛，微翘的嘴唇，月牙般灵动的眼睛。

林　之　（好奇）你的初恋，什么时候的初恋？

男　人　幼儿园的时候。

林　之　幼儿园的初恋？你在开玩笑吗？

男　人　（在回忆中徜徉）她笑起来像个天使，温暖而亲切，那眼神没有一丝的欲求和杂念。你同她一样美，不，你比她更美。你是长大后的天使，我一直以为天使在童年后就会消失。你的出现，让我不敢相信自己的眼睛，你让时间停止，你用一无所求的眼神拯救了我的孤独。那眼神时常在我的梦中徘徊。

林　之　我，一无所求？

男　人　对，你有一双一无所求的眼睛。

林　之　我只是个记者。

男　人　你是我见过的最没有极端倾向，最不会咄咄逼人的记者。

林　之　我只是如实地记录并表达我的感受，这是我的职责。

男　人　就像对我的采访，我了解。但是你理解我的感受，不是吗？

林　之　（站起，向男人靠近）我理解，你的孤独。

男　人　有时，我觉得我就像是搁浅在沙滩上的一条鱼，烈日炙烤着我，空气吞噬着我，而我就是挣扎不得、动弹不得。水，我需要水，我渴求水。而你，就是我的水。

［男人伸手抚摸林之的脸颊，两人缓缓相拥，光暗。

七

［客厅内。男人在看书，妻子系着围裙在一旁摆弄着花花草草。

妻　子　（将相机递给男人）快点快点，帮我多拍几张我照顾花草的照片，（摆姿势）背影也可以，重点是手，手要拍得美点，拍得自然一点。

男　人　（应付地拍了几张）好了好了，每天都要帮你照这个、照那个，还让不让我看书了？

妻　子　这就是日常生活的记录嘛，没照片怎么记录？看，我新买的花怎么样？

男　人　（专心看书，头也不抬）不错。

妻　子　你连看也没看，怎么知道不错？

男　人　（不情愿地抬起头）这花好像和你上个月买的那几盆一样。

妻　子　是一样，同一家花店买的。

男　人　干吗买一样的花？

妻　子　那几盆已经死了。

男　人　死了？

妻　子　（指责）因为我回娘家的那几天，你没有给它们浇水。

男　人　（解释）你知道的，我在写作。

妻　子　（不满）写作，你只知道你的写作。你一点儿也不关心我的花。

男　人　我不写作不赚钱，怎么来还房贷养孩子，供一家人的开销？

妻　子　这是理由吗？

男　人　这不是理由吗？我的工作就是写作，我需要专心致志地写作。

妻　子　可我的花是这个家庭的装扮，是你良好成就的衬托。

男　人　（不解）我的成就的衬托？

妻　子　有了四季更新的花朵才像一个完美的家庭不是吗？你是一个事业成功的男人，你需要一个完美家庭的衬托。

男　人　这我不反对，可为什么要买一样的花，就不能换个品种？

妻　子　我不能让别人知道我的花死掉了。

男　人　不能让谁知道？

妻　子　我的主页访问者，我的万千粉丝。

［光暗。

八

［旅馆的两把椅子紧挨着靠在一起。

［昏黄又暧昧的灯光之下，男人与林之相拥在一起。

林　之　你爱我吗？

男　人　我爱你，当然爱。

林　之　你爱你的妻子吗？

男　人　她是我的妻子，我也爱她。知道吗？我把你们放在两个不同的平行世界。

林　之　平行世界？

男　人　对，平行世界，一个是理想，一个是现实。平行世界让我们的爱互不抵触，让我们圆满、充实，并快乐……你喜欢这样吗？

林　之　我喜欢这样的平行世界，我的自由，无害于他人的自由。

男　人　是我们的自由。

［旅馆水龙头的流水声哗哗作响，光暗。

九

［客厅内。男人在看书，妻子从各个角度摆拍她精心烹饪的菜肴。

［餐桌上3盘精致的小菜，相对而置的两份碗筷，还有一台突兀的笔记本电脑。

男　人　什么时候能开饭？

妻　子　再等一下，我还没有拍完。

男　人　你不是已经拍过了吗？（看表）都快15分钟了。

妻　子　都不够完美，我需要完美的作品，完美的光线、完美的色泽、完美的角度，才配得上完美主妇的页面。

［妻子拍完了菜品，还顺带拍了男人看书的侧脸，桌上的瓶花和被风吹动的窗帘。

妻　子　（指挥）看着书，侧面，我要抓拍被风吹起的窗帘。

［男人一脸的不耐烦，但依然默默配合，整理了一下领口。

妻　子　（查看相机）你的侧脸、书和瓶中花，这张不错。

男　人　好了，别拍了，我饿了。

妻　子　快了，马上就好。（自顾自摆弄着相机）我要修下图，再传上主页。

男　人　那我先吃了。

［妻子继续在主页上传送着照片。

妻　子　（一扫疲惫，难掩兴奋）哇，看到没，刚刚1分钟，23个赞，7个新的关注，也许有一天，我的博客粉丝数量就能超过你。

男　人　“完美主妇”？

妻　子　对，完美主妇。

［教堂闪回。

［牧师居中，妻子披着白头纱，和男人相对而站。

牧　师　（对妻子）你是否愿意这个男子成为你的丈夫，与他缔结婚约，无论疾病还是健康，或任何其他理由，都爱他、照顾他、尊重他、接纳他，永远对他忠贞不渝直至生命尽头？

妻　子　我愿意。

牧　师　（对男人）你是否愿意这个女子成为你的妻子，与她缔结婚约，无论疾病还是健康，或任何其他理由，都爱她、照顾她、尊重她、接纳她，永远对她忠贞不渝直至生命尽头？

男　人　我愿意。

［男人掀开妻子的头纱。

妻　子　我会成为一个让你骄傲的好妻子，我会为你创造一个完美的家庭。

男　人　完美家庭？

妻　子　完美家庭！

男　人　（自白）28岁时的教堂誓言，那时我是真诚的，因为我并不知道，在我即将43岁的时候，还能遇见这样一个她，一个仿佛穿越水晶镜面，从镜中走出的另一个自我。你要说这是移情别恋吗？错了，我只是找到了自己。

［光暗。

十

［公园长椅。

林　之　“完美主妇”是什么？

女　友　是一个点击率很高的网站，提倡一种新的生活观念。放慢脚步，将我们的生活过得精致而有品位，将我们的家庭打理得更温馨和舒适。做做手工，养养花草，烤烤西点，为心爱的人做一顿丰盛的早餐，用爱意精心装扮自己的家园，绝不得过且过，而要有声有色。

林　之　你怎么知道这些家庭真的达到了这种“完美”？

女　友　看看那些照片啊，那些充满爱意的家庭角落，那些花花草草，那些杯杯碗碗，那些侧影，那些细腻柔软的注释和文字……这难道不是最好的证明？

林　之　（喃喃自语）照片就能证明一切吗？

［光暗。

十一

［餐桌上摆放着丰盛的早餐，男人和妻子分坐在餐桌的两头。

男　人　孩子呢？

妻　子　上学去了。

［沉默。各自用餐。

妻　子　亲爱的，我们家什么时候能换套大点的房子？

男　人　家里只有3个人，你、我和孩子，要那么大的房子做什么？

妻　子　你知道的，除了你的书房以外，我一直都梦想着能有一个自己的空间，我也想要一间书房，可以存放我自己的东西，可以做做手工，听听音乐，看看美剧。

男　人　我出门写作不在家的时候，这里的整个空间都属于你，还不够吗？

妻　子　不够，我想要独立的书房，我想要室外的私人花园。我在网站上看到别人家很多漂亮的图片，超大的花园阳台，别有格调的书房，那才叫真正的完美家庭！

男　人　（无奈）又是完美家庭。

［光暗。

十二

［男人在旅馆伏案写作，水龙头的流水声依旧。他几次站起，关上水龙头又打开水龙头，似乎灵感中断，又似乎因为什么而焦虑。

［林之上。

男　人　你终于来了。我等你等得都快发疯了。

林　之　（摘下墨镜，脱下外套）临时被安排了一个采访任务。今天不是你的写作时间吗？我可不想打扰你的写作。

男　人　（从后面环抱林之）没有了我的缪斯，让我如何安心，如何写作？

林　之　我可不是什么缪斯。

男　人　你知道的，你是。你是黑夜中最璀璨的光芒，清晨荷叶上的露珠，琴键流淌的音符，是我遇到的最美妙的诗篇。

林　之　这算是恭维吗？

男　人　不是恭维，是我的真心话。我需要你，甚过于需要水龙头的流水声。

林　之　（侧耳听）真的没有了流水声。

男　人　我说过的，你就是我的水。只要有你在，一切都是那样的舒畅和自然，你，就是我的灵感之源。

[两人相拥缓缓相吻，光暗。

十三

[客厅内。妻子慌乱地捋着头发，边走边系着围裙上。

妻　子　我起晚了，你怎么没叫我？

男　人　没关系，我已经吃过了。

妻　子　（惊讶）吃过了？吃了什么？

男　人　我出去散了步，还帮你买了份早餐。多么美好的一天！清晨、露水、花朵和音乐……（哼着小调下场）

妻　子　（望着男人离去的身影）在一个明媚的清晨，我被窗外的鸟鸣声惊醒，一个被惊扰了美梦的清晨，一个陌生的男子在我的梦中，无比殷勤，无比温柔，他用能融化一切的充满爱恋的眼神望着我，敬畏而轻柔地吻着我，仿佛亲吻一件世上罕见的珍宝。那真是一个童话般的世界。我像个公主，像公主一样被人呵护和宠爱。我得承认，这幻梦的重影让我晚起的头脑昏沉而又眩晕。当我看到我丈夫的时候，也有片刻的躲闪与尴尬。可那只是个梦，不是吗？我依然还是这个家的完美主妇。

[光暗。

十四

［旅馆内。男人在写作，林之拿着一本书斜靠在床上。

林　之　可以陪我去花园散散步吗?

男　人　（看表）这个时间，你知道的，我们不能公开露面。

林　之　作家和记者的关系也不行?

男　人　这太暧昧了，旅馆的花园，傍晚的黄昏。如果被熟人看见了，会被议论的。

林　之　（抗议）我每天就只能陪你躲在这里?

男　人　怎么是躲呢?（安抚）旅馆就是我们的家，一个自由的空间，心灵的栖息地。不出门，只是为了保护我们，保护我们的爱情。我们拥有彼此就足够了，我们要屏蔽外界的一切干扰。（想上前拥抱林之）

林　之　（避开）不，这一切都只是为了保护你所谓的完美家庭。

［光暗。

十五

［两个空间里两个人物的独白，似自语又似对话。

妻　子　我的每一天都很充实，我忙碌不堪，疲惫而又愉悦，我爱我的孩子，我爱我的家庭，（犹疑）但又好像少了一点什么?

林　之　我的每一天都很自由，自由的爱恋，自由的工作，自由的生活，不用被家庭所累，不会被凡尘所绊，可是，（思索）似乎又缺了点什么?

［妻子和林之在幻想中角色对换，交换了身上的围裙和风衣，走向对方的空间。

妻　子　如果我是一个人的情人，或许他会对我百般地呵护，永远保存爱的新鲜……（环顾四周）哦，不，流离失所而又没有名分，没有公开的社交生活，没有受人称羡的家庭，不能养育共同的孩子，或者孩子生来就被打上烙印……如果是不能公开的爱情，即便两人在一起，也没有任何的意义。

林　之　如果我是他的妻子，我就可以名正言顺地和他一起生活，一起散步……（环顾四周）哦，不，每天买菜、做饭、洗衣、拖地，喂孩子、抱孩子、陪孩子，像个黄脸婆一样将自己奉献给琐碎忙乱的家务，而最终一无所获。丈夫还是会爱上别人，孩子长大后最终也会离你而去。一辈子那么短，为什么不能好好地爱自己？

[两人交换身上的围裙和风衣，又默默退回各自的空间。

[男人和妻子照旧坐下吃晚饭，不发一语，夹菜吃饭，重复又重复。

[林之躺在旅馆的床上，孤寂地摆弄着长发，从床的一边滚向另一边。

[两个时空同时慢慢收光。

十六

[客厅内，夫妻两人分别坐在沙发的两头看书，一个沙发的距离却似乎隔着崇山峻岭。

妻　子　（提议）明天我们带孩子去动物园吧，他一直都嚷着要去看大熊猫。

男　人　你带他去吧。这周末我还有一个会议要参加。

妻　子　周末还要开会？

男　人　是关于我的小说正式出版的会议。

妻　子　哦，那你是要去的，（不放心地叮嘱）签合同的时候可要看清楚，特别是版税部分。我听说现在合同陷阱可多了，什么时候付款、怎么付款，可都要仔细看，要白纸黑字地写清楚……

男　人　（打断）知道啦，合同我会仔细看的。

妻　子　只要这次小说卖得好，我们就可以多存点钱，房子总归可以换成大的。

男　人　还没出版，你就已经想好怎么花了？

妻　子　生活总是要考虑的呀！我们又不能不吃不喝，父母那里要孝敬，孩子这边要开销，还有各种人情往来、家里日常支出，方方面面都是要花钱的呀。你是不当家不知柴米贵，知道现在青菜多少钱一斤吗？3块一斤啦！随便去个菜场，钱就没有了。水费、电费、煤气费、油费，没一个不涨的。还有你那电话费，省着点打吧，长途可以等别人打给你嘛……

男　人　（不耐烦）你管好家里的事情就行了。我的工作，你别插手。

［光暗。

十七

［旅馆里男人正在写作，林之依旧斜靠在床边。

［两把椅子相背而置。

林　之　（幽幽地）我……觉得厌倦了。

男　人　（从写作中猛地抬起头）厌倦，厌倦了什么？我？我让你厌倦了？

林　之　不，是这段关系，我们彼此的关系让我厌倦了。像一杯冷掉的咖啡，只剩了苦涩。

男　人　（深受打击）我们的关系让你厌倦了？（追问）是爱让你厌倦了，还是你已经厌倦了爱？

林　之　你觉得我们真的自由吗？

男　人　我们在俗世凡尘之外找到了一个可以避难的理想国，一个精神的自由王国，只有你和我，只有我们的爱情。这世界就属于我们两个。

林　之　柏拉图的精神恋爱，我喜欢这一点，但是又讨厌这一点。

男　人　我不愿意将我们的爱拖入俗世，你明白的，那只会让爱情毁灭。再崇高的梦想也经不起日常生活的消磨，那消磨只会让我们变得平庸和乏味。

林　之　（突然）我去看了“完美主妇”的网站。

男　人　（迟疑）你，看了？

林　之　我看到你们一家三口的家庭合影。

男　人　（无力）你去看那个做什么？

林　之　你有贤淑的太太和乖巧的儿子，那才更像是个理想国，不是吗？

男　人　（辩解）所有公开的生活，不过是为了做给别人看的。

林　之　有时候做给别人看也是一种能动的心理安慰吧。骗别人不如先骗自己。

男　人　你到底想说什么？

林　之　我累了。其实我们囚禁了自己，也囚禁了彼此，这世上并没有真正的自由。公开的生活真实吗？你说，那是虚假，是做给别人看的。那我们真实吗？我们把自己隔绝在这小小的天地之中，以为这就是世界了，我们就没有自欺欺人？我生病的时候你在哪里？你甚至都不敢来探望我。没有生活实际的爱恋就像虚无缥缈的空中楼阁。

男　人　你明白的，我们之间是精神的契约。

林　之　像萨特和波伏娃？

男　人　类似，但不完全一样，我们全心全意地属于彼此。我是你的，你是我的。虽然不能去看你，但我的心是和你在一起，无时无刻不和你在一起。

［林之苦笑，并不为之所动。

［半晌沉默。

林　之　你觉得我还是一无所求吗？

［男人没有回答。

林　之　你知道吗，正是因为我想要的太多，知道你给不起，所以才一无所求。

［光暗。

十八

［客厅内。男人在看书，妻子在料理自己刚烤出来的点心，装盘，摆造型，然后从各个角度进行拍照。

妻　子　明天就是我妈的70大寿了，晚上吃饭你可别来晚了哦。

男　人　知道了，我白天要跟出版社的人碰头。等开完了会我直接去你们家。

妻　子　羊毛衫我已经包装好放在你车上了，明天你要记得带来啊。要显得是你精心挑选过的样子，你要跟我妈说这是你出差到外地特意买给她的……

男　人　（打断）我知道了，我会毕恭毕敬地把给丈母娘的礼物送上。

妻　子　知道就好。我要把我新做的点心送给楼下的陈姐。她现在可是我的第3万名粉丝，她说她喜欢我们家的装修、我们家的风格、我们家的绿植、我们家的小狗、我们家可爱的儿子……还有你的小说。对了，我已经答应送一本你的小说给她，等小说出版了，记得留个50本给我，我的朋友还有我家的亲戚，他们都要。（端着点心下）

男　人　好，我知道了。（目送妻子出门，连忙拿起电话拨打）林之，你别闹了好不好？让我们还像过去一样吧。我爱你并且给你自由，这到底有什么不对？我们的生活、我们的精神、我们的恋爱，难道不需要彼此成全吗？明天我还在老地方等你，我为我不能陪伴你的左右而致歉，也请你体谅我的苦衷。让我们和好吧！你知道的，我不能没有你。

［光暗。

十九

［男人拿着一束鲜艳的玫瑰花走进旅馆。

［房间里空无一人，书桌上放着一封信。

［男人拿起信，光暗。

二十

［妻子双手叉在胸口，怒气冲冲地坐在沙发上等候。

［男人一脸颓废落寞地回到家里。

妻　子　（隐忍怒火）你也不看看几点了，半夜才回家。你干什么去了，谈工作谈到现在？早上你出门的时候房间乱成那样，你就不能动手整理整理。我又要送孩子上学又要去买菜做饭，我没有那么多的时间。你就不能顺便搭把手，替我分担一点家务？你嫌家里吵，出去写作我是不反对的，可也请你尊重我的劳动，尊重我整理的房间、我做的家务、我烧的饭菜。不要以为你是家里的经济支柱就理直气壮了，你自己去雇个保姆看看，看看谁能为你任劳任怨地做到这个地步。没有我，你的生活将会是一片混乱！

男　人　（虚弱地）让我一个人静静，行吗？

妻　子　（终于爆发）你想静静？你还想静静？为什么今天我妈妈的70大寿你居然没有出现？连你的电话也打不通，一直关机，你干什么去了？我家里的事情你就这么不上心，我说的话都是对牛弹琴吗？

男　人　对不起，我忘了。

妻　子　你忘了？我说的话都是白说，你从来也不把我的事当回事。（赌气）我真是受够了，你要是还是这个样子，对家里不闻不问，不把我的话放在心上，对我家人如此冷漠，我们就离——婚！（拖出行李箱收拾行李，边说边观察男人的反应）孩子归我，房子也得归我，孩子没有我是不行的，你反正也不会管他，你只要你的写作，你的人生就是写作，再没有别的了。我为这个家含辛茹苦做牛做马了15年，没有我，你哪有什么家庭可言，没有你，我和儿子照样可以生活下去……

［男人坐在沙发上，像是什么都没有听见。

［画外音。

林　之　你爱我吗？

男　人　我爱你，当然爱。

林　之　你爱你的妻子吗？

男　人　她是我的妻子，我也爱她。

林　之　不，你其实谁都不爱。知道吗？你只爱你自己。（停顿）我们，再也不必见面了。

［男人哭了，头颅掩埋在颤抖的双臂之中。

妻　子　（没料到男人会有如此的反应，慌忙上前）孩子他爸，哦，你别这样，我不过是说了气话，我不会离开你的，我在这里，孩子在这里，我们一家都在这里。（突然想起）对了，忘了告诉你，今天《家庭》杂志的记者给我打电话了，要来家里采访我们，就是明天早上。我们可是本年度新当选的“完美家庭”，是网站票选出来的，有那么多热情的网友支持我们，158000票呀！“小说家和妻子的完美生活”，我们有一个多么完美的家呀！

［男人依然抱着头低啜。

妻　子　（环顾家里四周，立刻又慌乱起来）明天早上，天呀，就是明天早上，我得把孩子送到你妈妈那里，我要整理房间，清洗书房的窗帘，把阳台上枯萎的花草换掉，房间里至少还得放一把插花，你说是放康乃馨还是小雏菊？哦，还有好多好多没有打理的事情……采访时我应该穿什么衣服，长裙还是裤装，我要不要重新去烫个头发……你的胡子要刮了，不然会影响你作家的形象……看看，你又在书房里扔了一地的书稿……我说过多少次了，不要同时拿这么多本书，不看的时候，请你放回书架好吗？放回书架，不要把家里弄得像个旧书摊一样，行吗……哦，天哪……

［光暗。

二十一

［公园长椅。

林　之　我遇见了一个人。

女　友　（好奇）谁？什么样的人？

林　之　完美家庭中的一个。

女　友　（难以置信）完美家庭中的一个？一个男人？和你？

林　之　是的，很不幸，是的。

女　友　哦，天哪。（双手捂嘴）这不是真的，告诉我这不是真的。

［林之不语，目光直视着远方。

女　友　我不想结婚了，我对婚姻失望透了。原来一切都是虚假和伪装，原来一切都不存在……

林　之　上个星期我爸爸中风住院了，我妈妈在医院寸步不离地守着他。她握着他被扎满了针眼的皱巴巴的手说：“老头子，快点好起来吧，你病了就没人跟我吵架了，我一个人在家，屋子里空荡荡的，一点声音也没有，安静得可怕……”那一刻，我突然想结婚了。

——剧终——

现代锡剧

爱在深秋

创作介绍：

周秀英想把日间照料中心办好，闯出自己的一番事业，不料却遇到了一件件为难事、麻烦事，同时也被这些老人们孤寂的情感世界所触动。在这个飞速发展的时代，需要有一个空间为老人们慢一点、停一停，不仅要解决他们的吃饭问题、健康问题、娱乐问题，更需要打开那一扇扇紧闭的心灵之门，让他们找到归宿感、幸福感、安全感，找到精神的寄托之所和心灵的安放之乡。做过多年老书记的陈阿爹看似是处处挑事，次次找麻烦，成为周秀英日间照料中心开展工作的对立面，实际上却通过自己的一次次挑剔考验，促进了日间照料中心各项工作的提升和完善。秀英用自己的温暖善良、无悔付出、宽广胸怀，换来了众乡邻的认可和支持，也象征着乡土文明和城市文明的彼此接纳与融合。

在社区居家养老新模式下，城里人周秀英成了乡下老人日间照料中心的主任，外地人筱红妹成了老苏州们的贴心小棉袄，老书记陈阿爹终于认可了社区居家养老的新模式。这个让你“来了不想走，走了还想来”的日间照料中心，用温情和温暖融化了邻里隔阂和老年孤寂，打开了一扇扇紧闭的心灵之门。

剧本《爱在深秋》获“戏剧中国”2019年度作品征集活动戏曲类入围剧本；剧目《爱在深秋》由苏州市锡剧团演出，获第三届苏州市文华奖主题创作特别奖。

人　物:

周秀英——45岁，日间照料中心主管，热情善良、知恩图报，年轻时嫁到城里，成为城里人，现在反过来要去照料这些失去土地的“乡下人”。

陈阿爹——70岁，村里的老书记，带领大家拆迁进城，人退了心未退，暗中监督日间照料中心的各项工作。

王根生——47岁，周秀英的丈夫，改革开放后下海经商，开了一家羊绒衫厂。

张好婆——73岁，畏手畏脚、勤俭质朴的乡下老太太，什么都要省一省。

老　吴——68岁，退休保安，老实本分。儿子沉迷赌博，变卖了房产。

筱红妹——23岁，湖南人，医科大学毕业生，外号“小辣椒”，脾气急。

牛大婶——63岁，性格泼辣，爱传消息，外号“包打听”。

刘老太——71岁，王根生前妻的母亲，一个孤老太太。

赵老伯——72岁，好面子、爱吹牛，吃穿住行都很讲究。

李大妈——65岁，有正义感，总想替人主持公道。

张儿媳——42岁，张好婆的儿媳妇。

赵局长、小吴、若干社区居民。

地　点：“阳光”日间照料中心。

序　幕

［绿化井然、高楼林立的城北社区。

［李大妈、张好婆、老吴、赵老伯四人上场。

李大妈　（唱）日子真是变了样，
家家住起高楼房，

张好婆　（唱）泥腿子上田身份变，
不料一朝把市民当。

赵老伯　（唱）拆迁进城二十年，
清闲自在福气享，

老　吴　（唱）高龄老人福利多，
公交园林随便逛，

四人合 （唱）不缺吃来不缺穿，

可心里还有一点点小彷徨。

赵老伯 啥？你问我还有啥不满意？

儿子太忙——

四人合 对，孩子们太忙。忙得不着家，忙得不落地，忙得没时间管我们这些老东西。

张好婆 我就想有人陪我聊聊天。

赵老伯 我就想有人能陪我下下棋。

李大妈 我就想有个地方能锻炼身体。

老　吴 我就想有个地方能让我们这些老乡邻们聚一聚。

［牛大嫂急匆匆上。

牛大嫂 哎哟，你们怎么还在这里呢？哎哎哎，我告诉你们一个大新闻，社区的日间照料中心今天试运行，60岁以上的老人都可以去报名。听说给免费量血压、测血糖，还有免费的午餐来品尝，啥个图书室、活动室、卡拉OK、跳舞房……

李大妈 还有这么好的事？

众　人 我不相信。

赵老伯 啥人会空得没有事做来服侍我们这一群老头老太？

牛大嫂 不相信拉倒，反正我可告诉你们了。

老　吴 说得这么热闹，你看见了？

牛大嫂 我当然——也是听说的。说它就像个老年幼儿园，白天去参加活动吃吃饭，夜里回家和家人做做伴。

老　吴 这倒真稀奇。老赵，你去不去？

赵老伯 （不以为意）我家里有保姆，我想吃什么有保姆做。我儿子还给我买了进口的电子血压仪。多大个幼儿园，装得下我这个老东西？

李大妈 是格，（调侃）您可不一样，儿子是局长，寻常饭菜看不上。

张好婆 （怯懦地）城里人才去住什么养老院护理院呢，我们乡下人，不兴这个。

李大妈 （恨铁不成钢）又忘了，你早就是个城里人了。

张好婆 （反应过来）哦，我现在是个城里老太太。

李大妈 那我们去看看？

张好婆 这把年纪，我不相信有这样的好事情。

众　人 我勿相信。

［周秀英和筱红妹搬着东西路过。

周秀英 （唱）几天来夜以继日不停忙，
为小区引入春风暖洋洋，
置办好桌椅板凳健身房，
愿长辈风雨无忧享夕阳。

牛大嫂 （比手势）嘘！

周秀英 叔叔阿姨，我们的日间照料中心今天试运行，社区里60岁以上的老人都可以来报名。我们给免费量血压、测血糖，还有免费的午餐来品尝，我们有图书室、活动室、卡拉OK、跳舞房。

牛大嫂 听，一字不差吧？

周秀英 叔叔阿姨，你们可都来啊，我等着你们。

筱红妹 阿爹阿婆，快来哦，晚了就抢不到位置了。（两人下）

赵老伯 还日本料理中心呢？

张、李 （纠正）是日间照料中心。

老　吴 耳听为虚，眼见为实。要不，我们去看看。

张、李 去看看。

［李大妈、张好婆、老吴跟着周秀英的方向下。赵老伯反向下场，几次折回想跟着过去，又再次返回下场。

牛大嫂 这么大的事，我得赶紧告诉老书记陈阿爹。

［幕后伴唱：
照料中心把人留，
夕阳斜映岁月酬，
居家养老新模式，
聚散人心看不休。

第一场

［牛大嫂向陈阿爹汇报日间照料中心的最新情况。

陈阿爹 啥？周秀英当上了日间照料中心的主任。哪个周秀英？

牛大嫂 老书记哦，看您这记性。就是那个从小就没了妈的，后来嫁进城的，老周家的女儿周秀英……

陈阿爹 老周家的女儿来当主任了？没有金刚钻就敢揽瓷器活？

牛大嫂 （煽风点火）就是嘛。要我说啊，要办日间照料中心，首先就应该请您老出山啊。您是村里的老书记，带领我们走上致富的路；您是妇女心中的主心骨，改革征途的马前卒……

陈阿爹 （装作不在意）我都快70了，也是时候该给年轻人让让位子了。

牛大嫂 那怎么行呢？别的事好让，这养老的事可让不得。您得鞠躬尽瘁——死而后已。您不能眼睁睁看着这个周秀英惹出一堆麻烦来啊！

陈阿爹 是驴子是马，那都得让人家拉出来溜溜。不过按理说啊……

（唱）本该是书记出山举大旗，
却不料半路杀出马一骑。
老人们吃喝拉撒要照顾，
看似平淡藏玄机，
别小看养老问题这点事，
一个人背后就是一盘棋。
夹杂着悲欢离合千家忧，
搅动着喜怒哀乐万户利，
你若是不自量力强出头，
到头来知难而退把头低。

走，看看去。（二人下）

［王根生追着周秀英一前一后上。

王根生 秀英，你听我说。

周秀英 哎呀，你干什么？

王根生 秀英，放着好好的日子不过，你来应聘什么照料中心主任？过去服侍人还没服侍够？再说，你让别人怎么看我，我王根生还养不起自己老婆了？

周秀英 根生……

（唱）过去是你主外来我主内，

家里头上上下下我照料，

现如今军军大学去报到，

秀英我中年就业凤离巢。

展翅高飞离院墙，

自主事业去创造，

乡愁未减乡情绕，

乡恩未还乡邻老。

自告奋勇把名报，

还请你多多帮忙勤指导。

王根生 我可指导不了你，我那个羊毛衫厂，管的是工人师傅。你这个日间照料中心，那管的可都是人家的父母。

（唱）不是我不通情理将你拦，

而是这养老问题多烦扰，

前些年伺候姆妈你受累，

现如今还要受罪为哪遭？

家家有本难念的经，

你莫要招惹是非逞英豪。

一个不当人讥笑，

两个不当受人嘲，

三个不当惹人恼，

四个不当成被告。

周秀英 哪有那么夸张，根生，你知道我是怎么想的吗？

（唱）秀英我姆妈早逝多凄苦，

众乡邻左帮右济常关照，

现如今乡邻已老需照料，

正需要养老服务来配套。

王根生 我是说不过你，你想做点好事，我不反对。万一出点麻烦，吃亏的还不是你自己，我是怕你到时候哭都没地方哭。

周秀英 根生，我们约法三章，你就让我先干3年，这3年吃苦受累都是我情愿的。要是3年还干不好，我就听你的话回家。

王根生 好，3年就3年。那你忙吧，我的周大主任。（下）

周秀英 想干一点事儿，怎么就这么难哪！

［筱红妹和众老人上。

筱红妹 阿爹阿婆们，量血压测血糖都到这里来。

周秀英 叔叔阿姨，这是我们照料中心的护理员——筱红妹，刚毕业的医科大学生。

［陈阿爹和牛大嫂走上。

李大妈 呦，大学生给我们量血压，福气呦。

筱红妹 李大妈，您这血压很正常，该吃的药还要按时吃。

李大妈 我这是老毛病了，一直吃药不敢停。

［筱红妹又给张好婆测了血糖。

筱红妹 阿婆，您这血糖有点高，饮食上可要多注意一下。

李大妈 人家说呀，这三高都属于富贵病。

张好婆 小时候是穷得没得吃，老了倒得富贵病了。

筱红妹 阿婆，人体三高都是老年人常见的病症，要及早预防。以后每天早上我们一起做健康操，来，我教教大家。

李大妈 好好好，这人老了呀，就是要养生和保健。

［大家跟随筱红妹做健康操。牛大嫂和陈阿爹暗上。

牛大嫂 呦，这里可真热闹。

周秀英 老书记，您也来了。

李大妈 老书记，我刚报名了戏曲组，这照料中心可真不错。

老　吴 老书记，那个棋牌室冬暖夏凉，饭后我陪你杀上一盘。

陈阿爹 （话中有话）这人啊就是喜欢扎堆，喜欢凑个热闹。

周秀英 老书记，以后还请您多指教。

陈阿爹 指教不敢当，这社区养老服务，可不是好干的，看的是长长久久，保的是平平安安。

（唱）照料中心初兴起，

　　社区养老予民利，

秀英贤惠人人知，
管理也需从长计。
孝老爱亲伦理义，
不能糊涂当儿戏，
可不要一天两天瞎积极，
三天四天泄了气。
今天说居家养老新模式，
明天把老人当做皮球踢。

周秀英 陈阿爹，您放心，我既然答应了，就一定要做好。日间照料中心在全市范围推广，这是一项长期政策，您就放心吧。

陈阿爹 说着容易，做着难。这要看你周秀英称不称这个职。干不好，我可不答应。

牛大嫂 就是，不管我们到哪里，都有老书记撑腰。（跟着下）

李大妈 周主任，您可别放在心里。

老　吴 老书记虽然退了休，可心里还是放心不下大家。

周秀英 没事，陈阿爹也是怕这照料中心办不好，他的心思我明白。

［筱红妹推着餐车拿着辣椒酱上。

筱红妹 阿爹阿婆吃中饭了，来来来，我有湖南特产辣椒酱，一人分一勺。

李大妈 辣椒酱啊？我们可吃不消。

张好婆 我们苏州人，不吃辣。

筱红妹 我们湖南人啊，那可是辣不怕，越辣越开心。放心，这个一点都不辣，你们尝尝就知道了。来，勇敢点，尝一尝！

［众人拿起勺子，“一二三”一起吞下，辣到号叫。收光。

［幕后伴唱：

新官上任三把火，
里外都在暗琢磨。
阿爹旁观冷眼看，
谁料平地起风波。

第二场

［舞台一侧，刘老太从一旁慢慢走过，也搬个小凳子坐在赵老伯旁边。

赵老伯　（搭话）你也是来占车位的？这个车位可是我先占了。

刘老太　不是不是，我就随便坐一坐，晒晒太阳。

［李大妈、老吴等边走边唱。

众人合　（唱）照料中心的伙食真不差，

还有小姑娘帮你量血压。

白日里活动健身说说话，

还有那饭后围棋喝喝茶。

李大妈　（询问）那个老太是谁啊，天天在这里张望？

老　吴　不认得，可能是新搬来的。老赵，又在这占车位呢？

赵老伯　这不周末了嘛，小区的车子是越来越多，我怕儿子回来看我停不了车。我呀，先占一个才放心。

李大妈　你儿子是局长，还怕停不了车？你呀，就该和我们一起去照料中心散散心。

老　吴　就是嘛，老赵，我们一起去吃吃饭下下棋好不好？

赵老伯　我勿去。我有洁癖，我得用我的筷子、我的碗，我家的灶台烧饭吃，我才放心。

老　吴　你也太讲究了。

李大妈　不要怪我没提醒你哦，你要是来晚了，还真报不上名。

赵老伯　不去不去，要是别人知道我去照料中心打饭吃，这不是给我儿子脸上抹黑吗？不去不去。（搬凳子下）

李大妈　这老赵真是死要面子活受罪，也没见他儿子来过几趟。

老　吴　什么高干家属啊，老赵心里也苦啊。

［牛大嫂内声“不好了，不好了——”，急上。

李大妈　什么事不好了？

牛大嫂　张好婆吃了照料中心的饭中了毒，被急救车拉走了！

李大妈　（震惊）中毒？不会吧？

牛大嫂　怎么不会，我在她家楼下亲眼看见的。

老　吴　话可不能乱讲，我们都吃了照料中心的饭，不都没事吗？

李大妈　就是，别人也没事啊。

牛大嫂　这可是她儿媳亲口说的——“中毒了”！（三人下）

［张好婆的儿媳拉着陈阿爹上。

张儿媳　（一把鼻涕一把泪）老书记呦，您可得替我评评理。我婆婆才去了照料中心半个月，这就食物中毒了啊？万一有个好歹，让我怎么交代呀？

陈阿爹　不要哭，不要哭。今天老书记给你做主，谁出了问题谁负责！

［周秀英和筱红妹急上。

［舞台左右两侧两队人马分别圆场，步履匆匆。

周秀英　（唱）听闻好婆送急诊，
　　　　步履匆匆心如焚；

张儿媳　（唱）婆婆用餐中了毒，
　　　　上门索赔怒气生；

陈阿爹　（唱）照料中心出事故，
　　　　责任追究要辨明；

筱红妹　（唱）这场意外难预料，
　　　　左思右想想不明；

周秀英　（唱）到底是哪个环节出问题，
　　　　巡查问诊要对症；

张儿媳　（唱）要赔偿医药护理营养费，
　　　　心里算盘打不停；

陈阿爹　（唱）她新官上任乱缠身，
　　　　里外还需来摆平；

筱红妹　（唱）怕只怕有心人儿挑是非，
　　　　谁对谁错说不清。

周秀英　（上前拉过张儿媳）到底怎么回事？好婆送到医院了吗？

张儿媳　你还有脸问？还不是你们照料中心的饭菜出了问题。

筱红妹　（抢上前）我们的饭菜有什么问题？大家都吃一样的饭菜，我们怎么没事？

张儿媳　好你个小辣椒，吃坏了人你还敢嘴硬。

筱红妹 （激动）你这是污蔑，说话要讲良心。

张儿媳 没看到网上那些新闻吗？搞不好你们专把剩菜剩饭给老人吃。

［两人越吵越凶，陈阿爹和周秀英分别劝阻。

周秀英 筱红妹，你少说两句。

筱红妹 周大姐，是他们勿讲道理。

陈阿爹 （对张儿媳）我们要摆事实讲道理，不要学泼妇骂街。

张儿媳 我不管，我婆婆还躺在急诊室呢，什么医药费、住院费、营养费、交通费、护工费、误工费、精神补偿费、心灵创伤费……一分钱也不能少！

陈阿爹 好了好了。秀英啊，不是我说你呀。

（唱）出了问题责任担，
彻查漏洞要谨慎，
不要小看一餐饭，
多少安康里面盛，
采购配送须监管，
老人健康最关情。

张儿媳 你说吧，现在怎么办？老太太还在医院躺着呢。犯了错要认错，不能知错不改错，谁的错谁得管，不能撒手不相干。我又要接送孩子上补习班，又要给一家人买菜烧饭，哪有辰光去医院照顾？

周秀英 我去照顾。这件事我一定要查个水落石出。

筱红妹 （劝阻）周大姐……

周秀英 （唱）照料中心做主任，
出了事情自担承，
医药费用我垫付，
护理照顾是本分。
只盼着张家好婆早康复，
要把这来龙去脉弄清明，
到那时水落石出真相现。
还我们照料中心清白名。

筱红妹，我们去医院。（隐下）

［医院里，张家好婆的病床前。周秀英拎着保温桶上。

[陈阿爹偷偷上。

张好婆 （缓缓醒来）周主任，你怎么在这儿啊？（急）是不是我那个不懂事的儿媳去寻您麻烦了？

周秀英 没有。

张好婆 我吃坏肚子也不敢讲，就是怕她怪到你头上。

周秀英 阿婆，这到底怎么回事，您周五在我们照料中心吃的午饭，怎么周六晚上倒食物中毒了？

张好婆 哎哟，啥格食物中毒，我就是不小心吃坏了肚子。

（唱）照料中心伙食好，

饭菜剩下可惜了，

偷偷打包带回家，

一人还能开小灶。

周末里儿子媳妇去潇洒，

留我在家看宝宝，

隔夜饭菜舍不得倒，

加加热来管顿饱。

不曾想一顿剩饭医院跑，

连累你含冤添烦恼。

周秀英 阿婆，这隔夜的饭菜不能随便吃。

张好婆 倒了太可惜。现在的年轻人啊，不知道三年困难时期没饭吃的滋味啊。

[陈阿爹在一旁咳嗽了几声，走上。

张好婆 老书记哦，您帮我作证，不是照料中心的问题，是我自己吃了隔夜的饭菜才出了事，和周主任一点关系也没有。

陈阿爹 你呀，就知道省省省！

张儿媳 （怒气冲冲）谁让你省着了？谁让你又吃剩饭了？害得大家都看我们笑话。你以为吃一顿剩饭省钱了，这一住院就花了3000多元呢……

周秀英 水莲，你就少说两句吧。

张儿媳 （不听劝）放着好好的日子不过，把自己过成了旧社会，又是捡破烂又是吃剩饭，别人还以为我这媳妇虐待你了呢！

陈阿爹 王水莲，你婆婆还在病床上躺着呢！

周秀英 阿婆身体刚恢复，这次只是个意外。

张儿媳 什么意外啊，我看她就是自己作。

陈阿爹 好了！

张好婆 （想不通）哎呀，我和宝宝都吃了，怎么宝宝没事，我倒得了肠胃炎了。

张儿媳 （急）什么？你怎么能给宝宝吃剩饭呢？哎呀，我的宝宝呀，不得了，我得赶紧抱着宝宝去看兽医。（下）

陈阿爹 宝宝？看兽医？

张好婆 宝宝是我家养的泰迪狗。

陈阿爹 哎哟，这都叫啥格事体嘛……人还没有狗重要。

周秀英 阿婆，您好好养着，到时候我接您出院。

张好婆 唉……

陈阿爹 （咳嗽一声，给自己找台阶）秀英啊，虽说这次是个意外，可这食品安全问题也马虎不得，以后的采购、加工、配送，都得加强监管、公示说明，大家才能吃得放心。

周秀英 这件事啊，我也有责任，过去只供应30个老人的用餐，现在追加到了100多人，安全教育工作是我没做好。以后会多给老人们普及健康教育。

陈阿爹 那好，你明白就好。（下）

筱红妹 （上）周大姐，怎么样了？

周秀英 没事了，都过去了。

筱红妹 他们就会欺负人。

周秀英 勿要这么说，张好婆没有错，张家儿媳也没有错……

（唱）现如今老人有了保险金，
吃穿不愁好出行，
看着那剩菜剩饭不舍得倒，
秀英我心里也是酸津津。
含辛茹苦一辈子，
泪和痛往肚里吞。
子欲孝养亲已逝，
不堪回首追光阴。
风波稍停扪心问，

代际隔膜怎破冰？

筱红妹 周大姐，您怎么了？

周秀英 我呀，想起自己的爹爹了，他也总是瞒着我吃剩饭，把好吃的都留给我。他知道我爱吃甜芦粟，知道我爱吃小螺蛳……可直到现在，我也不知道他最喜欢吃的是什么……（喃喃自语）爹爹，您最爱吃什么……

［收光。

第三场

［刘老太搬着小板凳坐在舞台一侧。

［张好婆和李大妈各自溜着狗，相向而行。

李大妈 张阿婆，你也遛狗啊。

张好婆 是啊，儿媳带着孙子去参加亲子夏令营了。

李大妈 我女儿去泰国旅游了。（看到刘老太，热情地打招呼）欸，你怎么不来照料中心报名啊？连那个整天爱顶牛的牛大嫂都来参加了。

刘老太 我……再等等。（慌张下）

张好婆 （疑惑）这是谁呀？

李大妈 新搬来的，这个人总是怪怪的。张家阿婆，听说周主任要请你当老师了。

张好婆 好难为情哦，周主任要我教大家做香囊。听说，周主任也要请你教大家包粽子？

李大妈 这包粽子我会七八个花样呢，老外婆传下来的手艺！你做香囊，我包粽子，我们这点特长都有了用武之地啦。

张好婆 这个端午节啊可真热闹啦。

牛大嫂 （上）哎哟，您两位怎么还在慢吞吞，快走啊，活动开始啦！

三人合 （唱）过去是远到菜场近到厨房，

一家家闲了都在打麻将，

现在是学了电脑学微信，

互联网我们也得跟上趟。

李大妈 （唱）锻炼身体大合唱，

手工剪纸做香囊，

张好婆　（唱）主题活动月月有，

医疗讲座最吃香。

牛大嫂　（唱）谁说老了没追求，

年轻心态逐梦想！

［周秀英和筱红妹上。

筱红妹　阿爹阿婆——

众　人　小辣椒！

筱红妹　这名字我喜欢，是热热闹闹、红红火火。现在我做的菜怎么样？

众　人　又甜又香。

周秀英　怎么今天吴老伯又没来啊？

李大妈　是呀，好几天没看到老吴了。

牛大嫂　（神神秘秘）你们还不知道吧，他家出大事啦！

众　人　什么事？

牛大嫂　（快板）小吴好赌欠下债，

连累老吴把房卖。

失魂落魄人徘徊，

蹲在路边直发呆。

张好婆　真个作孽哦，老吴以后住哪里？

李大妈　儿女不争气，苦的还不是老人。

周秀英　老吴没地方住了，这怎么能行？我去找找老吴。

筱红妹　唉！

［光暗景转，老吴一人在路上游荡。

老　吴　（唱）本本分分一辈子，

养下不肖一祸害。

东躲西藏去逃债，

流落街头日子难捱。

［周秀英和陈阿爹分别从舞台两侧上。

周秀英　吴老伯——

陈阿爹　老吴——

老　吴　周主任、老书记，你们怎么来了？

周秀英　吴老伯，大家都很牵记您啊。

老　吴　周主任，（无地自容）我实在是没脸见人啊……

周秀英　（唱）劝老伯莫要悲愤把身伤，

遇难事众人帮衬想安慰。

您还是土生土长老街坊，

众乡邻日日牵挂等您回。

老　吴　想当初，美滋滋搬了新房，洗脚上田过上了好日子，哪想到全让这个孽畜给毁了……

陈阿爹　（责备）早就劝你要好好管教管教儿子，你看看，现在弄成什么样子了。

（唱）拆迁进城变市民，

谁想孩子忘根本，

房子岂止是商品，

那是祖辈故土根。

一辈子勤勤恳恳，

一辈子本本分分，

当初教子不尽心，

老来怎能享天伦。

一旦把钱供作神，

沾赌成性难收心，

赌输房产良心卖，

不顾人伦父子情。

老　吴　老书记，我好悔呀！

（唱）老吴我老年得子乐开怀，

为了他当牛做马也无悔。

实指望养儿防老有所求，

到老来孤燕离巢路徘徊。

都怪我，从小娇惯少教诲，

溺爱纵容难成材，

到如今，孑然一身无依傍，

凄凉老景日月催。

周秀英 （劝解）吴老伯，等小吴回来了，我好好说说他……

老　吴 别管他，让他死在外面好了，我就当没这个儿子！

周秀英 吴老伯，小吴毕竟年轻，我们也该给他个改过自新的机会，只要他知错能改。房子没了可以再买，只要人还在……一切可以重来。

（唱）拆迁进城二十年，
正途邪路要区分，
有钱能把日子变，
有钱也能改性情，
农具进了展示馆，
莫忘质朴乡风淳。
植树须修枝干正，
风雷过后也有晴，
父子同心再起身，
冬寒料峭又迎春。

周秀英 （安慰）吴老伯，我在小区里有套房子，是当年老父亲拆迁分的小户型，您要不嫌弃，先住我那里，我们再慢慢想办法。

老　吴 （不安地拒绝）不不，这怎么可以，我给您添的麻烦够多了。

周秀英 吴老伯，

（接唱）辈辈同耕代代邻，
同乡父老胜远亲。
一方水土一方人，
打断骨头也还连着筋。

老　吴 周主任，我知道您是好意，可一套房子随便租租都是钱哪，我不能再给您家添麻烦啦。

周秀英 我也不让您白住，根生厂里正缺个仓库管理员，您不是做过保安吗？帮忙管管仓库总可以吧？

老　吴 这个我，我……周主任——（握紧周秀英的手，感动地几乎要跪下，周秀英急忙相拦）

［陈阿爹在一旁点头不语，默默点赞。光暗。

［幕后伴唱：

遥相望乡间小河清粼粼，
村西头一棵榆树夏遮阴。
晨光里早起插秧往来忙，
抬头见低头见总是乡情。

［光暗，景转。赵老伯还搬着凳子坐在舞台一侧。

李大妈 （路过）老赵啊，还坐在这里等儿子呢？哎，我们要开村民大会了？

赵老伯 （有点蒙）啊，村都没了在哪开啊？

李大妈 微信群里啊，我们村民自己建了一个群，闹忙得不得了。啥格政策宣传、婚丧嫁娶、养生保健……都在群里发通知呢。你要不要加一下？

赵老伯 看把你们能的，都玩起微信群了。我儿子也给了我个手机，（拿出手机显摆）可就是不会用啊，他整天忙着开会，也没空教我。

李大妈 哎哟，你这个手机是用又不会用，吃又不能吃。我跟你说，小辣椒可厉害了，一步一步教我们操作，还编了好记的顺口溜，我现在朋友圈“白相”得可好了。你看——

赵老伯 （羡慕地）要不，你教教我？

李大妈 （拿架子）我还要去接外孙呢，你呀，自己慢慢研究吧！

赵老伯 哎，不就会“白相”微信嘛，有什么了不起？

［收光。

第四场

［欢快的音乐响起，众人正在高兴地跳广场舞。

牛大嫂 筱红妹的弟弟得了白血病，她急得连忙回家去探望，一家人骨髓配对都失败，也不知道还有没有希望。

张好婆 你说这好端端的，怎么就会得上这么个病？

众　人 （唱）一波未平一波起，
家家都有时运蹇，
原本是天涯陌路不相识，

现如今牵肠挂肚夜难眠。
平常饭菜少了辣，
日子也缺了点笑和甜。

李大妈 那现在找到合适的捐献者没有？

老　吴 没有消息哦。

牛大嫂 缺了这个小辣椒，我还真吃不下饭了。

［周秀英追着王根生从舞台一侧上场。

周秀英 根生，根生——

王根生 （生气）周秀英，说啥我也不会给你签这个字！

周秀英 根生，你这是干什么呀？骨髓库说我配型成功，那可是万分之一的概率，捐献需要家属签字，说啥我们也不能见死不救。

王根生 说好的约法三章呢，一回两回也就算了，这第三回说啥也由不得你。
（唱）第一回不听我言去应聘，
照料中心做主管，
食品安全遭质疑。
未出成绩先生乱。

周秀英 （唱）老人急诊送医院，
事出意外心也悬。

王根生 （唱）说什么回报父老是心愿，
背地里流言蜚语心难宽。
知道人家都说你什么吗？（欲言又止）

周秀英 说我啥？

王根生 说你是吃饱撑的没事找事。
（唱）第二回出借房屋自做主，
安顿老吴免离乱。
他人家事不避嫌，
非亲非故出手援。

周秀英 （唱）败光家产已知悔，
洗心革面劝从善。

王根生 （唱）说什么浪子回头金不换，

就不怕引狼入室火烧庵。

人家说你——

周秀英 说我啥？

王根生 说你是——狗捉老鼠多管闲事。

（唱）第三回捐献骨髓你无悔，

回家签字把我唤，

身体康健都不顾，

一意孤行不听劝。

周秀英 （唱）救人一命大过天，

见死不救心难安。

王根生 （唱）问秀英何曾顾虑我心情？

根生我牢骚满腹心发酸。

我要是糊里糊涂把字签了，人家还会说你——

周秀英 说我啥？

王根生 说你是——戆头戆脑意气用事！秀英啊，你可不能再逞强！你要做自己的事业我不反对，房子借给老吴损失点房租也没什么，可捐献骨髓，事关你的健康安全，这事我说什么也不能答应。

周秀英 根生，我知道你是为我好，你是心疼我……

（唱）世事变幻难预料，

初做主任也慌张，

遇事也曾神无主。

是走是留费思量。

看着那白发乡亲眼中盼，

总想起爹娘早逝心感伤，

不曾享受天伦乐，

未曾赶上好时光。

秀英不求夸与奖，

扶危救困心安详。

身正不怕影儿斜，

怕什么流言蜚语论短长。

王根生 说一千道一万，你也不能拿自己的身体开玩笑。

周秀英 我献了那么多年血，身体不照样很好嘛？

王根生 献血和捐骨髓，这能一样吗？

周秀英 现在勿是捐骨髓了，是捐造血干细胞，跟献血一样外周采血，一点也不痛。

王根生 这事没商量，不行就是不行！

周秀英 （耐心劝解）根生，你还记得我们是怎么认得格吗？

（唱）那一年随父进城走亲戚，
老父犯病性命悬，
秀英我六神无主喊不应，
路遇根生把手援。
救人危急医院赶，
衣衫湿透泱背汗，
秀英我羞羞答答抬眼看，
这一个见义勇为好儿男。

王根生 （唱）你不嫌我家境寒，
离异带着小儿男，
婆婆卧床外债筑，
家徒四壁风雨餐，
贤惠持家好媳妇，
床前侍奉药碗端。
为答这份知己情，
根生发愤把活干，
三年创业十年苦，
才有这羊毛衫厂名气传。
现如今日子好来家境殷，
根生我不能让你把险探。

就是万分之一的风险我也不能让你冒！

周秀英 你怎么还是不明白，这是急事呀！

（唱）生死机缘一线牵，

他人有难我心怜。
亲疏远近无须问，
救人一命大过天。
想一想多少苦泪亲人咽，
怕什么捐髓献血痛和艰。
能帮一点是一点，
化作生机付春天。

王根生 我就搞不懂了。你说，我这么些年拼死拼活地创业是为了啥？还不是为了让你和军军能过上好日子，再也不受苦，不受委屈。怎么就放着好好的日子你就不过呢？

周秀英 这些都是我自愿的，我不觉得委屈。根生，是你变了。

王根生 是你变了，偏要一根筋，越做越离谱。我看你就是脑子坏特了，就凭你一个人，还想解放全人类？

周秀英 我周秀英就是要一条道走到黑，别人我管不了，但我自己要问心无愧！（有点急了）你不签就不签，我去找军军给我签！

王根生 军军怎么能签字？

周秀英 军军也算家属！

王根生 （情急之下脱口而出）军军又不是……（意识到自己说了什么，狠狠打了自己一巴掌）

周秀英 （黯然）你是不是想说，军军他不是我儿子……

［幕后伴唱：

晴天霹雳心一震，
一语触痛旧伤痕。
无意脱口无情话，
双双呆立难回神。

第五场

［日间照料中心，李大妈、张好婆、牛大嫂、老吴聚在一起。赵老伯拿

酒瓶上。

李大妈 哎呀，老赵，你总算来了。

赵老伯 （拿着酒上）我儿子送我的好酒，一个人喝没滋味，我呀请大家一起喝。

牛大嫂 老赵，照料中心不能喝酒。要是小辣椒看见了，非给你没收了。

赵老伯 这么多规矩啊（赶紧藏起）。老吴，晚上你来我家，我们杀个通宵。

李大妈 幸亏小辣椒不在，不然还要训你呢。（模仿小辣椒的语气）不能熬夜要早睡，也不能兴奋过度，下棋也要适可而止。

赵老伯 怎么！我一来就被管着呀？就连我儿子……

张好婆 孩子好久没来了吧？

赵老伯 唉……孩子忙啊。

老　吴 来吧，在这有人管着，有人顾着，让孩子们忙去吧。有人管总比没人管强啊。

周秀英 （上）赵老伯，您来了啊。

赵老伯 哎，我来啦可就不走了。

［周秀英上，发现门外还有刘老太在门口徘徊。

周秀英 外面是谁呀？不进来参加我们的活动吗？我去叫她。

牛大嫂 （急忙劝阻）周主任，这个人你可不能叫。

周秀英 怎么了？只要是社区里的长辈，我们都应该请进来。

牛大嫂 这长辈，您还确实不能请。要请，（拉周秀英到一边）您得先问问家里那一位。

周秀英 问根生……这里面哪有那么多文章啊？（出门）阿姨阿姨——（追下）

［牛大嫂追到门口，看着周秀英下场的方向，拿出手机。

牛大嫂 （打电话）喂，根生，我跟你讲啊……

李大妈 （凑上前）什么事不能说出来啊，看你还神秘兮兮的。

牛大嫂 我真想告诉你们，可我……嘴太严。

李大妈 这里没外人，不算嘴不严。

牛大嫂 那个刘老太，她的身份可不一般……（故作神秘）这里面的关系可复杂啦，内容可丰富了，情节可曲折了……

李大妈 别卖关子了，你就直说吧。

牛大嫂 王根生知道吧？

老　吴　知道，周主任的老公。

牛大嫂　这个刘老太呀，你们猜她是谁？

众　人　快说吧。

牛大嫂　她就是王根生前妻的老妈，也就是他的前任丈母娘。

众　人　啊？这个事可闹大了。

张好婆　怪不得她总说看外孙。

李大妈　怪不得她总是瞎溜达。

赵老伯　怪不得她总是晒太阳。

众老人　（唱）出事了，出事了，

转眼又多出一个妈，

前尘往事姻缘债，

冤家路窄怎化解？

［屋外，周秀英主动找刘老太打招呼。

周秀英　阿姨，只要是本地户口年满60周岁，有体检证明和自理能力，都可以来我们照料中心参加活动。

刘老太　（不知如何回答）我……我……

［王根生内喊“秀英——”上。

王根生　（看到刘老太）你？你怎么会在这儿？（语气不善）怎么？现在还闹到秀英的地盘上了。

（唱）这真是冤家路窄又相见，

与你家一刀两断无牵联。

说什么山不转来水自转，

只怕是处心积虑讨人嫌。

刘老太　（惊慌失措）我，我，不是的……对不起……（仓皇逃下）

周秀英　唉，您别走啊。（想追）

王根生　秀英，（拉住）这事和你没关系。

周秀英　刚才这阿姨，（试探）你认得？

王根生　（吞吞吐吐）这……她……

周秀英　（催促）你倒是说啊。

王根生　……她是我前妻的妈。

（唱）我本不该将你瞒，

谁曾料想冤家见，

也曾叫过一声妈，

也曾棒打姻缘散。

想当年冷眼嘲讽多挑剔，

话语中几次三番将我嫌，

背地里暗中挑拨逼离异，

害我儿刚离襁褓家不全。

周秀英 原来是她……

王根生 （急于撇清）我早就和她家一刀两断，再无往来了。她家是城南的，怎么又搬到城北来了？

（唱）怕只怕秀英心里又添堵，

风雨稍停云又来；

周秀英 （唱）本该是冤家宜解不宜结，

陈年往事如何对；

王根生 （唱）上一回心急语失未化解，

而今又添前尘债；

周秀英 （唱）这真是一个难题眼前摆，

还需静心来安排。

［陈阿爹拉着刘老太上。

陈阿爹 走，走呀，今天我非给你做这个主。周主任，既然她搬进社区了，那就是我们社区的一份子。孤寡老人更需要关照，你周秀英就得一视同仁，一碗水端平。

［社区众老人上前围观。

陈阿爹 （唱）问秀英照料中心谁家开？

为何有人进不来？

周秀英 （唱）照料中心公家开，

符合条件都能来。

陈阿爹 （唱）怎就将她拒门外，

一人独断该不该？

王根生　（唱）别人家事莫掺和，

前尘旧恨难放开。

周秀英　（唱）往日恩怨放一放，

公私分明两无害。

王根生　休想，有我在，就不能让她进这个门。我王根生什么都可以不计较，就是不想和他刘家人有任何的瓜葛。秀英，不行我们就回家，你就别做这什么主任了，糟心事体还没管够啊？

陈阿爹　哈哈，我看你是想劝周秀英临阵做逃兵？

（唱）家务是非断不清，

阵前动摇心徘徊，

周秀英　（唱）我不会把那逃兵做，

一切依照规章来。

［众老人看不过去了，纷纷来劝解。

老　吴　（看不过去）老书记，你可不能为难人。

牛大嫂　老书记哟，你差不多就得了，见好就收。

陈阿爹　收什么收？

李大妈　这是人家家务事，您不要插手。（把陈阿爹手塞兜里）

张好婆　就是，别插手。

陈阿爹　做啥？我今天就是要替这刘老太讨一个说法。这日间照料中心面向社会，那就得一视同仁，谁还没有老了的时候？谁还没有犯过错？

王根生　想当初，她是怎么对我的，怎么逼着女儿跟我离婚的，怎么连看都不看一眼军军的，现在还要上门讨说法？

刘老太　（心有悔恨）根生，是我错了，我错了……

（唱）我不该挑拨是非姻亲弃，

我不该嫌贫爱富看人低，

我不该怂恿莉莉把婚离，

到老来自作自受无人依。

老伴走了，莉莉改嫁到外地，出了车祸也走了，就剩下我一个孤老太太。我搬到这个小区里，就是想有机会远远地看一看军军，看一眼也好啊。不管怎么说，军军是我的亲外孙……

周秀英　（劝解）根生，你听我说……

王根生　周秀英，你好人做过了头。我就一句话，有她没我，有我没她！

周秀英　根生……

（唱）不再判那对和错，

是非过往都放开。

岁月如梭沧桑变，

物是人非从头来。

也曾一锅吃过饭，

也曾联姻做小辈。

姻缘不在情缘在，

垂老不计前尘债。

何况儿孙连血脉，

孝养长辈本应该。

根生，不管怎么说，她是军军的外婆，也是你我的长辈呀。（对刘老太）阿姨，欢迎你到我们日间照料中心来。

刘老太　孩子，是我对不起你们，对不起军军……（掩面痛哭）

陈阿爹　大妹子，不要哭，这是他们应该做的。政府办了日间照料中心就是为了解决老人们的后顾之忧。只要老人们能幸福，我们辛苦一点又算啥？今后你就安心地住下来，把照料中心当成自己的家。

周秀英　老书记说得对。

［陈阿爹得意地下，众老人不语。

赵老伯　（嘀咕）这都搬迁多少年了，还仗着老书记的身份管事啊？

老　吴　周主任，你说两句。

周秀英　不了，我要说的，老书记都说了。阿姨，以后我们就是一家人，我们大家就是一个大家庭。（众人自发鼓掌）

［众老人搀扶着刘老太坐在舞台后区。

周秀英　根生，你呢？

王根生　事情都这样了，我还有什么好说的。

周秀英　你说这刘阿姨该不该留？

王根生　该。

周秀英　那我做的事对不对？

王根生　对。

周秀英　那明天手术的字你签不签？

王根生　（上前抱住周秀英）签！

［幕后伴唱：

风雨过后见彩虹，
崇山如洗碧如空。
花好月圆团圆日，
来日方长情愈浓。

第六场

［筱红妹带着弟弟病愈的好消息欢天喜地地上。

筱红妹　（唱）筱红妹欢天喜地回苏州，
弟弟他逢凶化吉得平安，
多亏那好心人儿骨髓献，
才有这全家喜乐笑颜展。
听闻那捐献者是相城人，
小辣椒故地重走心潮满。
定要将救命恩人来寻访，
报答他再造之恩薪火传。

阿爹阿婆，我回来啦！

［众老人上，正拿着各种装饰用品布置会场，刘老太也在众人之间。

李大妈　哎呀，是小辣椒回来啦，听说你弟弟病好了。看看你，人都瘦了一大圈。

赵老伯　小辣椒啊，我还等着你教我玩微信呢。

老　吴　小辣椒啊，你回来得正好！

张好婆　周主任要给我们70岁以上的老人集体过生日，你回来正好操办啊。

牛大嫂　小辣椒，等我70岁了，也要办一个这么隆重的集体生日。

筱红妹　您放心，到时候我们大家一起帮您过。

［王根生拿着一摞红色的羊毛围巾上。

王根生 来来来，我给每位老人准备了一条红围巾，过生日嘛，就应该是红红火火，开开心心。

李大妈 对对对，还是王厂长想得周到。

王根生 在这不能叫厂长啊，我是日间照料中心的家属，家里家外都归周大主任领导。

牛大嫂 这个领导好啊，我们大家服！（比个大拇指）

［周秀英上。

周秀英 筱红妹，你回来啦，听说你弟弟的病好了，恭喜你啊。

筱红妹 周大姐，我弟弟的病是苏州的志愿者救的，从今往后，这苏州就是我的家，就算我找不到这位恩人，我也要留在这里，报答这片土地上的人们。

周秀英 筱红妹，志愿者们不求回报，只要你和弟弟好好的，能把这份爱传递下去，那就比什么都强。

筱红妹 嗯，周大姐，我明白了。

周秀英 那我们就穿戴起来，装饰起来，把集体生日搞得红火起来。

众　人 （唱）集体生日多喜庆，

红红火火把梦圆。

又添福来又添寿，

千金难买老来安。

［赵局长、张家儿媳、小吴，老人们的子女都拎着大小不同的蛋糕上。

周秀英 今天呀，我们还得请一个人来参加集体生日。

众　人 请谁呀？

周秀英 老书记陈阿爹。

众　人 啊？

筱红妹 （将周秀英拉到一边）周大姐，他不会给您找麻烦吧？

周秀英 你们啊，误会老书记了。

［陈阿爹拿着东西上，悄悄站在一边。

陈阿爹 不用你们请，我呀，自己来了！

牛大嫂 老书记，您可是老党员、老干部，一直带领我们向前进，可不能破坏了这喜庆的气氛。

陈阿爹 我怎么不向前进了，我怎么破坏气氛了？让开让开，我有正经事体。秀英啊，今年我也70岁，这集体生日啊，我能参加不？

周秀英 陈阿爹，欢迎您，我们还正要去请您呢。

（唱）您一心只为乡邻好，
多少误解独自担，
那一次张家好婆医院住，
您购买补品探病患；
吴老伯家逢变故风雨飘，
您前后奔忙低保办；
筱红妹弟弟病重忙回返，
您号召众筹渡难关。
一次次背地观察出手助，
一回回暗中提携平危难，
面冷心热出考卷，
不顾误解身后站，
父老乡亲放心底，
运筹帷幄大局揽，
辅助后辈成事业，
默默助力鼓风帆。

陈阿爹 （感动）秀英啊，今天我来呀，就是给你送上这一面锦旗！

［陈阿爹打开手中锦旗，锦旗上书“夕阳红灿不觉晚，爱心暖暖未知秋”。

周秀英 陈阿爹，您放心吧。

陈阿爹 （唱）阿爹不是铁心肠，
桩桩件件看分明。
含冤受屈你不顾，
一片真情化寒冰。
同村父老众乡邻，
哪个不曾夸你名。

周秀英 陈阿爹，乡亲们啊，

（唱）幼失亲娘历万辛，

全村父老视如亲。

忘不了东家一只灰汤粽，

忘不了西家一碗粥来盛，

忘不了刘家婶娘帮梳头，

忘不了李家好婆缝补勤。

帮扶之恩涌泉报，

莫敢忘却邻里情，

遵循仁孝伦理义，

代代相传善良心。

阳光洒满夕阳路，

桑榆晚景互搀行。

陈阿爹 有你在，我放心。

老　吴 老村长，今后我们一起锻炼，一起养生，争取活到99。

张好婆 别光说了，我们布置起来。

赵老伯 大家赶紧张罗起来。

［众老人你帮我来我帮你，一起装点着一个最温暖的生日聚会。

［王根生推着一个插着蜡烛的生日蛋糕上。

王根生 祝各位叔叔阿姨们生日快乐！

陈阿爹 我还能说两句话吗？

众　人 说。

陈阿爹 我们是新中国的同龄人，一起见证了这些年的变化，眼看着一条条泥土路变成了康庄大道，一座座小平房变成了高楼大厦，从穿着草鞋、打着补丁到穿上了世界名牌，我们农民也领到了养老金……知足了。有两句话说得好啊——

牛大嫂 哪两句？

陈阿爹 百善孝为先，家和万事兴！

周秀英 小时候父母牵着我们的手，送我们上幼儿园，现在他们老了，我们搀扶着他们的手，送他们来照料中心。我们日间照料中心就是让他们来了不想走，走了还想来，在这里快快乐乐、平安自在！

王根生　来来来，让我们把蜡烛点起来！

［大家相互传递，把一块又一块蛋糕从大到小垒起来，变成一个巨型蛋糕塔。给老寿星们戴起红围巾和生日帽。

周、王、筱　老寿星们，我们一起一——二——三——

众　人　（吹蜡烛，欢呼）幸福！

［幕后伴唱：

夕阳红灿不觉晚，
爱心暖暖未知秋。
月圆月缺几轮回，
人间正是好时候。

［众人谢幕。

——剧终——

耦园梦忆

被列入世界文化遗产名录的苏州耦园，以“爱情园”闻名遐迩，

是一首以建筑、山水、植物为笔墨书写在地上的爱情诗。

——题记

创作介绍：

昆曲在2001年被联合国教科文组织列为“人类口述和非物质遗产代表作”。苏州古典园林，简称苏州园林，是世界文化遗产，享有“江南园林甲天下，苏州园林甲江南”之美誉，被誉为“咫尺之内再造乾坤”。该剧用婉转缠绵的非物质文化遗产昆曲来展示物质文化遗产园林的精妙布局和造园理念，将人文之思和园林之美相结合，讲述园林背后一代官宦士子的起落沉浮和爱情境遇，品味历代文人对于园林的无限向往，以及出世入世的挣扎内心。以景品园，以情感人，用昆曲特有的艺术样态来表达独特的园林故事，也是文旅融合、昆曲新编小戏的一次特有尝试。

已于2020年6月23日（端午节）在苏州耦园东花园首演。

人　物：沈秉成（老生）、阿忆（丑）、严永华（闺门旦）。

地　点：苏州耦园，沈秉成和严永华的故居。

［老生扮沈秉成上，病体未愈，神思恍惚。

沈秉成　（念）不隐山林隐朝市，草堂开傍阖闾城。

支窗独树春光锁，环砌微波晓涨生。

老夫，沈秉成，归安人士，咸丰六年（1856）进士，曾任苏松太兵备道，河南、四川按察使。同治十三年（1874），因病寓苏，购得涉园废址，与爱妻永华共筑耦园，光绪二年（1876）落成。一时间缙绅名宿，迭兴雅集，载酒问字，留连翰墨，好不欢畅也。（唱）［破齐阵］

宦海浮沉难料，

云舒云卷潮平，

草木葱蔚，城郭雉堞，

水抱山环院庭。

塞翁失马安知祸，

枕波双隐慰余生，

林泉心自宁。

阿　忆　（背躬）我家夫人名永华，字少蓝，堪称一代才女，他二人在园内偕隐八年，真格是情深意笃、鸾凤和鸣。老爷，您后来又做了广西、安徽巡抚，官至两江总督，您不记得了吗？

沈秉成　唉，我已然因进谏被罢官，惹怒龙颜，哪来的什么高升之理。朝政不可为，不如赏园，不如赏园。

阿　忆　老爷，光绪十年（1884），京畿灾荒、民不聊生，您临危受命、奉诏复出，北上出任京兆尹，您都忘了吗？

沈秉成　啊呸！明明是光绪二年（1876），我这园子刚刚建好，哪来的光绪十年？

阿　忆　（背躬）我家老爷这病看来是又重了，一会儿清醒，一会儿糊涂。宦海沉浮的起起落落全忘了，只记得光绪二年和夫人共筑的这座耦园了。

沈秉成　这耦园三面临水，一面通街，东西花园分列，南北码头驳岸。东园寄情，西园藏书，卧石听涛，开门看雨，正所谓，人生乐事，尽在园中。

（唱）［朱奴儿犯］

穿过了碧波曲泾，

绕过了厅楼塔影。

花木扶疏鸟喧鸣，

竹影婆娑人踪静。

阿　忆　（唱）浮生梦，痴忆难醒，

怕是廊台遍行，

再难寻比翼鸾凤。

沈秉成　阿忆，你看那是什么？

阿　忆　是一座黄石假山。

沈秉成　非也，非也。你看那山顶乔木，树龄过百而苍翠依然，分明是枯木逢春。老夫近知命之年而迎爱妻永华于归，方得一生圆满。

阿　忆　（背躬）老爷迎娶夫人之时四十六岁，夫人三十一岁，这就叫老牛吃嫩草，爱情晚来到。

沈秉成　阿忆，你看那是什么？

阿　忆　一座亭子，上书“吾爱亭”。

沈秉成　非也，非也。是夫人临渊抚琴，你听那银拨冰弦、玉落珠盘，好一曲高山流水遇知音。

阿　忆　（背躬）老爷怕又是魔怔了，空亭子也能看出人影来。

沈秉成　你看那又是什么？

阿　忆　是一座大亭子，名之“山水间”。

沈秉成　非也，非也。分明是夫人临窗点染，你看那云蒸霞蔚、峰峦叠嶂，好一幅山水图也。

阿　忆　（背躬）我看老爷这是思念成疾，痴忆成狂了。老爷，您在此稍且歇息，我去给您煎药去。痴爱使人疯魔，醒世还须良药。（下）

［沈秉成入梦，恍惚间看到爱妻永华袅娜而上。

严永华　夫君醒转，莫非夫君醉了不成？

沈秉成　为夫没有醉，没有醉，为夫还要东园载酒西园醉，南陌寻花北陌归。

严永华　依我看，夫君是醉翁之意不在酒，在乎山水之间也。

沈秉成　夫人啊，随我来逛这东花园。（两人行介）

严永华　呀，好一处幽静雅致的庭院。

沈秉成 夫人你看，这一片黄石巍峨，那一片绿波盈盈。

（唱）［普天乐］

手牵着娇恰恰惊鸿影，

严永华 （唱）肩并着比翼凌。

沈秉成 （唱）�廊旁竹翠添晴，

严永华 （夹白）“筠”者，君也。

（唱）樨廊内丹桂香萦，

沈秉成 （夹白）“樨”者，妻也。

（唱）藤花舫花枝斜映，

严永华 （唱）受月池波光如镜。

沈秉成 （唱）魁星阁银汉流萤，

严永华 （唱）听橹楼声波万顷，

二人合 （唱）白鹤蕉荫，林下风清。

沈秉成 啊，夫人，你看这参差楼阁、嘉树芳林，恰都是两两相对，遥相呼应，真格是你中有我，我中有你，阴阳相和，心心相映。

严永华 妙呀，如此匠心独运，正合我与老爷枕波双隐、荷锄耦耕之意。

沈秉成 我著书立说。

严永华 我学道理佛。

沈秉成 我草堂授业。

严永华 我绣阁泼墨。

沈秉成 我诗酒联欢。

严永华 我抚琴同和。

沈秉成 居庙堂之高，不胜其累。

严永华 处江湖之远，自得其乐。

沈秉成 知我者，夫人也。夫人，请。

严永华 夫君，请。

（唱）［雁过声］

消磨，夜月露凝，

情浓处鲽砚证盟，

红栏曲水鸳鸯颈。

沈秉成　（唱）袅娉婷画中行，

弄冰弦素手轻盈，

花间人共影。

严永华　（唱）双飞莺燕离芳径，

画阁魂消尘梦醒。

［严永华悄下，阿忆端药上。

阿　忆　老爷，药来了，趁热喝了吧。

沈秉成　（醒转）啊呸！你这小厮，无端冲撞了夫人。（四下寻觅）夫人哪里？夫人哪里？

阿　忆　老爷，哪有什么夫人？您忘了？夫人她……

沈秉成　她怎样？

阿　忆　她不在此园了。

沈秉成　老夫随迁外任，家眷自然要随我同行。莫不是还停在桂林郡，山水牵绊？

阿　忆　她不在桂林郡。

沈秉成　莫不是还留在安徽府，家事未安？

阿　忆　她也不在安徽府。

沈秉成　这就奇了，既不在桂林郡也不在安徽府，吾妻哪里？吾妻哪里？

阿　忆　哎哟老爷，光绪十七年（1891），圣旨宣诏，您荣升两江总督的当晚，夫人她……

沈秉成　她怎样？

阿　忆　夫人她，她驾鹤西去了……

沈秉成　（大惊而起）你说什么？夫人她，她她竟去了吗？（昏厥）

阿　忆　老爷醒来，老爷醒来。夫人本该为您高兴，您勤政爱民终得大任，只可惜夫人常年随宦奔波、病体难挨……

沈秉成　（哭介）啊呀，永华，吾妻呀……

阿　忆　老爷呀，夫人已登仙界，老爷节哀顺变，保重身子要紧。

沈秉成　（唱）［倾杯序］

伶仃，立苍阶杇似蓬，

离恨相思病。

物是人非，小园空径，

蓦然魂惊，怨锁池萍。
只怕是孤星入命，
凤萧凄哽，
参商两崩，
旧庭院，孤身独对四时暝。

可怜这满目浓翠、一虹卧波，如今竟无人堪赏，无人堪怜。

阿　忆　（背躬）这东花园乃是夫人心头所爱，老爷的心头所爱，是夫人也。

沈秉成　阿忆，你随我来。（两人行介）站在这相门城楼往下看，你看到了什么？

阿　忆　一座园子呀，老爷您又痴呆哉。

沈秉成　这不是园子，这是我写给夫人的定情之诗，是夫人与我唱和的偕隐之诗。

阿　忆　哦呦，园子不是园子，还是首爱情诗。

沈秉成　这不是园子，这是历代文人士子竞相追逐的一个梦。进可居身庙堂，退可隐逸林泉，一个永不可及的梦。

阿　忆　一会儿诗么，一会儿梦，老爷你越发糊涂哉。

沈秉成　我这一生宦海沉浮，起起落落，到底寻得了什么，又留下了什么？

阿　忆　老爷您过谦了，您也曾开办保甲、上疏减税、修桑养农、筑建炮台，为官清廉、颇有政声，乃是一方重臣啊！

沈秉成　唉，此非我所欲也，此非我所求也。

（唱）［玉芙蓉］

乖蹇宦海程，
苦盼桃源境。
看风云变幻四海难靖，
心忧社稷抚百姓，
羁旅难全伉俪情。
松霜冷，
这相思难摒，
橹声萧萧，
流水落花葬芳菁。

这座耦园，本是我与永华的避世偕隐、啸吟终老之地。看这园内成双成对、前呼后应，独剩我形影相吊、茕茕孑立。可叹功名误我，我误夫人。人面不知何处，偕隐双山成空。

（唱）［尾声］

度春风旧时窗棂，

难再逢画侣诗朋，

且待我生而同园死同坟茔。（下）

阿　忆　老爷郁郁而终，与夫人合葬于杭州南山。这园子后来又住过教育家赵善昌、杨荫榆，国学大师钱穆等文化名流，正所谓千载风流，在此园中。这一对恩爱佳偶，百年已过，其情犹存园中，后人堪记之。

这正是：耦园住佳偶，城曲筑诗城。

园林忆旧梦，鲽砚伉俪情。

——剧终——

况钟兴学

创作介绍:

苏州知府况钟，借江南巡抚周忱督查秋粮之便，邀请他巡视苏州府七县，又以激将之法使周大人“请诏进谏”，同意兴修陈旧破败的县学、府学。有明一朝276年，苏州府中进士者970名，出了7位状元，苏州府文风之盛冠东南，由此而兴。

剧本《况钟兴学》获苏州市第十四届小戏小品大赛（剧本征稿）一等奖。已于2021年11月17日，由苏州市苏剧团在苏州文庙西苑首演。

人　物:

况　钟——苏州知府（老生）。

周大人——周忱，江南巡抚（外）。

朱阿佛——况钟仆役（丑）。

［苏州府衙，一夜未眠的苏州知府况钟正在书桌前思忖兴修学苑的良策。

况　钟　（唱）广开言路纳良谏，
有的放矢政令畅，
士为民秀育才贤，
兴修学苑第一桩。
夙兴夜寐、冥思苦想，
精打细算、筹谋主张，
棋盘布局万事备，
落子还把东风望。

（提笔写信）

我这里筹谋举措费思量，
盼只盼东风借便心愿爽。

朱阿佛　（奉茶）老爷您又是一夜无眠，喝口茶歇歇吧，一会儿还要去各县督察秋粮呢。

况　钟　无妨。（折好信）你速将此信送往南京巡抚周大人处，就说本府有急事相商。

朱阿佛　晓得哉。我朱阿佛别的本事没有，就是这腿脚利索跑得快。

［朱阿佛下，又迅速回转。

朱阿佛　老爷，这封信不需送哉。

况　钟　为何不送？若是耽搁公务，本府定将拿你问罪。

朱阿佛　老爷，非是小人偷懒，而是巡抚周大人的轿子就停在府衙门口。他自己来了。

况　钟　这真是说曹操，曹操到。快快有请巡抚周大人！

［巡抚周大人上，二人见礼。

况　钟　老大人，请上座。

周大人　不消。眼下正是秋收时节，税粮征缴在即，这苏州府的税粮么，担子最重。本院放心不下，特来巡查督粮。

况　钟　哦，老大人特来督粮？

周大人　朝廷任重，特来督粮。

况　钟　要巡查七县？

周大人　特地七县巡查，以禀圣听。

况　钟　事不宜迟，即刻出行？

周大人　势不容缓，即刻就走！

况　钟　好好好，老大人倒是个急性子。

周大人　贵府执掌一府七县，占全国税粮将近十分之一。你倒不慌？

况　钟　不慌，慌有何用？俗话说，债多不愁。苏州府田赋积弊深重，在我赴任之前，已有四年没交清税粮，拖欠高达八百万石。愁有何用？

周大人　况大人今天一反常态，倒是让本院糊涂了。

况　钟　（笑而不语）老大人，请。

周大人　况大人，请。

况　钟　阿佛，前面带路。

朱阿佛　来哉。（行走）

［三人圆场。

朱阿佛　自从我家况大人来到苏州，那是整饬吏治、除奸革弊、为民请命、核减官粮，这苏州七县的光景可是大不一样了。况大人还张榜告示号召流民归乡，为他们减轻徭役，不再追讨旧债。

如今是：两岸稻花香，

田野山歌唱。

年年收成好，

稻谷金黄黄。

周大人　（四处打量）好一片农忙光景喜洋洋。流民回乡复业，人人有田可种，有谷可收，丰年再望。况大人，真可谓，不负众望，治郡有方。

况　钟　老大人过誉了，上报国家，下安黎民，乃本府职责所在。若非老大人鼎力相助，面圣上疏核减官粮，苏州百姓哪有乐业安居之年景。

（唱）田歌四起韵悠扬，

阡陌循行劝课忙。
父老挈觞随旆右，
儿童驱犊驻车旁。

周大人 （唱）丰穰有兆流亡免，
游惰无民风俗良。
早纳官租多积谷，
防饥防盗乐无荒。
这苏州府秋收之景，我是亲眼所见，万般放心。哈哈，回去了，回去了。

况　钟 老大人，请留步。

周大人 怎么，贵府还有何事？

况　钟 南京与苏州路途遥遥，老大人不远路艰亲临苏州巡视，何必轻易回返。不如让下官安排，在七县各处仔细巡查一番。

周大人 仔细巡查？

况　钟 巡查仔细。

周大人 以探民情？

况　钟 民情昭昭。

周大人 也好。烦请贵府带路。

况　钟 道路崎岖，老大人，当心脚下。

周大人 哦。

况　钟 哦。

周大人 哈哈。

况　钟 哈哈。

［三人继续圆场。来到吴县县学之地。

周大人 （吃惊）啊呀，这是何地？
（唱）累累青苔上屋梁，
颓垣断壁旧书巷。
遮雨穹庐尘光透，
一扶怕要塌半墙。（用袖子挥斥蜘蛛网）

况　钟 启禀大人，此地乃吴县县学。

周大人 一县之学堂，竟是这般模样？房屋陈旧，年久失修，随时都有倒塌隐患。

朱阿佛 晴天还好啦，要是碰上落雨天，屋外下大雨，屋内下小雨。哗啦啦，哗啦啦……

周大人 啊呀，有辱斯文，有辱斯文。况大人，你执掌七县、统领一方，这吴县县学为何不翻修重建？

况　钟 老大人有所不知。这学堂么，本就是摆摆样子，没人来的。有钱的人家自会请先生到家中教子弟读书。这县学么，不建也罢。

周大人 （已有微忿）好个不建也罢。

况　钟 老大人请。

周大人 况大人请。

［三人继续圆场。来到长洲县学之地。

周大人 啊呀呀，这又是何地？

（唱）左边厢磕头念经烟火瘴，

右边厢士兵操练震耳响。

乱纷纷屋内儒生进出忙，

真格是出家入世乱道场。

况　钟 启禀大人，此地乃是长洲县学。

周大人 怪不得本朝苏州府进士难寻，左边供座庙，右边扎个营，这还怎么好好读书？况大人啊，古有孟母三迁，你这长洲县学也该换个地方。

朱阿佛 老大人，这个不打紧。书读不好了，西边可以出家，若是文不胜武，东边可以从军，真个便当，便当。

周大人 狗才，多嘴！

况　钟 老大人，孟母虽有三迁，孟子则云“生于忧患，死于安乐”，欲成大事者，必先苦其心志，劳其筋骨。这长洲县学么，不迁也罢。

周大人 （愈发气忿）好个不迁也罢。

况　钟 老大人请。

周大人 况大人请！

［三人继续圆场，来到苏州府学之地。

周大人 这里又是何地？啊呀呀，无须问了……（看到牌匾，上前擦拭）好一个名冠东南的苏州府学，竟没落到如此田地。想当年，

（唱）文正公捐出南园风水地，

修建这苏州府学冠东南，

一代文宗领风骚，

福泽后代恩如泉。

如今是学舍逼仄朽窗桓，

不忍看物是人非旧庭园。

朱阿佛 我家老爷，别说园子了，那是连一亩田也没有啊。

况　钟 唔，多嘴。老大人，这官场上最讲究出身，庶吉士看不起进士，进士看不起举人，举人看不起吏员。下官乃是吏员出身，就算我修了这府学，倘若府学今后真有儒生高中，也不会将我这个苏州知府放在眼里。何况十年树木，百年育人，我这个知府也做不了几年，不划算，不划算，不修也罢。

周大人 （气急）好个不修也罢。况钟啊况钟，本院错看你了。岂可因一己之私而废百年基业。传闻你离京赴任之际，杨阁老亲送你《范文正公集》，可有此事？

况　钟 确有此事。

周大人 你对得起杨阁老的举荐与栽培吗？秉承先贤遗志，兴办学苑、举荐贤才，乃是一府之长应尽之责。为官一任，就该为民请命，造福一方！

况　钟 老大人容禀，

（唱）苏州田赋积弊顽，

核减浮粮才得安，

若在此时徭役摊，

劳民伤财加负担。

周大人 苏州府乃是九府雄踞地之一，不管田赋积弊、府衙困窘，这利国利民之大事，该办的还得办，学苑必须兴修！

（唱）贫寒子弟望眼穿，

教书育人不容缓，

江南文风一脉传，

岂可因私把文断？

况大人若是执意不肯召集地方、出资兴修，本院必亲自进京面圣，请诏兴学！

况　钟　好！有老大人这句话，下官就放心了。

周大人　况大人何意？

况　钟　我等的就是老大人的这句话，进京面圣，请诏兴学。

周大人　你待怎讲？

况　钟　吴县县学要重建，长洲县学要搬迁，苏州府学要兴修，桩桩件件都要钱。

（唱）又不能追加赋税把民累，

因此上四方筹谋夜难寐。

济农仓内苇席堆，

变卖折算换料材，

众人拾柴火焰高，

八方相助有作为。

我这里棋盘走马步步催，

（夹白）还需等，

老大人请诏进谏定音锤。

苏州府济农仓现有苇席五十余万张，都是历年积存，已有破旧，若是变卖折算，所需材料、工匠费用都可以从中支取。我还打算带头捐出一部分俸银，只求众人募捐、合力兴学。

周大人　况大人，你这是故意设计老夫？

况　钟　我也是迫于无奈，"请君入瓮"。还请老大人见谅。

周大人　你既知本院要苏州府巡查督粮，何不直言相告？

况　钟　老大人，耳听为虚，眼见为实。只有亲眼看见、身临其境，才能感同身受，明晓利害。况钟深知老大人为人，定不会袖手旁观、坐视不管。

周大人　好你个况钟，把老夫耍得团团转。

况　钟　我这是"请谏"不如"激将"，以退为进，坐等东风。

周大人　好一个以退为进，坐等东风。啊？

况　钟　啊？

周大人　哈哈哈。

况　钟　哈哈哈。

周大人　况大人，不愧是为民请命的父母官。不出十年，苏州府必有人才辈出。

况　钟　老大人，还请移步，内庭喝茶。

周大人 走了这许多路，果然渴了乏了。茶要喝的，茶要喝的。

［两位大人步入内堂。

朱阿佛 我家老爷不仅兴修了苏州府众多学苑，更是延请四方名师任教。正统三年（1438），吴县儒学三人考中举人，轰动整个江南。第二年春，施槃高中状元，乃是有明以来苏州府的第一个状元。有明一朝276年，苏州府中进士者九百七十名，出了七位状元，一时间文风之盛，冠绝天下！

正是：振儒学声存百代，延名师遗泽苏州。

效先贤况钟兴学，千古佳话青史留。

——剧终——

后　记

我于2008年参加工作，2010年正式开始剧本创作，于今，整整11年。其间共创作完成大戏剧本15部，小戏、小品60余个。大戏分别是：话剧《行走·青春》，音乐剧《森林之歌》，戏曲《落尽梨花月又西》，小剧场话剧《平行世界》，戏曲《悲喜金圣叹》，儿童歌舞剧《木偶的森林》，原创锡剧《林徽因的抗战》（合作），儿童剧《城里城外》，戏曲《情主冯梦龙》，儿童歌舞剧《恐龙的宝藏》，现代锡剧《爱在深秋》，儿童歌舞剧《鼹鼠的月亮河》，小剧场话剧《来来往往》，话剧《特别党员陶一球》（合作），音乐剧《花开河西巷》。

此次剧本选共收录大戏剧本8部、小戏两部，除去与人合作的作品和受歌舞剧院委托改编的3部儿童歌舞剧，以及还略显青涩的一部初期作品，比较全面地记录了我一路走来的创作历程与得失收获。在进行文稿整理的同时，我也回顾了自己的历年创作，有青涩懵懂之处、不谙世事之处，亦有一腔赤子之心、执着无悔之处，此时此刻恐再难复制那年那月的心绪所得，唯有这些文字忠实记录了我所有的感动、感恩与感谢。能够得到一些肯定，就是我的幸运。

“临江之畔，璞石无光，千年磨砺，温润有方。”培养一个编剧很难，难在入门与成熟都颇费光阴，没有十年八载的练习磨合很难真正体悟到舞台艺术的技法规律、博大精深。入门之初难免会“为了写而写”，语言唱词俱是为了“借他人酒杯浇自己块垒”；越到后期越发明白“写是为了演，演是为了看”，剧本是出发点，却不是最终的归宿和目标。不同的受众划分，需要创作不同的题材、体裁，真正满足不同年龄、不同层次观众的不同需要。剧本写作的目的是为了舞台搬演，通过导演的二度创作和演员的神形演绎，真正“拿得出、立得住、走得远、留得下”，能在观众席上激起一片共鸣与反响。

前路漫漫，道阻且长，第一个10年的创作多在于磨炼技法、熟悉舞台，第二个10年就在于掌握不同剧种的艺术特色，真正让剧本落在实处，“落地有声”。为此，我还会继续努力，将我这块璞石继续打磨，也恳请诸位的批评指正。

2021年12月16日

写于姑苏天香小筑